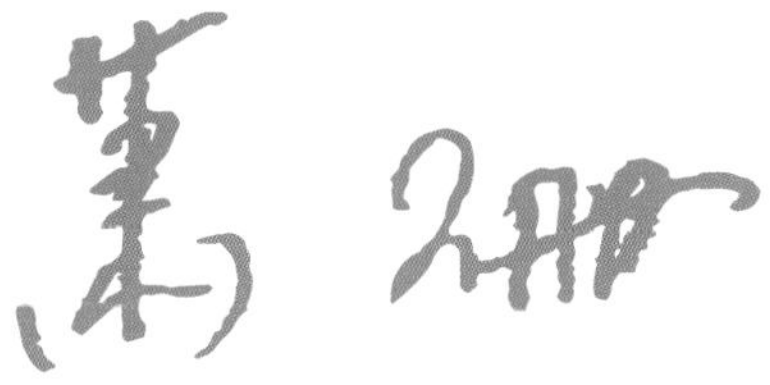

初恋

手稿本

[俄]屠格涅夫 著
萧珊 译

上海三联书店

出版说明

一、《初恋》是俄罗斯伟大作家伊凡・谢尔盖耶维奇・屠格涅夫（一八一八—一八八三）的一部中篇小说，写于一八六〇年。他曾经说过：『只有一个中篇小说是我怀着喜悦的心情反复阅读的，这就是《初恋》。它也许是我最喜爱的作品。在其他作品中，尽管不多，总有些虚构的成分。《初恋》里描述的却是真事，不加丝毫渲染。每当我反复阅读的时候，书中的人物就栩栩如生地出现在我眼前。』

二、《初恋》有多个中译本，萧珊的译本流传较广，曾多次重印和收入屠格涅夫各类选集、文集。萧珊（一九一八—一九七二），浙江鄞县（宁波）人，本名陈蕴珍，系著名作家巴金的妻子。一九四二年肄业于西南联大（原为外文系，后转入历史学系），后协助巴金从事编辑工作。一九五八年起，担任《上海文学》《收获》杂志义务编辑。萧珊从一九三七年起开始发表散文、诗歌。自一九五三年起，翻译的屠格涅夫和普希金的小说《阿细亚》《初恋》《奇怪的故事》《别尔金小说集》等相继出版。其作品结集为《萧珊文存》。

三、萧珊的《初恋》译本，翻译于一九五三年下半年至一九五四年年初，平明出版社一九五四年五月初版。一九五三年，巴金再次赴朝鲜采访期间，萧珊开始《初恋》的翻译：『八月一日开始我译《初恋》了。』（萧珊一九五三年七月二十九日致巴金）到当年年底：『《初恋》到今天还没有译好。……其实只有最后两章了，两三天就可以完成。』（萧珊一九五三年十二月二十日致巴金）巴金是一九五四年一月下旬回到上海的，这部译稿应该完成在巴金回家之前的这段时间。

四、本书收《初恋》译文手稿，共八十九页。其中《初恋》内容介绍一页，系编者另外发现的手稿底稿。其余译稿，为《初恋》译文手稿，原译稿正文有页码编码，一至五十六页，写在五百格三〇一稿纸上，尺寸为宽二十七厘米，高二十一厘米；五十七至八十九页，写在四百格的文明斋稿纸上，尺寸为宽二十七厘米，高十九厘米。原稿编码十八、七十二页遗失，本书缺。手稿上红色笔迹，为编辑处理稿件笔迹；正文（包括注释）中部分异色笔迹的修改，为巴金先生的校改；另外，内容介绍一页上有巴金先生增补和校改的笔迹，献词一页亦为巴金笔迹。

五、本书除《初恋》手稿本之外，另外收入《初恋》排印本和平明版《初恋》初版本的复刻本。《初恋》单行本出版后，曾收入巴金、萧珊译《屠格涅夫中短篇小说选》，由人民文学出版社一九五九年六月出版，一九八一年八月四川人民出版社根据该本重排，以《屠格涅夫中短篇小说集》之名出版。本书的排印本，据四川人民出版社本排印。复刻版，则据平明出版社原版尺寸复刻。

六、萧珊的翻译是在巴金先生的鼓励和帮助下完成的，在本书翻译期间，巴金先生曾致信萧珊：『你的文字有一种好处，就是清新气息。但你容易犯生硬晦涩的毛病，这应当避免。我介绍你读点白居易的诗、赵树理的文章、李季的诗。这些文字平易明白，生动，读读这类文字可以治你生硬晦涩的毛病。家宝的戏也可以再念念，你不会去摹仿别人，因此也不会失掉自己好的风格。多读别人作品只有好处。你译《初恋》多花点功夫，初稿写清楚一点，以便自己随时修改，将来出版一定要比《阿西亚》更好。』（巴金一九五三年十一月五日致萧珊）在《怀念萧珊》一文中，巴金先生说：『在我丧失工作能力的时候，我希望病榻上有萧珊翻译的那几本小说。』此次，我们印行《初恋》手稿本，除了为研究者参考之外，还注重珍藏性和欣赏性，更是对两位前辈的纪念。

巴金故居

二〇一九年四月十五日

《初恋》是屠格涅夫的自传性质的小说，他在这里描写他的
父亲、母亲和他自己。他〔十六岁的〕符拉其米尔。
彼得罗维奇在乡下避暑时遇见了一个没落的贵族
小姐，唤起了他的爱的憧憬。可是没有来发觉她的情敌
就是他的父亲，他的梦醒了。作者以抒情的笔致，富
于诗情地描写出年轻人初恋的情怀。
在他的作品中，他自己的……

No.

No.

11行

獻給 П. В、安寧科夫㊀

8行

空兩行

㊀蘇俄文學批評家，屠格涅夫的好友。

03文明齋稿箋(20×20)

初恋

……客人早就散了。钟敲过十二点半。祇有主人和赛尔盖·尼古拉以奇，和符拉其米尔·彼得罗微奇还留在屋子里。

主人按铃，吩咐仆人收去吃剩的晚餐。

"那末，这件事就决定下来了，"他坐在扶手椅上，身子更紧靠椅背，一面点燃一支雪茄烟，一面说道："我们每个人都得讲一下自己的初恋的故事。赛尔盖·尼古拉以奇，你先讲吧。"

赛尔盖·尼古拉以奇是一个圆脸的小胖子，长着一头淡黄色头发，他先看一下主人，然后抬起眼睛望着天花板。"我不曾有过初恋，"他后来说，"我一开头就是第二次恋爱。"

"这是什么意思？"

"非常简单。我第一次追求一位漂亮的年青小姐，是在我十八岁那年，然而我追求她的时候，我也没有什么新奇的感觉，我以后追求别的女人的时候也是这样。说一句真话，我的初恋是我在六岁的时候，对我奶妈的爱，这也是我最后一次的恋爱。可是这件事早已过去了。我跟她中间的详细情形，我都忘却了，即使我还记得，谁又有兴趣来听这些呢？"

"那末怎么办呢？"主人说，"我的初恋也没有多大趣味：我认识安娜·伊凡诺夫娜，我现在的妻子以前，我从来没有爱过谁，我们中间的经过情形非常顺利，我们两家父亲给我们作主，我们不久就互相恋爱了，很快地就结了婚。我的故事用两句话就可

301稿紙 20×25

以講完。我老實說一句，先生們，我提出初戀這個題目，我就是指沒有着你們哪，你們不是年紀大，可也不是年輕的單身漢。符拉基米尔·彼得羅維奇，您可以給我們講点有趣的嗎？

我的初戀，的確不算十分平凡，符拉基米尔·彼得羅維奇稍微有点遲疑地回答，他是一个四十歲左右的男人，他的黑髮中間已經現出灰白色了。

啊！主人和賽尔盖·尼古拉以奇齐声說，那太好了……講給我們聽！

好吧……不成，我不想講故事，我不是一个講故事的能手。我會把故事講得枯燥、簡短，不然就是冗長，不自然。倘使你們允許我的話，我可以把我記得的事情都寫下來，念給你們聽！

朋友們起初都不同意，然而符拉基米尔·彼得羅維奇堅持自己的意見。兩个星期以後他們又聚在一塊兒，符拉基米尔·彼得羅維奇履行了他的諾言。

下面的故事就是他的筆記本裏所記錄的：

楷

初戀

（一）空三行

（一）

事情發生在一八三三年夏天。那時候我剛十六歲。

我住在莫斯科，我父母那裏，他們在涅斯苦奇尼公園對面加路卡門附近租了一所別墅。我在準備大學的入學考試，不過並不用功，也不着急。

涅斯苦奇尼公園，意譯是忘愁園，在麻雀山附近，是帝俄時代莫斯科最美的公園。

301稿紙　20×25

没有人妨碍我的自由。我想做什么，就做什么，尤其是在我的最后一个法国籍的家庭教师离开以后，我更加自由了。这个法国人想到自己像炮弹似地（comme une bombe）掉到俄国来，实在忍受不了，——所以他整天带着怨恨的神情，躺在床上。我父亲对我亲切，却并不关心，我母亲差不多不理睬我，虽然她就只有我这一个孩子；她的心让别一些忧虑给填满了。我父亲当时还很年轻，而且非常漂亮，他因为财产的缘故跟母亲结了婚；母亲比父亲大十岁。母亲过着悲惨的生活，她老是激动，妒嫉，生气，可是不敢当着我父亲面前露出来；她非常怕他，他总显得那么严肃，冷静疏远……我从没有看见过比他更镇静，更自信，更有威风的人。

我永远忘不了我在别墅里过的最初几个星期。天气是出奇的好：五月九日，就是圣·尼古拉节日那一天，我们搬离城里。我有时在别墅的花园里散步，有时到涅斯库奇尼公园去，有时就溜到城外去，我随身总带一本书——例如凯达诺夫的教科书，——可是我很少去看它，我倒常常高声朗诵诗篇，我背得出很多诗句；那时候我的血在沸腾，我的心发痛，有一种极舒服而又莫名其妙的感觉。我总是在期待着，在害怕着什么东西，对什么都感到惊奇，我坚了身心全部准备好去接受什么。幻想在活动，一直绕着那些同样的想像急急地转来转去，就像燕子在晨光中绕着钟楼盘翔一样，我沉思，我悲哀，我甚至掉下了眼泪，然而即使在

(一)圣·尼可拉：早期基督教圣人，俄国学生的守护神。

(二)皇村中学教师凯达诺夫所著世界通史课本，在十九世纪初期非常流行。

那儿有音乐旋律的诗歌或者熏香引起的眼泪和悲哀中间，青春和运动生命的欢乐感情也有过像春草似地生長起来。

我有一匹駿馬，我常常親自給牠上鞍，騎着牠独自远行，我縱馬疾馳，想像自己是一个古代比武场中的騎士，風在我的耳边呼得那么高兴！或者仰望天空，把它那明媚的陽光和蔚藍吸引到我的開放的心灵裏来。

我記得那時候，女人的形象，女性的愛的幻影在我的頭腦裏差不多还没有成形，然而我所想到的，我所感覚的一切中間，已经有一种新鮮的，說不出甜蜜的女性的形象——半意識、羞澀的預感偷偷地在那儿隐藏着了。

我整个身体充满了这种預感，这种期待；我呼吸它，它跟着我每一滴血流遍我全身的血管……它是註定了很快就要实現的。

我們的別墅是一所有圓柱的，木頭造的莊子，两边各有一所小宅。左边的小側宅是製造廉价糊牆紙的小工場，我不止一次跑到那裏去，观察那十多個身体瘦弱，頭髮蓬乱，穿着油膩長衫的，面容憔悴的小孩，他們不停地壓着印刷机方版的木横杆上跳动，靠他們瘦弱身体的重量，印出糊牆紙的各色花紋。右边小側宅还空着，是預備出租的。有一天，五月九日後約三个星期光景，那所小宅的百葉窗打開了，露出女人的臉来，有一家人搬進来住了。我記得

么作用，我刚念过席勒的《强盗》①。

（二）

我有一种习惯，每天黄昏时带着枪在花园里踱来踱去，守候乌鸦。我一向就痛恨这种小心眼的、狡猾、贪心的乌鸦。就是我所讲到的那一天，我也像平常那样地走到花园里去——但是，我白白地走遍了园中的小径（乌鸦已经认识我了，只是远远地断断续续地叫了几声），我无意中走近那道把我们花园跟右边小宅后面的狭长的园子（属于那所小宅的）隔开的木栅。我埋下头走着。我突然听到人声，朝着木栅那边望过去，我发愣了……我看到一个奇异的景象。

①席勒（1759—1805年），德国大诗人，《强盗》是他所著的诗剧。

301稿纸　20×25

就是这一天中饭的时候，母亲问起仆人，我们的新邻居是什么人，她听到柴谢基娜公爵夫人的名字，起先倒带点敬意地说："啊！公爵夫人！……"后来又添上一句："一定是一位穷的。"

"他们雇了三部出租马车来的，太太，"仆人恭敬地端上菜一边说，"他们自己没有马车，他们的家具也很简单。"

"啊，可是，"母亲说，"那倒好些。"

父亲冷冷地望她一眼，母亲不作声了。

的确，柴谢基娜公爵夫人不能是有钱的女人，她所租的那所小宅是那么破旧，窄小，而且又是那么的低，连稍为有点钱的人都不愿意住在那里。不过当时我转过就忘了。公爵的头衔对我会没有什

离開我不多几步，在草地上，綠色灌木叢中站着一個男材苗條的少女，穿一件有條紋的粉紅色衫子，頭上包一塊白頭帕，四个年輕人圍在她的四周，她拿着一些我叫不出名目的，但是孩子们都熟悉的灰色小花輪流地敲他們的前額，這种花的形狀像小袋子，它們打在硬東西上面就會發出声音，大張開來。年輕人非常高兴地向她伸出前額，而且少女的動作裏（我只看見她的側面）有一些令人神往的，專橫的，親暱的，嘲弄的，動人的地方，我差一点驚喜交集地要叫出声來了，我想只要能讓這些秀美的手指來敲一下我的前額，我願意馬上拋棄世上的一切。我的鎗掉到草地上去了，我忘記了一切，我不轉眼的凝望着她那優美的体態、頸項、美麗的手，白頭帕下面微微蓬鬆的淡黃色卷髮，半閉的含羞的眼睛，和這樣的眉毛、睫毛，和睫毛下面的嬌柔的臉頰……

"年輕人，噯，年輕人！"突然有人在我旁边大声說，"難道可以這樣地看着陌生的小姐嗎？"

我嚇了一跳，我發呆了……我旁边在木柵欄的那一面有一個黑頭髮剪得短短的男人站在那兒，用譏笑的眼光望着我。就在那个時候，少女也朝着我掉過臉來……我在那張靈活的，生動的臉上看到一对灰色的大眼睛，她的整个臉忽然微微地動了一下，她笑起來了，露出潔白的牙齒，眉毛好玩地往上一挑……我的臉發紅，我從地上抓起鎗來就跑，一陣響亮的，但並非惡意的笑声跟在我後面，我逃回自

301稿紙 20×25

己的屋子，倒在床上，兩隻手蒙着臉。心跳得那么厲害，我感到很不好意思，但又很高興，我從來沒有像這樣地激動過。

我休息了一會兒，梳好頭髮，洗好臉，下樓去喝茶。那個少女的面影又浮到我眼前，我的心已經不再狂跳了，心裏得真叫人感到舒服。

「你怎么啦？」父親突然問我：「打着了烏鴉嗎？」

我正要把所有的事都告訴他，然而我又忍住了，我只是獨自微笑。我上床的時候，連我也不知道為什么緣故，我用一隻腳站在地板上旋轉了三次，又在頭髮上擦了油，一躺下去，整夜睡得像死人一樣。天快亮的時候，我醒了一忽兒，抬起頭來，幸福快樂地朝四周望望，又睡着了。

（三）

早晨我睜開眼睛，第一個思想就是：「怎么樣跟她們認識呢？」喝早茶以前，我就跑到花園裏去了，可是我並沒有走近那道木柵，而且也沒有看見一個人。喝過早茶以後，我在別墅前面街上來來去去，不知走了多少次，遠遠地望着小屋的窗戶……我彷彿看見她的臉在窗帷後面……我立刻驚慌地跑開了。

「我一定要認識她，」我一邊在涅斯古奇尼公園前面那片沙地上，神情恍惚地走來走去，一邊想道。「可是用什么方法呢？問題就在這兒。」我回想我們昨天遇見的種種細節，不知道為什么緣故，我特別記得她對我一笑的情景……然而在我費盡心思想出種種辦法的時候，命運早就替我安排好了。

我不在家的時候，母親從我們新鄰居那裏收到一封用灰色帶字的，褐色火漆封口的信，這種火漆只有在郵局通知書上，或者在廉價葡萄酒瓶塞上纔可以看到。那封文句不通，字跡潦草的信裏，公爵夫人請求母親竭力幫助她。據公爵夫人說，據我母親跟一班頭面人物很熟，而她跟她的孩子們的命運都操在那班人手裏，因為她現在有一些重大的訴訟事件。她寫着：「我以一個貴婦人的身份向一個貴婦人求援，我很欣喜能利用此機會。」她在信的結尾，要求母親允許她來拜訪。我回到家裏，看到母親心裏很不高興，父親不在家，她沒有一個可以商量的人，「不答覆」貴婦人，並且對方還是一位公爵夫人，這實在不禮貌，可是怎么寫回信，就叫母親感到困難了。她覺得寫法文信不合適，而寫俄文信呢，俄文拼法又非她所長——她知道這一點，不願意讓自己丟臉。所以她看見我回來非常高興，吩咐我立刻到公爵夫人家裏去，口頭告訴她：母親隨時都樂意盡力為公爵夫人效勞，邀請她下午一點鐘到我們家來。

我的秘密的願望實現得出乎意外地快，倒叫我驚喜交集了。可是我一點也沒有表露出我心裏的騷動，我先跑回自己的屋子，繫上一根新領結，穿上禮服。我在家還穿短上衣和翻領襯衫，其實我已經很討厭這種服裝了。

（四）

我走進這所小宅的又狹又髒的外廳時，渾身不由自主地打起顫來，我遇見一个灰白頭髮的老僕人，他有青銅色的黑臉孔和不高興的猪眼睛，額上，鬢角边爬着我从来没有看到过的那么深的皺紋。他捧着一盆啃光了的鯡魚背脊骨，用腳关上通另一間屋子的門，一边沒有礼貌地結結巴巴地說：“你有什么事？”

“查謝基娜公爵夫人在家嗎？”我問道。

“眼尼藹其！”门内傳来刺耳的女声。

僕人點點也把背掉向我，露出他那件只有孤零零一顆帶紋章㊀的紅銅扣號衣的破舊的後背，他把盆子放在地上，走進去了。

“你到客廳去過嗎？”又是那個女声在講話，僕人含糊不清

9

地在嘟噥些什么。“唔？……来了客人嗎？”又聽到她的声音。“隔壁人家的少爺！好，請他進來。”

“少爺，請您到客廳裏去，”僕人又走去來對我說，一边從地板上拿起盆子。我整理一下衣服，走進了客廳。

我走進去的那間屋子不大，也不很乾淨，有幾件簡陋的傢具好像是匆匆忙忙隨便地安置在那兒的。靠近窗口，一个不戴帽子，不好看的五十歲光景的老太太正坐在一把斷掉一隻扶手的圈手椅上，她身上穿一件舊的綠色衣服，頭上圍一條絨線的花園巾。她那双不怎么大的黑眼睛瞪着看我。

我走到她跟前，向她行礼。

注㊀表示家譜的紋章圖案。那時貴族均有此種世襲的紋章。

301稿紙 20×25

「我可以跟紫謝基娜公爵夫人講幾句話嗎？」

「我就是公爵夫人，那末你是符先生的少爺？」

「是，太太，我母親叫我來傳話的。」

「請坐。勝尼芙茲其，我的鑰匙在哪兒，你看到嗎？」

我把母親對她未傳的回答告訴紫謝基娜公爵夫人。她一面聽我講話，一面用她發紅的肥手指敲着玻璃窗，我講完了，她又把我打量一番。

「好極了；我一定來，」她說，「你真年輕呀！請問你有多大歲數？」

「十六歲，」我不由自主地口吃起來。

公爵夫人從口袋裏摸出幾張寫滿字的，油膩膩的鈔票，拿到鼻

子跟前，翻來翻去地仔細看。

「還是很好的年紀，」她突然說，她坐立不安地，在椅子上轉動。「唔，請您不要客氣，我這里很隨便。」

「太隨便了，」我想道，我望着她那難看的形狀，不由得感到厭惡。

這時候客廳的另一道門一下子打開了，門檻上站着昨天傍晚我在花園裏見到的那個少女，她舉起一隻手，臉上露出嘲諷的微笑。

「這是我的女兒，」公爵夫人用肘拐指着她說：「西娜即卡，他是我們鄰居符先生的少爺，請問您的大名？」

「符拉其米爾，」我站起來回答，緊張得說不清楚了。

「那末您的父名呢？」

這是公爵小姐西娜伊達的愛稱。

彼得羅微奇。

噢，我認識一個警察局長，也叫符拉其米尔·彼得羅微奇。能尼莪其，

不用找鑰匙，鑰匙在我的衣袋裏。

少女帶着先前那樣的笑容，微微瞇起眼睛，略微歪下頭去，一直在望我。

我已經認識麥歇①佛及馬尔，她說（她那銀鈴似的聲音，使我的全身起一種愉快的戰慄）。您允許我這樣稱呼您嗎？

小姐，您說到哪兒去啦！我結結巴巴地說。

在什么地方認識的？公爵夫人問道。

公爵小姐不理她的母親。

您現在有事嗎？她說，她的眼睛一直在看我。

11.

哦，沒有什么事，小姐。

您願意幫我捲絨線嗎？來，到這裏來，到我屋子裏來。

她朝我點點頭，走出了客廳。我跟在她的後面。

我們走進去的那間房間，傢具講究一點，佈置得雅緻一點。了是那個時候，我差不多什么都不能注意了：我好像在夢中行動一樣，我只覺得全身充滿了一種近乎愚蠢的、緊張的幸福感。

公爵小姐坐下，取出一絞紅絨線，叫我坐在她對面，仔細解開那絞紅絨線，套到我手上。她默默地做這些，始終帶一種滑稽的鄭重神氣，同時在微微張開的嘴唇上露出那種快樂的狡猾的微笑。她把絨線捲在一張折疊起來的帶子上，忽然她的眼光那么

注① 即法語Monsieur，先生。下同。

301稿紙 20×25

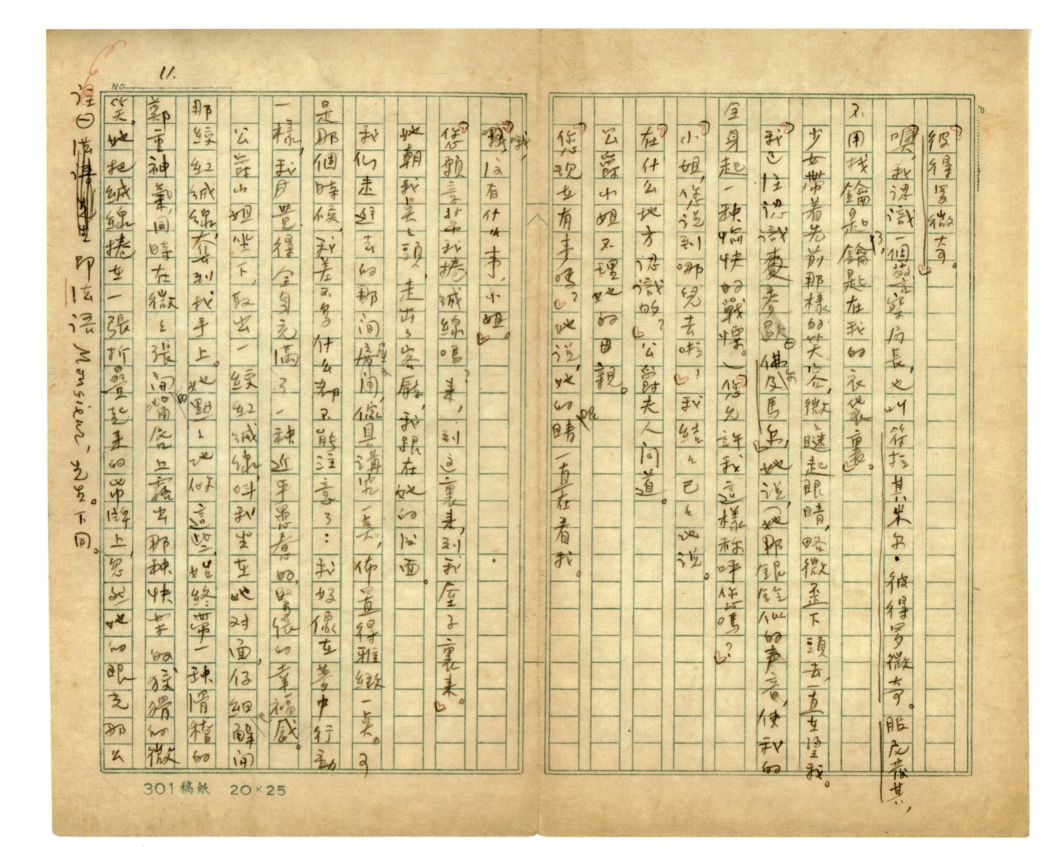

明亮，那么快速地向我一闪，使我不由自主地埋下了眼睛。她平常总是睫着的眼睛张大了，她的面容完全变了：她脸上好像充满了光辉似的。

"您昨天对我怎么看法，麦歇·佛尔日马尔？"她问道，停了一会又说。"您大概笑我吧？"

"我……公爵小姐……我什么也没有想过……我怎么能够……"我狼狈地说。

"请听我说，"她反驳我。"您还没有了解我。我是一个很古怪的人，我希望别人永远对我讲真话。我刚听说您仅仅十六岁，可是我二十一岁了：您看，我比您大得多，所以您应当永远对我讲真话……而且听我的话，"她又说了一句，"看着我！为什么您不看我哪？"

我更加发慌了，不过，我还是抬起头来看着她。她微微笑了笑，但已经不再是先前的那种笑了，而是另外一种赞许的微笑。"看看我，"她温柔地放低声音说，"我不讨厌别人看。我喜欢您的脸，我预料得到，我们会成为朋友的。可是您喜欢我吗？"她狡猾地又加了一句。

"公爵小姐……"我正要说下去……

"第一，应该叫我西娜伊达·亚历山大洛芙娜，第二，小孩子——"她自己马上改正了，"——年轻人——不把心里想的坦白地说出来，这是那一种习惯太不好了。可以这样。您喜欢我吗？"

她这样由衷地跟我讲话，虽然使我非常喜欢，又是我感到有一点难堪。我想让她知道，她并不是跟小孩子在说话，所以尽可能地装

出很有她的、很嚴肅的神情說道：「我非常喜歡你，雷娜伊達·亞歷山大倫芙娜，我不想隱瞞。」

她搖搖頭，默了默，又搖搖：「你有家庭教師嗎？」她突然問道。

「不，我很早就沒有家庭教師了。」

我撒了謊，我離開我那個法國教師還不到一個月。

「噢！我明白了——你完全是大人了。」

她輕輕的敲了一下我的手指。「手伸直！」她勤快地捲起絨線來。

我趁她埋下頭的時候，端詳她，起先偷偷地看，後來越來越大膽了。我覺得她的臉比昨天傍晚剛看到她的時候更動人；在她臉上一切都顯得那麼文雅，那麼聰明，那麼可愛。她背了那扇掛着白色窗帷的窗子坐着，陽光透過窗帷射進來一抹柔和的光照在她那蓬鬆的淺黃色頭髮上，她那潔白的頸項上，她那微斜的肩膀上，她那嬌柔、平穩的胸脯上。——我望着她，她現在對我已經是多麼親密，多麼接近了！我覺得早已認識她了——在認識她以前，我什麼都不懂，甚至可以說是沒有生活過……她身上穿一件黑色的舊長袍和一條圍裙，我真願意吻這長袍和圍裙的每一道褶紋。她的鞋尖從長袍下端露了出來：我多麼想拜倒在這雙鞋子跟前……「現在，我坐在她的對面，」我想道，「我已經認識她了……多幸福呀，上帝啊！」我高興得幾乎要從椅子上跳了起來，但是我祇不過微微擺動一下我的雙腳，我像一個得到糖菓的小孩似的。

我快活得像水中的鱼，我願意永遠不走出這間屋子，不离開這個地方。

她慢慢地睁大眼睛，她那双亮眼睛又溫和地望着我，而且又微笑了。

你那樣子看我，她慢慢地说道，伸出一隻手指指着我。

我臉紅了……她什么都知道，什么都看到了，這念頭在我的頭腦裏闪过了。是，她怎么会不知道呢，怎么会不看到呢！

突然隔壁房间裏有什么东西在响——一馬刀的响声。

西娜，公爵夫人在客廳裏高声喊道，别羅夫佐羅夫給你带来一隻小貓。

小貓，西娜伊達大声说，連忙从椅子上起来，把絨綫球丢在我的膝上，就走出去了。

我也站起来，把絨線絞和絨綫球放到窗台上面，走進客廳，我遲疑不决地站住了。在屋子中间躺着一隻伸着脚爪的小花貓，西娜伊達跪在牠的前面，小心地托起牠的小臉。公爵夫人身边有一个黄色鬈髮的年轻驃騎兵，他一个人几乎把兩堵窗子中间的空隙填满了，他有一張玫瑰色的臉頰和一对凸出的眼睛。

多好玩！西娜伊達接連说了好幾次，牠的眼睛不是灰的，而是綠的。好大的耳朵啊。謝謝您，維克多·葉哥力奇！您真好！

我認出那个驃騎兵，就是我昨天傍晚看见的年轻人中间的一个，他笑了一笑，鞠一个躬，靴子上的踢馬刺拍的响了一下，馬刀練子也發出了响声。

"您昨天说起要一只大耳朵的小花猫，我办到了，小姐。您的话就是法律。"他又鞠了一个躬。

小貓輕輕地叫着，在地板上闹起来。

"牠餓了！"齐娜伊达大声说。"服尼茨其，索非亚！拿一杯牛奶来。"

一个女僕穿一件黄色旧衣服，頭頂上圍一条褪了色的头巾，捧着一小盆牛奶走了进来，把盆子放在小貓面前。小貓吃惊地抖了一下，瞇眼睛，就去舐牛奶了。

"牠的粉红色小舌头多好看！"齐娜伊达的頭几乎贴在地板上，她从侧面往小貓鼻子下边望过去说。

小貓吃饱了，装腔作势地动动脚爪，喵喵地叫起来，齐娜伊达

伸直身子，随随便便地对女僕说："拿開。"

"为了回送这只小貓，请您给我手，"骠骑兵含笑地说，动一下他那紧裹在新製服裏面的強壮的身子。

"给您两只手，"齐娜伊达答道，就向他伸出双手来。在他吻她的那两只手的时候，她从他肩头上望着我。

我还是呆呆地站在原来的地方，我不知道我应该笑，还是应该说一两句话，还是沉默。突然我从外厅开着的门口看到我们家僕人费多尔的身形，他向我做手势，我机械地走到他的跟前。

"你来干什么？"我问他。

"您母亲叫我来找您，"他低声地说，"她[illegible]在生气哪：您还没有带回信回去。"

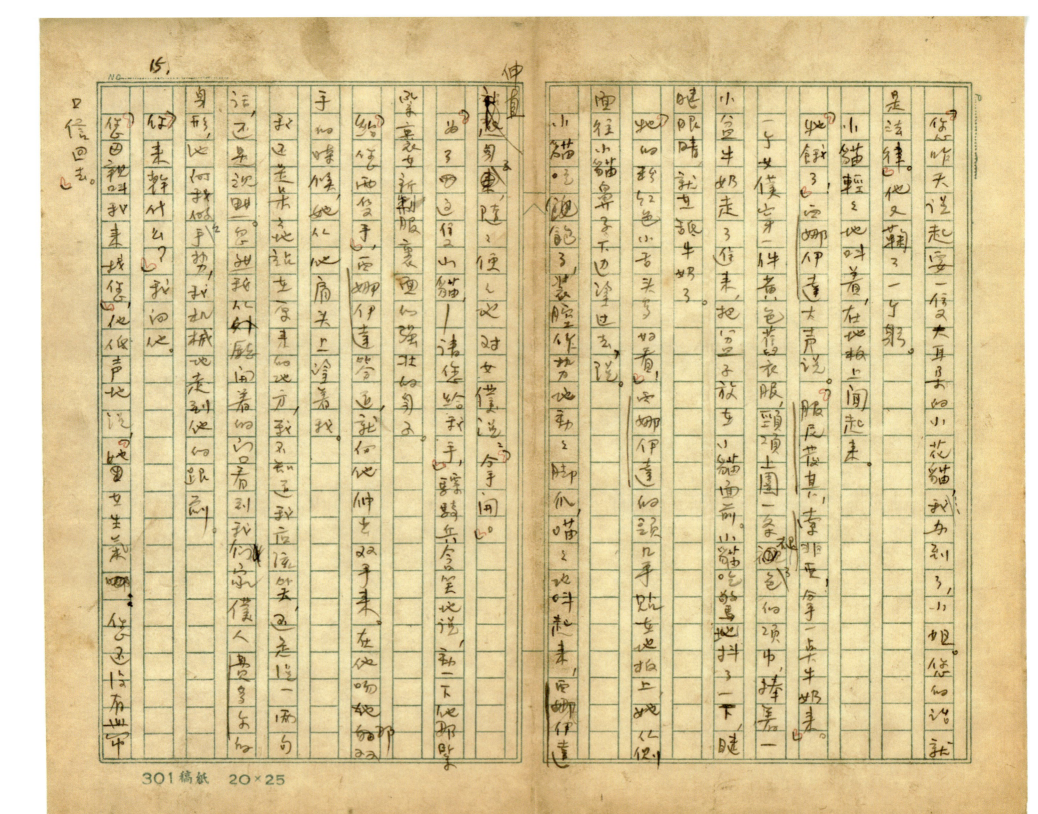

"難道我在這裏待得很久了嗎？"

"一个多鐘头了。"

"一个多鐘头了！"我不由自主地跟着說了一遍，就回到客廳去，向主人恭敬地行礼告辞。

"你到哪裏去？"公爵小姐以驚訝的目光望我一眼，问道。

"我得回家了，小姐。"我說，又掉向公爵夫人加了一句："我就告訴家母，您下午两点鐘到我们家裏来。"

"你就這樣說吧，少爺。"公爵夫人連忙拿出鼻煙壺，大声地吸一下鼻煙，使得我吃了一驚。"你就這樣說吧，"她又說了一遍，一面含着眼淚地眨眼睛，又打噴嚏來了。

我又鞠了一个躬，掉轉身子，走出去了。我暗地裏感到一般年輕人知道有人在背後注着他時候所常有的那种偏促不安的感覺。

"請你不要忘記過来看我们，麥歇佛尔及馬爾。"宓娜伊達大声說，又笑起来了。

"她为什么總要笑呢？"我在路上想道。費多尔陪我回家，他一句話也不說，带着一种不滿意的神情，跟在我背後。母親責備我，而且奇怪：我在公爵夫人家裏待了這么久，究竟幹些什么哪？我一句話也沒有回答，就回到自己的屋子裏。我突然覺得非常悲哀……我竭力忍住不要哭出……我嫉妒那个驃騎兵！

（五）

No. 17

公爵夫人如约来拜访我母亲，又是留给母亲一个不好的印象。她们会见的时候我不在家。不过在餐桌上，我听见母亲对父亲说，她觉得这位柴谢基娜公爵夫人是"une femme très vulgaire"（法语：一个非常粗俗的女人），她不断地缠母亲在塞尔盖公爵面前替她说情，叫母亲感到非常头痛；她说她好像是在搞一些诉讼的事情——des vilaines affaires d'argent（法语：讨厌的金钱上事情）（因此她一定是一个非常喜欢打官司的人。然而母亲又说她已经请她和她女儿明天中午来吃饭，（我听见说和她女儿，便低下了头吃东西的样子。）因为她总还是我们的邻居，何况又是贵族呀。父亲听见这些话，就告诉母亲，他现在记起了公爵夫人是谁了，他年轻的时候，他认识已故的柴谢基公爵。公爵受过很好的教育，却是一个头脑简单、荒唐无聊的人，在交际社会里因为他在巴黎待得很久，就给他起个绰号，"le Parisien"（法语：巴黎人）。他本来很有钱，可是他把财产全输光了——没有人知道为了什么缘故，也许是为了金钱的关系罢，他跟一个小职员的女儿结了婚。不过，即使是为了金钱的关系，他也可以选个好一点的，父亲淡笑地补充地加了这一句。结婚后，他又去做投机事业，这一次完全破产了。

"只望她不要来借钱，"母亲说。

"这很可能，"父亲安静地说，"她会讲法文吗？"

头

très

301稿紙　20×25

"她就是公爵小姐？"他问我。

"公爵小姐。"

"你难道认识她吗？"

"今天早晨我在公爵夫人那裏見过她。"

父親止了步，腳跟很快地掉轉，往回走去。他走到跟齐娜伊達並肩的時候，恭敬地向她鞠了一个躬，她也向父親還了礼，臉上露一点驚訝的樣子，把书放低。我看見她的眼睛一直在送他。父親的服裝素來非常講究，有他獨特的風度，可又是非常樸素。然而我从來沒有看到父親的丰采像今天這么地優美，我从來沒有看到他那灰色呢帽，像今天這樣地恰好地戴在他已經有点稀疏的鬈发上。

我則向齐娜伊達走去，可是她連看都不看我一眼，重新把書拿起来，走开了。

（六）

這一天，我整整一天早晨我都在一种懶散不安的麻木狀態中度过去。我想用功，拿起蓋達諾夫的書，可是这本著名教科书大字印刷的每行每頁都白白地从我的眼前溜过去了。我把"求理尼斯·凱撒以作戰勇敢而著名"的这一句接連讀了十遍，却並不知道是什么意思，終於丢開了書本。午飯前，我又在頭髮上撒了香水，又換上常礼服，繫上領結了。

"这是为什么？"母親問我道，"你还不是大學生，天曉得，你能不能通

注：Julius Caesar（公元前100年—公元前44年）罗马……的軍事家、政治家，同時又是历史学家。

301稿紙 20×25

过大学士考试？而且你的短上衣做得还不久呢！你不时就把它丢掉。

新客来客人，我轻轻地几乎绝望地说。

别胡说！这话什么意思！

我只好服从，我脱去常礼服，换上短上衣，不过没有取掉领结。

午餐前半小时，公爵夫人跟她女儿来了，公爵夫人在她那里我见过的绿色衣服外面加了一条黄披巾，戴了一顶饰着火红色缎带的老式帽子。她一开始就说她的期票，叹气，诉穷，不断地求我帮助，可是她一点都不讲礼貌：还是那样大声地吸鼻烟，还是那样自由地在椅子上扭来转去，坐立不安。她好像完全没有想到她是一位公爵夫人。而齐娜伊达的态度恰恰跟她相反，非常庄重，差不多显得高傲了，是真正公主的气派。她脸上有一种冷冰冰的端庄，和威严（尊严），我简直不认识她了，我也认不出她那种笑，她那种眼光，虽然我觉得她在这种新姿态中也还是很美。她穿一件淡蓝色的轻纱长袍，头发梳成长长的一条一条的鬈发垂在颊上（照英国式梳的！）。这种式样跟她脸上冷冰冰的表情非常相称。午饭的时候，父亲坐在她旁边。他用他那种特有的优雅、从容大方的殷勤招待他的邻座。他时常望她，她也时常望他，而且带着这么奇怪的，几乎是敌意的眼光。他们用法国话交谈，我记得，齐娜伊达发音的正确叫我吃惊。公爵夫人在席上还是像先前那样地一点也不讲礼貌，她吃得很多，而且夸奖菜做得好。母亲显然给她烦透了，用一种厌烦冷淡的态度在应付她。父亲时而微微地皱皱眉头。母亲也

301稿紙 20×25

21

不喜欢西娜伊达。

一个多骄傲的女人，第二天母亲这样地说，你想她还有什么骄傲哪，— avec sa mine de grisette！①

大概，你还没有看到过葛利珊特②呢，父亲对她说。

你以谢天谢地了！

自然，谢天谢地……只是你怎么就可以给她们下断语哪？

西娜伊达一直没有理过我，吃过饭以后，公爵夫人就说起来告辞了。

我就指望着你们的照顾了，玛利亚·尼加拉也夫娜，彼得·佛西里也微契！她像唱歌似地对父亲母亲说。我有什么办法呢！过去有过好日子，可是早已过去了，现在我还是一个有爵位的夫人，她带着不愉快的笑声加了一句：但要是没有吃的，虚名又有什么用！

父亲对她恭敬地鞠了一个躬，送她到外门口。我就穿着短衣站在那里，头埋着看地板，仿佛是一个判了死罪的犯人。西娜伊达对我的态度把我完全毁了。却不料她走过我身边的时候，她眼睛里又带着先前那种温柔的表情，很快地、低声对我说：八点钟，到我们家里来，听到吗？一定来……这使我多么惊奇！我刚伸出手去，可是她已经把白围巾披到头上，走了。

（一）凭她那副当时葛利珊特的面貌。

（二）巴黎一般轻佻的女子的绰称。

NO.

301稿紙 20×25

刚八点钟，我穿上了礼服，头发梳得高高的，走进公爵夫人住的小宅子外间。老仆人不高兴地望了我一眼，不情愿地勉强从凳子上站起来。客厅里有欢笑声。我推开门，不由得吃惊地往后退了一步。公爵小姐站在屋子当中一把椅子上，面前拿着一顶男人帽子，椅子四周站了五个男子。他们争着把手放进帽子里去，可是公爵小姐却把帽子举得高高的，用力摇动它。她看到我进来，就大声说："等一等，等一等！有新客人啦，也应当给他一张票子。"她就轻盈地从椅子上跳下来，拉住我礼服的袖口，"跟我来！"她说，"您站着干什么？Messieurs（法语：诸位先生），你们认识认识吧，这位是麦歇佛默及马尔，我们邻家的少爷。这位是，"她挨着次序介绍我认识她的客人，"马列夫斯基伯爵，这位是卢申医生，这位是马伊达诺夫诗人，这位是退职的上尉尼尔马次基，这位是别洛夫佐拉夫骑兵，您已经看到过了。希望你们大家都变成好朋友。"

我非常不好意思，我甚至都忘记对他们行礼了。我认得卢申医生，就是在花园里丝毫不留情地羞辱过我的那位黑黑的先生；其余的人我都不认识。

"伯爵！"西娜伊达继续说，"请您写一张票子给麦歇佛里及马尔。"

"那不公平，"伯爵带一点波兰口音答道。这是一个穿得很时髦的、棕色头发的美男子，有一对很会表情的褐色眼睛，和一根窄小的白鼻子，小嘴上有一撮很细的髭须。"他还没有跟我们一块儿玩过摸彩游戏呢！"

NO. 22

301稿紙 20×25

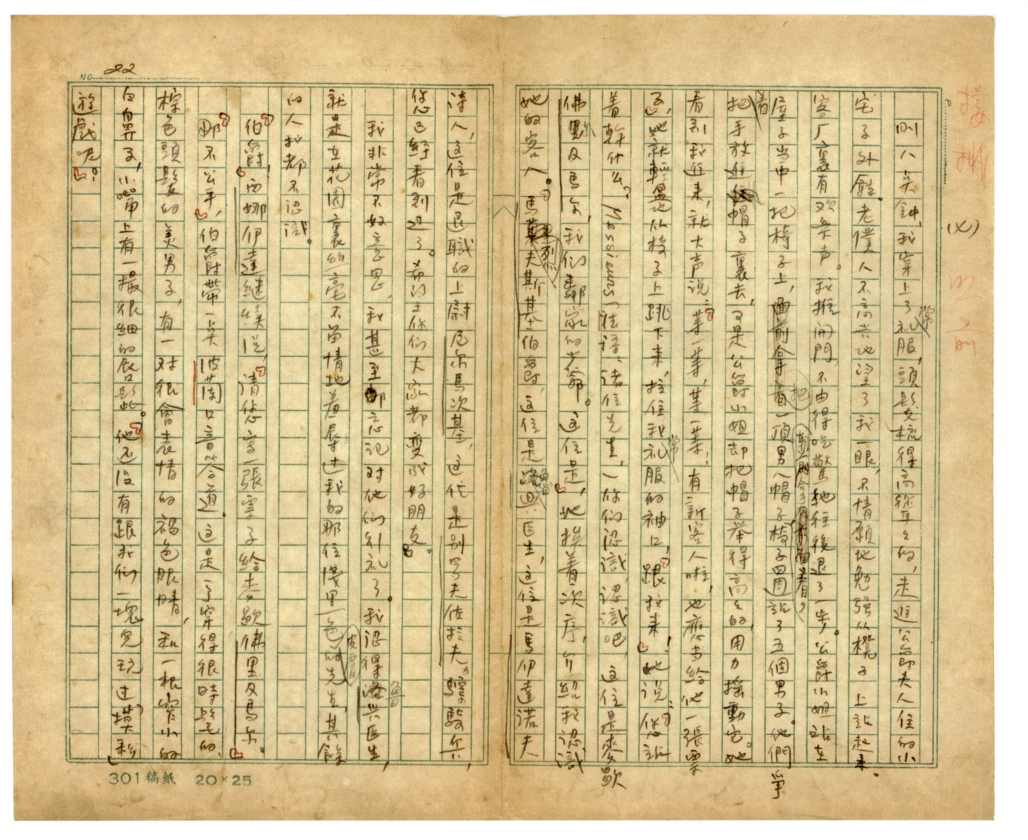

"不公平！"别罗夫佐拉夫和那位被称为退职上尉的人也说了一遍。上尉约莫有四十岁，脸上的麻子多得可怕，头发和胡子像黑人一样，驼背，弯腿，身上穿一件没有肩章、钮扣敞开的军服。

"我的意思要给他买一张票子，"公爵小姐又说道，"为什么要反抗？麦歇佛里及马尔第一次跟我们一块儿玩，今天用不着规则。不要埋怨了，算吧，我要这样做的。"

伯爵小姐耸耸肩膀，可是柔顺地低下头去，用戴满戒指的手拿起一本书，撕下一张纸来在纸上写了。

"至少，您得允许我们把我们在玩的游戏对佛里及马尔先生说明一下，"鲁兴带着讥讽的口气说，"不然他就完全莫名其妙了。年轻人，您懂吗，我们正在玩'摸彩'，公爵小姐是给'摸彩人'——谁拿到幸运的票子，那个人就有吻她的手的特权。我跟您说的话，您明白吗？"

我只是望着他，还是莫明其妙地站在原来的地方——公爵小姐又跳上那把椅子又把帽子摇动起来，大家都拥到她的跟前，我跟在他们后面。

"马伊达诺夫，"公爵小姐对一个身材高大，脸孔瘦长，眼睛小而头发蓬乱而长的年轻人说。"您是个诗人，您应该大量一点，把您的票子让给麦歇佛里及马尔，让他有两个机会。"

但是马伊达诺夫不同意，摇摇头，连头发都飘动起来了。别人都谈过运气以后，我也把手伸进帽子里，拿出一张票子打开来看……天啊，我看到它那张纸上的"接吻"两个字，我不知道如何是好了！

接吻！我不由自主地大声喊起来。

好哟，他中彩了，公爵小姐家之也说，我真高兴！她从椅子上下来，两眼带着亮。安娜也望了我一眼，我的心跳起来。你高兴吗？她问我。

我……我吶吶地说不出话了。

把您的帽子拿去给我，别罗夫佐拉夫突然在我的耳边信口胡说，我给您一百盧布。

我用那样情怨的眼光把驃騎看了一眼，拒绝了，这使得西娜伊達拍手叫好，路兴也喊着：好极了，年轻人！

不过，他说下去，我是司儀人，我的职务便是督促遵守一切规章。麦歇佛尔及馬尔，跪下一條腿。这是我们的规矩。

西娜伊達站在我面前，头微微斜着，好像要把我看得更清楚些，她就郑重其事地向我伸出手来，我的眼睛花了，我本想跪下一條腿，可是两條腿一齐跪下去了，非常不自然地吻她的手指，甚至让她的指甲在我的鼻尖上轻轻抓了一下。

干得好！路兴叫道，他扶着我站起来。

摸彩的游戏继续下去。西娜伊達叫我坐在她身边。她想出种种奇特的中彩的办法！就说其中有一次，她扮演彫像，选醜男子尼馬次基做彫像的台座，叫他弯下身子，而且要把脸贴在自己的胸前。笑声一直没有停止过。对于我，一个生长在讲规矩的贵族家庭，受着严格而孤寂的教育长大的孩子看来，这种喧嚣，这种嘈嚷，这种无拘无束近乎发疯的

回 原文是爱德日訓。

301稿紙　20×25

欢笑，这种从来没有过的跟陌生人的交际，全使我兴奋万分。我简直像喝醉酒似地头发晕了。我竟然笑得、吵得比别人更厉害，连在隔壁屋子里，正在跟从伊凡尔斯基门①请来的录事商量事情的公爵老夫人也出来望我了。可是我觉得我太幸福了，别人的嘲笑和轻蔑的眼光，我真，如俗话所说，一点也不在乎了。西娜伊达对我一直表示优待，不让我离开她身边。有一次中彩的办法是：我得跟她并排坐在一起，让一幅丝巾盖住了我们：我应该把我的秘密告诉她。我还记得那个时候我们两人的头罩住在一种闷热的半透明的、美妙芳香的黑暗里，由这黑暗里，她的眼睛亲切地、温柔地发着光，她张开的嘴唇吐出热气，她的牙齿露出来，她的头发末轻轻地擦着我，使我发痒，使我发烧。我不作声。她狡猾地、神秘地微笑着，后来轻轻地问我："嗯，究竟是什么呢？"而我只是红着脸笑着，把脸掉开去，我手透不过气来了。我们玩腻了摸彩游戏，——我们开始玩一种绳子游戏。我的天，我忽然出了神，给她在我的手指上猛打了一下，我感到多大的快乐！后来我又故意装作出神的样子，她就跟我开玩笑，却再也不肯碰一下我伸给她的手了。

那个晚上我们玩了好多把戏，我们弹钢琴，唱歌，跳舞，表演茨冈人露营②——我们把尼尔马茨基扮成一只熊，叫他喝盐水。马莱夫斯基伯爵表演各式纸牌戏法，最后一次纸牌戏法是威斯特，他把牌洗乱以后，自己把王牌全拿出来，为了这个，路兴便有庆贺他的光荣。马伊达诺夫给我们朗诵他的长诗《杀人者》的片断，这是在浪漫主

① 为莫斯科从白城入中国城的有名的门。（在红场附近）一般诉讼代理人和退职的文官都住在这一带，替人写状子或办理诉讼事件。

② 茨冈人的结伴流浪的队伍。

301稿紙　20×25

義全盛的時期」，這長詩他想用黑色封面上印血紅色書名出版。我們又從伊凡午斯基那（請）来的錢事的膝上偷走他的帽子，逼着他跳哥薩克舞来把它贖回。又叫老僕人瓦發其戴上女帽，公爵的小姐戴起男人帽子……我們做過的事情真說不盡。只有别罗夫佐拉夫越来越往角落裏躲，皺着眉头在生氣……有時他的眼睛充血，滿臉通紅，好像他馬上就要向我們衝過来，把我們當作木屑一樣往四处踢開；可是公爵的小姐看了他，伸出一根手指威嚇地向他指了指，他就又退回原来的角落裏去了。

我們終於玩得疲倦了。老公爵夫人雖然說她什么都不在乎，而且不怕吵鬧，可是後来她也感到疲倦，想休息了。十一點開出晚飯来：一塊不新鮮的乾酪，幾片碎火腿餡的冷包子，我覺得這些包子比我吃過的任何點心都可口。只有一瓶葡萄酒，却有點古怪：大口黑瓶，盛着玫瑰色的酒，可是誰也沒有喝它。我走出小屋子，疲乏快樂得沒有一點力氣了；告别的時候，齊娜伊達緊緊握着我的手，又神秘地微笑了。

夜氣濕潤，迎面撲到我火熱的臉上，看来大雷雨就要来了。烏雲逐漸聚攏增多，飄過天空，它的那些煙似霧的外形，看得出在改變。微風不停地吹過黑暗的樹林，遠处，不知道什么地方的地平線上輕輕地响着好像的、不清楚的雷声。

我從後面的台階走到我屋子裏去，我那個老僕人躺在地板上睡着了，我必須從他身上跨過去。他醒了，看到我，說我母親又為我發脾氣了，她又要派人来找我，可是我父親阻止了。（素来我睡覺前總去向母親請晚安，讓她

[illegible]

301稿紙 20×25

祝福我。现在没有办法了，

我对老仆人说，我自己脱衣服睡觉，我吹熄了蜡烛……可是我没有脱衣服，也没有上床睡觉。

我在椅子上坐下，而且坐得很久，仿佛中了魔一样……我感觉到非常新鲜，非常甜蜜！我几乎什么都不看，静静地坐着，轻轻地呼吸，只是有时候我回想到一件什么事情，我就禁不住默默地微笑，有时候我想到我是在恋爱了，爱的就是她，这就是爱，这思想叫我心里发热。在黑暗里季娜伊达的脸静静地在我眼前浮现——浮来浮去却不再浮走了，她的嘴边依旧挂着那种神秘的微笑，她那眼睛似乎带幻的，从旁边略为斜斜地瞟着我……完全跟我们她告别的时候一样。最后我站起来，蹑着脚走

27

到床前，小心地连衣服也不脱，把头靠在枕上，我好像害怕剧烈的动作会惊扰了那个充满在我心里的东西……

我躺着，可是并不闭上眼睛，不久我注意到一道微光不断地射到我屋子里来……我坐起来，望望窗。窗框和神秘地、朦胧地发白的玻璃已经可以很清楚地分别出来了。雷雨，我想道，雷雨果真来过，可是它已经到很远的地方去了，所以并没有听到什么雷声；只有不很亮的长长的闪光，仿佛一股一股的在天空里继续不断地闪烁：但与其说它在闪烁，还不如说它像垂死的小鸟的翅膀那样地战抖那样地抽动——我起床，走到窗前，站在那里，一直站到天亮——电光并没有停止过一会儿，这是民间称为雀夜的晚上。我望着那沉寂无一点声的砂地，我望着涅斯古奇尼

夏天麻雀的日子，约七月十日

301稿纸 20×25

花園裏點點的一片地方，我望着遠處房屋的黃色的門面，彷彿它們也跟着每一道微弱的閃光在顫動……我望着這些——我不能够認識：這些神祕的沒有聲音的電光，這些短促的閃爍，好像正跟我心裏燃燒的神祕無聲的情欲呼應着。天亮了，黎明的天空現出淡淡鮮紅的雲塊。太陽漸漸往上昇，電光也漸漸淡起來，它們的閃爍也愈來愈疏少，終于消淹沒在這一片已經到來的白天、明朗的陽光裏邊消失了……

我內心的電光也消滅了。我覺得非常疲倦，非常平靜……只是齊娜伊達的畫影依然勝利地在我心裏還逗留。只是這個畫影本身也顯得安靜了……好像一隻從沼地野草中間飛出來的天鵝，它在它四周的醜惡的形象中間顯出特殊的美。我快快睡着的時候，我懷着充滿信賴的、崇拜的告別的心情，最後一次拜倒在它跟前……

啊，溫柔的感覺，柔和的聲音，深受感動的心靈的善良和寧靜，第一次愛情的最初覺醒的令人陶醉的歡樂——如今你們在哪裏，你們在哪裏呢？

（八）

第二天早晨，我下樓用早茶的時候，母親就責備我——可是遠不如我所想像的那么嚴厲——而且要我說出昨夜經過的情形。我用幾句話應付了她，卻瞞過許多細節，極力把事情說得沒有一點毛病。

"無論如何，他們不是 comme il faut（法語：規矩人），"母親說道，"你不必到他們那兒去浪費時間，你應該準備大學入學考試，用用功啦。"

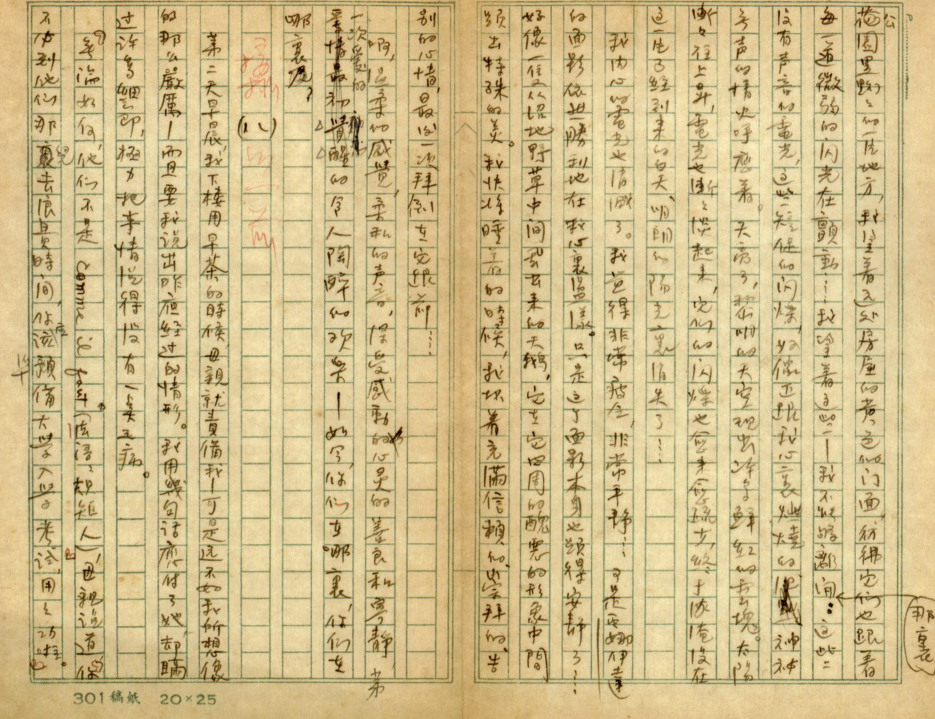

我知道母親所謂关心我功課，就只限於這几句話，因此我覺得沒有辯駁她的必要。可是我們喝过早茶后，父親却挽着我的手到花園裏去，逼着我把我在學校基娜家看到的一切全说出来。

父親对我有一种古怪的、左右我的能力——而且我們的关係也非常古怪。他几乎不过问我的教育，但决不使我伤心，他尊重我的自由——我也许可以這樣说，他甚至对我有礼貌……只是他不讓我接近他。我爱他，我崇拜他，我認为他是個模範的男人，倘使我不是一直感到他在推開我，我會多么热情地爱他！然而只要他願意，他几乎只消用一句话，一个动作，就能够唤起我对他無限的信心。我打開心灵——我像对聪明的朋友或親切的教师似地跟他谈心……可是他又突然地离開了我，他的手又把我推開——虽然親切地，温和地，但他还是把我推開了。

有时候他高興起来，就會像小孩似地跟我一塊兒遊戲，淘氣，他喜欢种种劇烈的体力活動；有一次——就祇有那么一次！——他对我非常親切，使我感動得几乎滴下眼淚……可是他的愉快，他的親切一下子全消滅得乾乾淨淨，而且我們两人中間發生过的事情，並不許使我对将来有什么指望，好像這只是一場夢似的。有時候我仔細地望着他那張聰明、漂亮、愉快的臉……我的心顫動，我整个身心都傾向他……他好像也覺察到我心裏在想些什么，順手在我臉頰上輕輕拍了一下，就走開了，不然就動手去做什么工作，再不然他就突然變成冷冰冰的了，這是他一个人有的一种独特的態度，我立刻就退缩了，我也冷了下来。他那种难得表示的对我的慈愛，决不是我的

301稿紙 20×25

30

不言而喻的欲求唤起的，它们终于突然地发作。许多年以後，我仔细想想下我父亲的性格，我得到这样的了结论，他对我对家庭生活都不感兴趣，他的心只倾向着别的事情，而在那些事情上完全得到了满足。

你能够拿到手的，你就去拿，不要让别人控制你，做自己的主人！人生的全部滋味就在这里了。有一次他这样对我说。还有一次，我以年轻的民主主义者的態度对他发表关于自由的言论（他那天正是我所谓的亲切的那一天，我可以跟他随意谈话）。自由，他重复了一遍，可是你知道，什么东西能够给人自由呢？

什么东西呢？

意志，自己的意志，它能够给人比自由更好的权力。你懂得用意志！你就能够自由，你就能够指挥别人了。

父亲首先超乎一切地热爱生活……而且他已经活过了：他已经强烈感到他不能长久享受人生的滋味：他活到四十二岁就死了。

我仔细地把我在扎谢金娜家里经过的情形告诉父亲。他坐在花园的长凳上，用手杖在砂土上划来划去，似注意非注意地听着，偶尔笑一笑，常常微微发亮的、逗人发笑的眼光望着我，而且用简短的问话和反驳来鼓励我说下去。我起先连齐娜伊达的名字都说不出口来，可是後来再也忍不住了，我就开始赞美她。父亲一直在微笑。後来他伸伸腰，站起来了。

我记得我们走出宅子的时候，父亲吩咐过仆人给他预备马，他是一个很出色的骑手，能够制服最野的马，本领远超过莱勒先生。

"我跟你一塊兒去好嗎，爸爸？"我问他。

"不，"他答道，他的臉上又現出平常那种淡漠而和氣的表情。"要是你要去，你一个人去吧，你告訴馬夫，說我不去了。"

他掉轉身子，急急地走了。我注意地望着他，他走出门外就看不見了，只見他的帽子順着籬笆在動，他到柴謝基娜家裏去了。

他在那裏待了不到一个鐘頭，出来就動身到城裏去，一直到晚上才回家。

午餐以後，我也到柴謝基娜家裏去。客廳裏只有老公爵夫人一个人，她一看到我，就用一根編結針在帽子底下搔搔頭髮，突然問我願不願意替她抄一張呈文。

"很願意，"我說着就在椅子邊上坐下。

"你只是請注意，字寫得大一点，"公爵夫人說着，遞給我一張油膩膩的字紙，"今天就抄，行不行，少公爵？"

"當然，今天我就抄，老太太。"

隔壁屋子的门縫打開了一点。门縫裏露出来齊娜伊達的臉——蒼白，而帶點思索的神情，她的头髮蓬鬆地飄在腦後，她的大眼睛冷冰冰地望了我一眼，就輕輕地關上了门。

"齊娜，齊娜！"老夫人喊道。齊娜伊達沒有答應。我帶了老夫人的呈文回家，整整一个晚上都在抄寫。

接排 （九） 出上前

我的熱情是從那一天開始。我記得那個時候我有一种初上班的新職員的

NO. 32

感覺，我已經不再是年青的孩子了，我在恋愛。我說过，我的热情从那一天起開始，我可以加一句，我的痛苦也就是从那一天開始。离開西娜伊達，我就悒郁不樂：什么都不能想了，什么事也不能做了。我一整天、一整天地专心想她……我悒郁不樂……但是在她的跟前我也並不感到輕松。我嫉妒，我承認自己一无可取，我像傻瓜似地生氣，像傻瓜似地屈膝，然而却有一种不可抗拒的力量把我拖到她身边去，每一次我跨进她房门，不由得感到幸福而渾身顫抖起来了。西娜伊達立刻就猜到我愛上她了，然而我也並不想隱瞞；她玩弄我的热情，她拿我開玩笑，嬌縱我，又折磨我，作為別人的最大歡樂的唯一源泉，專制而又不負責的原因，是一件多么愉快的事，而我好像已經是西娜伊達手中的一塊柔軟的蠟了。不过愛上她的並不只是我一个人，所有到公爵夫人家裏走动的男人都为她神魂顛倒，她把他们都拴在她的脚跟前。她一會兒挑起他们的希望，一会兒又引起他們的憂慮，她喜欢任性翻来覆去地摆弄他们（她把这个叫做“撞他们的头”），可是他们連想都没有想到要违背她的意旨，人人都情願順从她。她的充满了活力與美丽的整個身上，狡猾與隨便，做作與單純，沉靜與活潑，特別迷人地混合在一起。在她所做的、所說的一切裏面，在她的每一个举動裏面，都帶有一种微妙的、輕快的嬌美，处处都顯露出她那特殊的、生氣蓬勃的力量。她的臉不斷地在变化，時時射出光芒：它幾乎就在同一個時候表現出嘲諷、沉思、甚至热情。各种不同的感情像刮風的晴天裏的雲彩那樣，又輕又快在她的眼裏、唇际不断地掠过。

每一个崇拜她的人都是她所少不了的。她有时候把别人当作佐拉夫叫做"我的野兽"，有时候就单叫"我的"，为了她，他即便赴汤蹈火也情愿。他对自己的才智和能力缺乏信心，因而不断地向她求婚，并且向她暗示：别人不过是说说废话。马伊达诺夫适合她的心灵中的诗意：他是个相当冷静的人，跟大多数的作家一样，他极力使她相信，或许也使他自己相信，他崇拜她。他不断地写诗歌颂她，带一种又像做作、又像真诚的热忱朗诵给她听。她同情他，可是同时又有点嘲笑他。她不信任他，听完他的真情的吐露以后，就要他朗诵普希金①的诗，她说这是为着把空气弄干净。卢申，那位爱挖苦人的、说话尖刻的医生，比别人更了解她，比别人更爱她，虽然他当面、背后都常常骂她。她尊敬他，但也并不放松他，有时候她带一种特别幸灾乐祸的快乐神情，使他感到他也是捏在她手掌里的人物。"我是一个卖弄风情的女人，我没有心肝，我生就是一个女演员，"有一次她当着我的面对他说，"哦，好极了，把你的手伸出来，我要把针刺进去，这个年轻人会笑，会使您感到不好意思，您会觉得痛，可是您还得笑，您这位好好先生。"卢申红了脸，转过头去，咬着嘴唇，但终于把手伸给她。她用针刺，他果真就笑了……她也笑了，她把针刺得很深，望着他那双徒然地想避开的眼睛……

我最不了解的是齐娜伊达跟马列夫斯基伯爵中间的关系。他是一个很漂亮、聪明的人，可是在他的身上有一些令人怀疑的、有一些虚伪的东西，连我，一个十六岁的孩子也觉得出来，而齐娜伊达居然没有看

①俄国十九世纪最伟大的诗人，著有《奥涅金》等。

301稿紙 20×25

出这些那些觉得奇怪。或者她早已看出他那些虚伪的地方，只是并不讨厌完而已。她那种不正常的教育、古怪的交际和习惯、母亲经常在她身边，家境寂不好，家里又很乱——从这位少女享受自由的时候开始，她认为自己比她周围的男人高一筹的时候开始，这一切在她的心中发展成一种有着瞧不起人的随便、和不苛求的习气。不管发生了什么事情——或者服饰发其一事——粧用光了，或者什么难听的闲话传开来了，或者客人们争吵起来——她也不过摇摇她的鬈发罢了，说："这都是些小事！"她一点也不在意。

但是每次马列夫斯基伯爵走到她跟前，以一种狐狸似的狡猾的动作优雅地靠在她的椅背上，带一种自满而又谄媚的微笑在她耳边低声说话，而她两只胳膊交叉在胸前，专心地望着他，她也自己微笑了，而且她又摇摇头，那个时候，我，我就觉得全身的血都沸腾起来了。

"您为什么要接待马列夫斯基伯爵呢？"我有一次问她道。

"他有那么漂亮的小胡子，"她说，"您不懂这个。"

"您是不是以为我喜欢他？"还有一次她对我说，"不会，我不会爱上一个我瞧不起的人。我要喜欢一个能够支配我的人……但是我命里不要遇到那样的人，谢谢上帝，我不要落到任何人的手里，不，绝不！"

"那末，您永远不会恋爱了？"

"可是您呢？我难道不喜欢您吗？"她说着，用戴着手套的指尖在我的鼻子上敲了一下。

不错，齐娜伊达简直是在拿我来寻开心。一连三星期里面，我天天去看她——她什么把戏都跟我玩过了，她很少到我家里来，我也不希望她来，她在我们家里就要扮一位端庄的小姐，一位富贵的姐子，我害怕看到她。我生怕在母亲面前泄露我的秘密，母亲很不喜欢西娜伊达，她常常用不高兴的眼光监视我们。我倒并不这样害怕父亲：他好像并没有注意我，他也很难得跟她谈话，可是谈起来却谈得非常聪明，而且意味深长。我不再做功课，读书了，我连到附近地方去散步，或骑马的事情都停止了。我好像是一个给人缚住脚的甲虫，不断地绕着这所心爱的小屋转来转去；我好像真想永远留在那里似的……然而这是不可能的。母亲责备我，甚至有时候西娜伊达也在赶我回家。那时候我就锁在自己的屋子里，或者走到花园的尽头，爬到高高的石头造的温室的废墟上，把两只腿挂在临街的墙头，接连地在那里坐上好几个钟头，呆呆地望着，望着，可是什么也没有看见。白色的蝴蝶懒洋洋地在我身边盖满尘土的荨麻上面飞翔，离我不远的半毁坏的红砖上有一只又不避人的麻雀，在那里生气似地噪叫，不停地扭转它的全身，展开它的尾巴。那些始终不相信我的乌鸦，高高地，远远地躲在光秃秃的桦树顶上，断断续续地叫几声，——阳光静静地照在桦树的稀疏的树枝上，风轻轻地吹动它们，——顿河修道院的安静而又凄凉的钟声不时飘送过来——可是我只是默默地坐着，凝视着，倾听着，全身充满了一种莫名的感觉，这种感觉里包含着一切：悲哀，欢喜，未来的预感，欲望和生的恐惧。可是那个时候，我对于这个一点也不懂，我也不能把这一切在我心里沸腾的东

西叫出一個名目，我倒不如用一个名字—西娜伊達的名字来叫它們。西娜伊達一直在玩弄我，就像貓作弄老鼠似的。她一会儿对我卖弄风情，—使我心神不寧，一會兒她又突然地把我推得远远的了，—我再不敢走近她，我連看都不敢看她一眼。

我記得接連有好几天她对我非常冷淡，我完全胆怯了，我畏缩地走到她們那所小宅，不管那個時候老公爵夫人正在家里叫嚷，我总设法去接近她。她的期票的事情弄得很糟，她已经跟警察局解释过两次了。

有一次我顺着那道我記熟的木栅栏散步，我看到西娜伊達，她撑着两隻膀子坐在草地上一動也不動。我正想悄悄地走開了去，她突然一抬起頭来，命令似地招呼我过去。

我呆了一會，我並沒有立刻懂得她的意思。她又招呼我一下。我趕快跳过木栅栏，高高兴兴地朝她跑过去，可是她用眼光命令我不要走到她身边，指点我站在离開她两步远的小徑上。我窘透了，不知道怎么才能好些，我就在小徑边沿上跪下去。她的脸色非常苍白，整個脸上都露出那樣痛的悲哀，那樣不堪的疲勞，这使我的心十分难过，我就不由自主地低声说：

"有什么事情？"

西娜伊達伸出手，摘了一片草放在嘴裏咬了一下，又把它远远地抛開了。

"你非常愛我嗎？"她终于问道，"是嗎？"

我沒有说什么，—而且，我为什么要回答呢？

"是，"她像先前一樣地望着我又说了一遍，"是这樣的。一樣的眼睛，"

她说这句，她又沉思了，用两只手捧着脸。一切都惹起我心烦，她低声说，我倒不如早到世界的尽头去，我受不了，我对付不了……我还有什么前途……啊，我痛苦……我的上帝，我多痛苦啊！

为什么呢？我胆怯地问道。

西娜伊达并不理会我，只是耸耸肩膀。我还是跪着，忧郁地望着她。她说的每句话都像刀子似地在割我的心。在这一刻，只要能够消除她的痛苦，我就是要牺牲我的生命，我也甘愿。我望着她，虽然我还是不知道为什么她会感到痛苦，可是我也明明白白地想像得出来：她因此感到一阵难堪的苦恼，走到花园里，就像给镰刀割去似地倒在地上了。四周明亮，而且一片翠绿；风在树叶间发出沙沙的响声，有时候风还吹动覆盆子树的长树枝，在西娜伊达的头上摆来摆去。不知道从什么地方传来鸽子咕咕叫声，蜜蜂嗡嗡地在稀疏的青草上低飞。在我们头上天空蓝得可爱，可是我却是这么悲伤……

念点诗给我听吧，西娜伊达低声说，身子支在肘子上，我喜欢听你吟诗。你吟起来像唱歌似的，但没有关系，这是因为年轻。给我吟格鲁吉亚的山上，不过，请您先坐下来。

我坐下，朗诵《格鲁吉亚的山上》①。

"它要不爱，也不可能，"她跟着我吟了一遍，这就是诗的好处：它告诉我们生活里没有的事，可是它不但比现在有的事更美，而且还更近于真实……它要不爱又不可能，一定想爱，又不可能！她又不作声了，突

① 普希金的诗（一八二九年）。

301稿纸 20×25

突然她醒了，马上站起身来。

我们走吧，马伊达诺夫还在妈妈那儿，他给我送来他自己的诗，又是我把他丢在那儿走了。他现在一定很伤心……可是我有什么办法！你说有一天会了解的，可是现在请您不要跟我生气吧！

齐娜伊达紧紧地握一下我的手，我们向前跑去了。我们回到小屋子裏。马伊达诺夫开始对我们朗诵他刚出版的诗集《杀人者》，可是我并不在听他朗诵。他做作地高声朗诵他那个四音韵脚长短格的诗句，韵律好像嘈杂、多义的小铃声似地交替着出现。我一直望着齐娜伊达，极力要弄懂明白她最后一句话的意思。

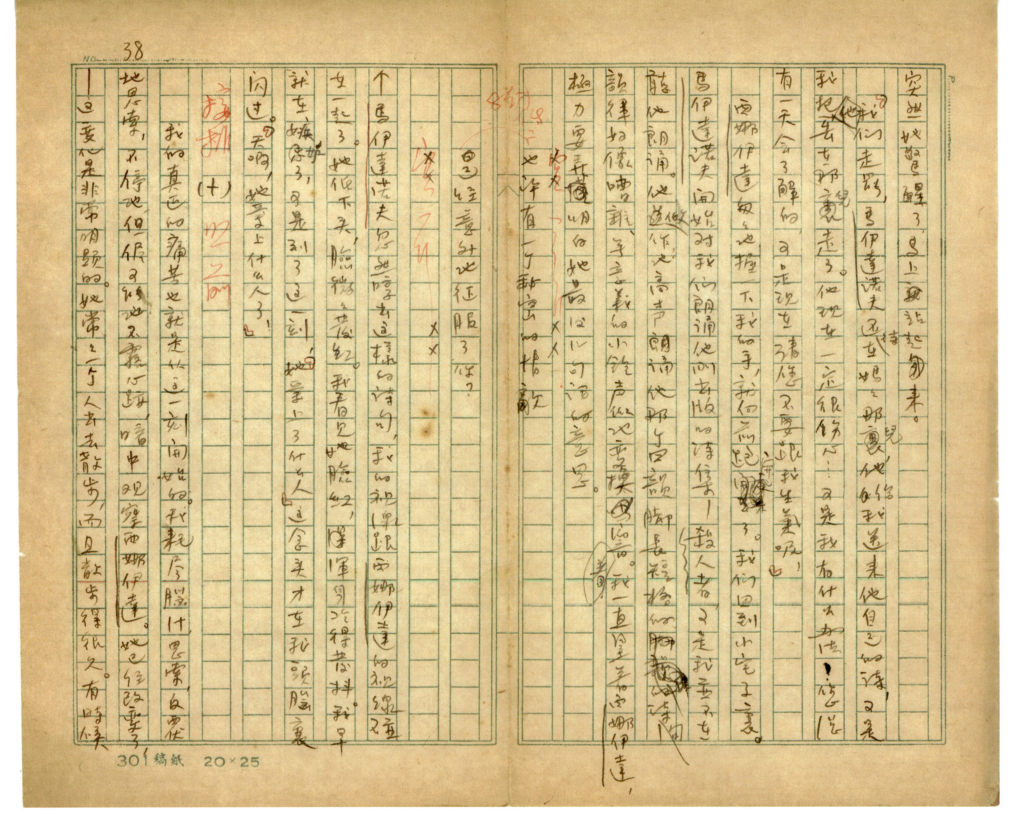

也许有一个秘密的情敌已经喜欢上他征服了你？

××

马伊达诺夫尽其所能地写这样的诗句，我的视线跟齐娜伊达的视线碰在一起了。她低下头，脸微微发红。我看见她脸红，浑身冷得发抖。我早就在嫉妒了，可是到了这一刻，她爱上了什么人，这个念头才在我头脑裏闪过。天啊，她爱上什么人了！

（十）

我的真正的痛苦也就是从这一刻开始的。我絞尽脑汁思索，反覆地思索，不停地但很又纯地不露心踪，暗中观察齐娜伊达。她已经改变了——这是非常明显的。她常常一个人去去散步，而且散步得很久。有时候她連客人都不接見，在自己的屋子裏她一連坐上好幾個鐘頭。她以前從沒有這樣的習慣。我突然變得，或者我自以為變得，感覺非常敏銳了。「不是他嗎？或者就是他嗎？」我問自己道。我很不安地把她的崇拜者一个一个都猜到了。馬萊夫斯基伯爵（雖然為了齊娜伊達的緣故，我也羞於承認這一个看法）在我心裏顯得比別人更危險。

我的觀察力連我鼻尖以外的事都看不清楚，我那个神秘恐怕也瞞不過別人；至少魯興醫生很快就看穿我了。可是他最近也變了：他瘦了，還是那樣常常地笑出聲，他的笑声仿彿更有些沉悶了，更常帶惡意了，更短促了，他從前那種輕鬆的諷刺、做作的尖刻情緒，代替那些的是一種不由自主，神經質的急躁。

39

「您為什么老是上這兒來呢，年輕人？」有一次在柴謝基娜家客廳裏只有我們兩个人的時候，他對我說。（這時候公爵小姐出去散步，還沒有回家，從頂樓傳出來老公爵夫人的刺耳的叫嚷，她正在跟女僕人爭吵。）「在您這年紀，您正應該唸書用功，可是現在您在這兒幹什么呢？」

「您怎么知道，我在家裏用功不用功呢？」我帶了一點傲慢，但也有一點狼狽的樣子分辯道。

「您很用功，這可不是您的真心話吧！我也不跟您爭論……在您這个年紀，這原是很自然的事。可是您完全挑錯了人。您難道沒有看出這是怎么樣的人家？」

「我不懂您的意思，」我說道。

301稿紙 20×25

「不懂吗？那更糟了。我认为我有责任来警告您。像我们这些人——老生根——不妨到这里来，这对于我们还有什么坏处呢？我们已经受够磨练了，没有什么可以伤害我们。可是您还是一个孩子，您的皮肉还娇嫩。这里的空气对您有害，——相信我，您会受到传染的。」

「怎么会这样呢？」

「就是这样的。难道您现在健康吗，难道您还是一个正常状态的人吗？难道您现在感觉到的东西，对您有用，有好处吗？」

「我感觉到的是什么呢？」我说，可是在心里我承认医生说的话都是对的。

「呵，年轻人，年轻人，」医生继续说，「看他那种表情，好像这两句话里含得有一种很大的侮辱似的。您强辩有什么用？谢谢上帝，您心里想到的事，在您的脸上都显得非常明白。可是，我说的都是废话！倘使……（医生咬紧牙齿）……倘使我不是这样的怪人，我自己就不会到这里来。就是我觉得奇怪的是：像您这样聪明的人您难道还看不出来，您周围发生了些什么事情？」

「可是发生了些什么事情？」我全身颤抖地插嘴说。

医生用一种嘲笑的、怜悯的眼光望着我。

「我也是好人，」他说，好像在自言自语似的，「我得对他说明白些，」他提高声音又说：「我再跟您说一次，这儿的空气对您不合适。您觉得这里舒服，不过这没有什么关系！花房里虽然芬芳扑鼻，

了並人不能够住在那里。唉，听我的话，还是回去吧。您的嘉達法夫人敬

拜高呈

公爵夫人一边来新高医生把您的手道歉。从来西娜伊達也回来了。

"喂，"公爵夫人说，"医生先生，请您骂骂她，她整天都在喝冰水——她的胸

部很弱，这样对她的健康不好。"

"您为什么要这样？"嘉芙问道。

"这会出什么事情？"

"什么事情？您会受凉，也许会致死。"

"就是这么一回事吗？真的？那可好！那是再好不过的事！"

"原来是这样！"医生喃喃地说。老公爵夫人出去了。

"原来是这样，"西娜伊達也说了一遍，"难道活着就是这么愉快的事吗？请您朝您四周看看——怎么！您以为好吗？或者您以为我完全不懂得，完全感觉不到吗？我喝冰水，——我感到快乐，难道您真能使我相信，拿我这样的生命来换取一时的快乐是一件太不值得的冒险吗？关于幸福，我早就把它丢在脑后了。"

"啊，是，"嘉芙说道，"喜怒无常和自我中心——这两句话说尽了您：您的性格完全包含在这两句话里面。"

西娜伊達神经质地笑起来。

"您来迟了，亲爱的医生。您观察错误；您已经落伍了。您还是戴上眼镜吧。我现在哪有喜怒无常的心情，我我玩弄了你们，也玩弄了

41 金锦福

42

我自己……还有什么趣味，至于自我中心地一变欲佛里的男女，使娜伊达实在娇乱脚来，对我呼道：“不要装模作样的面孔。我受不了别人的情悯。”她跟快的走出去了。

“这种气氛对你有害处，有害处，年轻人。”[illegible]又对我说了一次。

十二

就在这天晚上，常来的几个客人又聚在一些谈甚娜家里了，我也是其中的一个。

话题转到马伊达诺夫的诗，娜伊达真心地称赞他。“可是作为诗怎么样？”娜伊达对他说，“倘使我是一个诗人，我要选择别的题材。也许，这都是毫无意思的，总而言之有时候一些古怪的念头会钻进我的脑子里来，尤其是天快亮的，我睡不着的时候，天空变成浅红色和灰色的时候，我会，譬如说，……你们不会笑我吗？”

“不会，不会！”我们异口同声地喊道。

“我会描写，”她继续说下去，她双手交叉地放在胸前，眼睛望到一边去了。“晚上，静静的河面上一条宽大的大船里坐着一大群少女。月光照在面上，那些少女都穿着白色的衣服，都戴着白色的花冠，全都在唱歌，你们知道，就唱赞美歌一类的歌曲。”

“我明白，我明白，请你说下去。”马伊达诺夫意味深长地若有所思地说。

“突然——岸上响起一阵喧哗，笑声，鼓声，还有火把……原来是酒神的女祭司①带着歌声和欢呼跳舞过来了。诗人先生，描写是[illegible]

① Bacchante，希腊神话中酒神Bacchus的女祭司。

又就是说它们二作了……以一，是我想把火把描写得很红，而且冒出很多烟雾，而且酒神女祭司的眼睛在花冠下发亮，应当她们的花冠是绿色的。可是也不要忘记描写那些虎皮，长脚酒杯，——还有黄金，许多许多的黄金。

"这黄金应该放到什么地方呢？"马伊达诺夫把自己光滑的长头发甩到后面去，还张一张鼻孔，向她问道。

"放到什么地方？她们的肩上，手腕上，脚踝上，哪儿都可以。古时候的女人脚踝上都戴着黄金脚环呢。酒神的女祭司招请船中少女，到她们跟前去。少女们不再唱赞美歌了，她们不能够再唱下去，可是她们一动也不动；河水把她们送到了山岸边。突然间一个少女从她们中间情情地说起来……这一点您又要好好地描写：她怎样在月光里悄悄地说起来……她的女伴又怎样地吃惊……她跨过船舷，酒神的女祭司就围住她，拉着她飞快地跑进夜里，跑进黑暗里去了……这儿您得描写一缕一缕的烟雾，四处都乱了。只听见她们尖锐的叫声，只有少女的花冠还留在山岸上呢。"

西娜伊达讲到这里就不作声了。（啊，她爱上什么人了，我又想道。）

"就这些吗？"马伊达诺夫问道。

"就这么一点。"她答道。

"这可不好作为一首长诗的题材，"他郑重其事地说，"不过我可以借用您的意思写一首抒情诗。"

"浪漫主义的吗？"马列夫斯基问道。

"当然，浪漫主义的，用拜伦[一]式的诗体写。"

"照我看来，雨果[二]比拜伦好，"年轻的伯爵随口说道，"雨果写得更有趣些。"

"雨果是第一流的作家，"马伊达诺夫答道，"而且我的朋友邓又霍也夫在他西班牙小说《衣乐·特洛瓦多》[三]里……"

"哦，就是那一本凡是问号都倒过来写的小说吗？"齐娜伊达打断他的话。

"是的，这是西班牙的习惯。我要说邓又霍也夫……"

"嗯，你们又要议论什么文学上的古典主义和浪漫主义了，"齐娜伊达第二次打断他的话。"还不如让我们来玩……"

"玩摸彩吗？"鲁申接着说。

"不，摸彩玩腻了。还不如玩比喻吧。"（这是齐娜伊达自己想出来的游戏：她说出一样东西，每个人竭力用别一样东西来跟它比拟，谁的比喻最恰当，就得奖。）她走到窗前，太阳正在往下落，大块的红云高挂在天空。

"这些云像什么？"齐娜伊达问道，她不等我们回答就说，"我以为它们像克丽奥巴特拉[四]去迎接安东尼[五]时候坐的金船上的紫帆。马伊达诺夫，您记得不记得，不久前您还把这个故事讲给我听呢？"

注[一] 拜伦（1788—1824）英国著名浪漫主义诗人。

[二] 雨果（1802—1885）法国浪漫主义诗人兼小说家。

[三] 一八三〇—一八四〇年间，俄国有一部分浪漫主义作家，以西班牙、意大利、英国情调作为他们作品的题材。特洛瓦多尔（El Trovador，西班牙文）意即吟游诗人。

[四] 克丽奥巴特拉（纪元前69—30年）埃及女皇，貌美且有野心，曾使罗马政治家凯撒和安东尼先后钟情于她。

[五] 安东尼（纪元前83—30年）罗马政治家兼军事家。

301稿纸 20×25

我们大家都跟《汉姆莱脱》里面的帕拉尼阿斯①一样，認为把这些云比成骆驼是再恰当不过的了，我们谁也想不出比这更好的比喻来。

「那时候安东皮有多大年纪了？」齐娜伊达问道。

「一定是个年轻人，」马列夫斯基直全合道。

「对，是个年轻人，」马伊达诺夫肯定地说。

「对不起，」鲁欣大声说，「他已经四十多岁了。」

「四十多岁了，」齐娜伊达很快地望他一眼，重说了一遍。

我不久就回家了。「她爱上什么人了，」我的嘴唇不由自主地低声说了出来……「但是爱上了谁呢？」

（十二）

好些天过去了，齐娜伊达变得愈来愈古怪，愈来愈不可理解。有一次我到她那里去，看到她坐在藤椅子上，头紧紧地贴到尖尖的桌子边上。她站起来了……满脸都是眼泪。

「啊，是您……」她带一种残忍的微笑说，「过来。」

我走到她的身边，她把手放在我头上，出乎不意地拉住我的头发就揪起来。

「痛啊，」我终于说了。

「啊，痛！难道我不痛，我不痛？」她反覆地说。

① 汉姆莱脱(Hamlet)为英国伟大戏剧家莎士比亚四大悲剧之一。第三幕第二场里汉姆莱脱与帕拉尼阿斯对话中，汉姆莱脱先把云比作骆驼，然后比作鼬鼠，再比作鲸鱼，帕拉尼阿斯三次都认为他的比喻非常恰当。

301稿紙 20×25

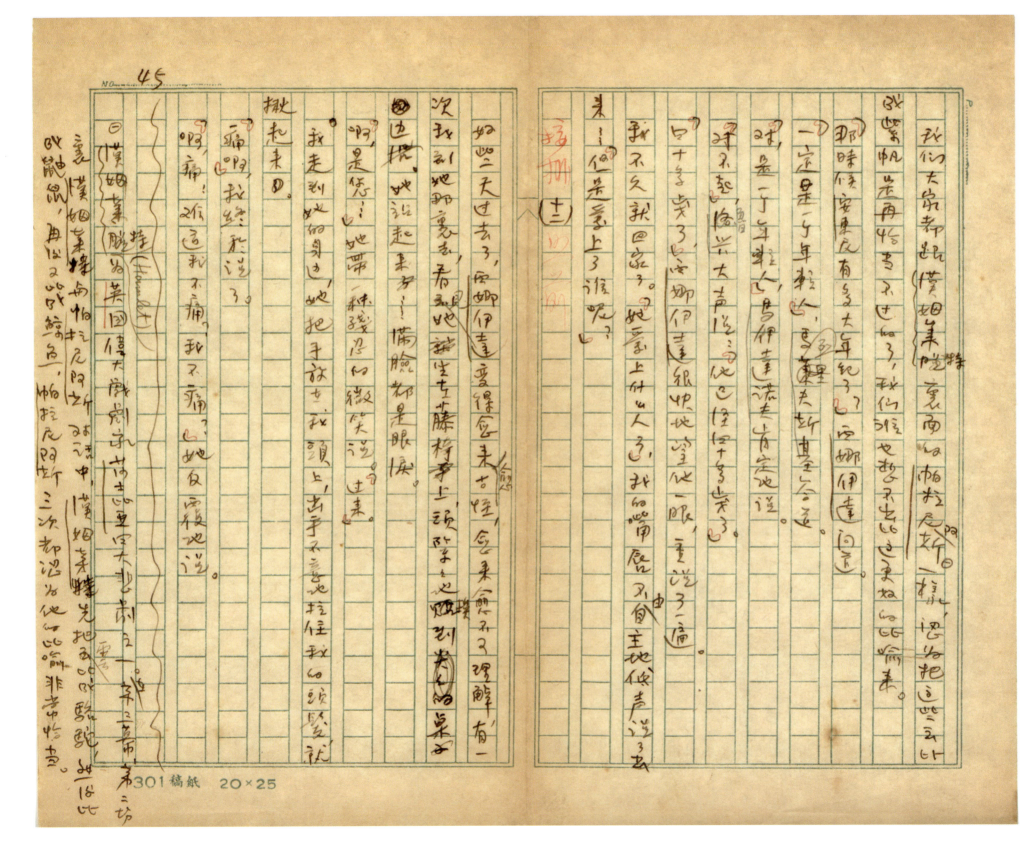

No. 46

"啊哟！"她看到她已经把我的一小绺头发拔掉了，便突然叫起来。

"我做了什么？可怜的麦歇佛对马尔。"

她把拔下来的头发理直，绕着她的手指缠成一个戒指。

"我要把你的头发藏到项练上小圆盒子里，挂在我颈项上，"她说，泪水又在她的眼睛里发亮。"这样也许可以给你一点安慰……不过现在我们再见吧。"

我回到家里，就看到一件不愉快的事情。母亲跟父亲在吵架；她为了某一件事情责备他，又为他吃，还是保持他原来的习惯，冷淡地、有礼貌地默默不作声，不久就走开了。我听不出母亲说的是怎么一回事，我也没有心思去听。只是我记得，这场风波过去以后，她叫我到她的屋子里去，很不高兴地责备我常常到公爵夫人家里去玩，因她说公爵夫人是一个une femme capable de tout（法语：一个什么事都干得出来的女人）。我上前去吻她的手（每逢我想打断她的话题的时候，总是这样做的），就回到自己的屋子里。西娜伊达的眼泪完全把我的头脑搅乱了；我简直不知道要打什么主意，我真想大哭一场；我究竟还是一个孩子，虽然我也有十六岁了。我已经不再注意马莱夫斯基，虽然别洛夫佐拉夫的样子一天比一天来得凶恶可怕，他好像狼对羊似地瞅着狡猾的伯爵；可是我没有心思想到任何事情，我也没有心思想到任何人了。我沉浸在种种幻想里，我总是找寻僻静的地方去躲着。我特别喜欢温室的废址。我常常爬到高墙上，坐下来，我坐在那里觉得自己是

301稿紙　20×25

个很不幸，很孤独，很忧郁的年轻人，这叫我又怜起自己来了，又是这种感伤对我又是多大的慰藉，又怎么地使我陶醉！

有一天，我正坐在墙上，望着远处，倾听钟声……忽然有什么东西在我身边擦过去——不像是风，也不是鸟翅膀，彷彿是一阵人的气息，彷彿有人走近的感觉。我朝下一看。下面路上一位齐娜伊达穿一件浅灰色衣服，肩上撑一把粉红色阳伞，匆匆忙忙走来。她看见我，就站住了，把草帽边往上掀一下，举起她那天鹅绒似的眼睛望着我。

您在那么高的地方做什么呀？她带一种古怪的笑容问我。嗯，她接着说下去，您总是在说您爱我，倘使您真爱我的话，那末就跳到路上我这儿来。

齐娜伊达的话还不曾说完，我纵身凌空地跳了下去，简直就像有人在背后猛地推了我一下似的。这堵墙大约有两俄丈㊀高。我跳下来的时候，脚先落地，不过震动得太厉害了，我竟然站立不住；我倒在地上，一下子就失去了知觉。我醒过来，还没有张开眼睛，就感觉到齐娜伊达在我的身边。我亲爱的孩子，她向我弯下身子，她的声音里透露出一种惊慌不安的温柔：你㊁怎么可以这样做呢，你怎么可以听我的话呢……你知道我爱你……起来吧！

她的胸部就在我的胸旁一起一伏，她的手抚摸我的头，突然——我怎么来说明我那时候的感觉呢？——她那柔软的，清凉的嘴唇吻了我整个脸……她的嘴唇吻到我的嘴唇了……可是我的眼睛还没有睁开，可是齐娜伊达从我脸上的表情就可以猜到我已经恢复知觉了，她很快地就站起来，

㊀ 两俄丈　一俄丈约合中国六尺六寸。

㊁ 齐娜伊达在这里用"你"叫他，以示亲密。

301稿紙　20×25

说说嘛，起来吧，须变什么又，傻孩子，干什么住在这躺在尘土里呢？

我站起来。

把我的阳伞找来。西娜伊达说，我把它丢到什么地方了。不要这样对我看看又看，你没有受伤吗？大概还是草麻刺伤了罢？我跟你说，不要望我……又是他一点也不明白，他不回答我，她仿佛自言自语地说起来，回家去吧，麦歇佛尔大马多，回去刷掉灰尘，又不要跟我，那我要生气啦，我再也不……

她还没有说完话，就急忙走开了，不过我还是坐在路边……我的腿再也没有站起来了。我的手给荨麻刺伤了，背脊疼痛，眼发昏，可是这一次我所经验到的那种至上的幸福感，在我的生命里决不会再有第二次了。它成为一种甜蜜的痛苦侵袭我全身，最后完全爆发为大欢喜的狂跳和狂叫。的确，我还是一个孩子。

（十三）

这一天，整天我都是那么快乐，那么骄傲，我脸上还那么鲜明地保留着西娜伊达吻我的感觉，我想起她说过的每一句话，就会起一阵欢喜的战栗，我非常珍重我这意想不到的幸福，我甚至害怕起来，我甚至不愿意再看到她——这样一个给我新感觉的人。我觉得我对命运已经无所要求了，现在我应当好好地呼吸最后一口气，闭上眼睛死掉了。但是第二天我走进小室的时候，我却觉得偏促不安，我白费劲力地想把它掩藏在从容自如的外表下面，这种态度正合于一个想叫人一看便知道他能够保守秘密的。但是西娜伊达接待我非常自然，没有一点一毫的激动，她只是伸出手指来指点我一下，就问我，身上有没有伤痕，这一下子我所有的从容，我所有的神秘的感觉全消失了，连我的偏促不安也跟着一块儿消失了。本来我并没有过什么特别的指望，可是西娜伊达安静的态度彷彿迎头泼我一身冷水。我明白了，在西娜伊达的眼里，我不过是一个小孩，——这使我感到多么痛心啊！西娜伊达在屋子里走来走去，每逢她的眼睛碰到我的眼睛的时候，她就很快地望我笑笑，可是她的思想都在远处，这一点我也看得清清楚楚……我要不要向她提昨天的事情？我想道，问她昨天那么匆忙地到哪儿去了，才好打听出来……她向我只是摇摇手，坐在角落里。

49

别洛夫佐罗夫进来了，我看见他很高兴。

“我还没有给您找到一匹驯马，”他用一种不高兴的口气说，“弗来伊达克担保给我找一匹，可是我不敢相信他，我害怕。”

“您害怕什么？”西娜伊达问道，“请问。”

“怕什么？啊，您还不会骑马哪，天晓得，会闹出什么事情。您怎么忽然想起了什么怪念头来啦！”

“嗯，这是我的事情，我的野兽先生。那末我还不如去找彼得·佛西里也微契！……”彼得·佛西里也微契就是我父亲。她那么随便、那么自然地提到他的名字，彷彿好像她相信他乐意给她效劳似的，这叫我惊奇。

“哦，原来是这样，”别洛夫佐罗夫道，“那末，您要跟他一块儿去骑马？”

（二）一八三〇年代莫斯科著名的马的饲养者。

50

"跟他，或者跟别人一块儿，——这跟您完全不相干。仅仅我不跟您一块儿去。"

"不跟我一块儿去，"别罗夫佐拉夫顺着她说了一遍。"随您的便。好吧，我给您找一匹马来。"

"可是，您得注意，我可不要母牛。我预先告诉您，我要去跑马的。"

"您要去跑马，我不反对，可是跟谁一块儿去呢，您要跟马列夫斯基一块儿去跑马吗？"

"为什么我就不能跟他一块儿骑马呢，——武士？嗯，安静一点吧，"她又说。"不要这样盯住我看。我也跟您一块儿去。您不懂，现在马列夫斯基在我心里是怎么一回事，——唔，"她摇摇头。

"您这种话，不过是用来安慰我罢了，"别罗夫佐拉夫[illegible]桀骜地说。

西娜伊达眯起眼睛。"这给了您安慰吗？……噢！……噢——噢——武士！"她说，彷彿她再找不出别的话了。"那末您呢，麦歇佛尔及马尔，您也跟我们一块儿去吗？"

"我不喜欢……跟大群人一块儿……"我垂下眼睛含含糊糊地说。

"您喜欢tête-à-tête……（法语：密谈）——好吧，要自由的人得到自由，圣人进天堂（注），"她叹一口气说，"走吧，别罗夫佐拉夫，您去奔忙吧！我明天一定要一匹马。"

"哦，可是从哪儿来这笔钱？"公爵夫人插嘴说。

西娜伊达皱皱眉头。

"我不会向您要钱的，别罗夫佐拉夫会信得过我。"

（注）即各得其所之意

301稿紙 20×25

"她信得过，你信得过他——？"公爵夫人唠唠叨叨地说，突然地提高嗓子大喊："杜尼霞希加！"

"妈妈，我送过您一把叫人铃，"安娜伊达说。

"杜尼霞希加！"老夫人又喊了一次。

别洛夫佐拉夫告辞了，我跟他一块儿出去——安娜伊达并没有留我。

（十四）

第二天早晨，我起得很早。我自己削好一根手杖，就动身到郊外去。我自己说是出去散步遣愁。天气非常的好，晴朗，可又不太热；爽人快的微风吹拂着大地，有节度地呼啸着，舞动着，把一切都吹动了，却又连什么都没有扰乱。我在山上，林中徘徊了很久，我并没有感到幸福——我从家里出来的时候，就有意让忧郁支配我的心灵；可是青春，美好的天气，清凉的空气，畅游的欢乐，静静地躺在茂密的青草上面的舒适，倒在我心里占了上风，那些我永远忘不了的话语，那些接吻的回忆。我想起安娜伊达无论如何对于我的决心，我的英雄气概总不能不重视，这又使我感到愉快……在她眼里看来，别人也许都比我好，我想，让他们去罢！他们只是空空洞洞地做什么，而是我真的做过了……而且还有什么事情我不会为她做呢！……我的想像开始在活动了。我想像着我怎样从敌人手里救出她来，我怎样满身鲜血地从监牢里把她抢救出来，又怎样倒在她的脚下死去。我想起了挂在我们客厅里的那幅画：麦莱克·阿及勒带走麦其勒达①——……可是

① 麦莱克·阿及勒：十八世纪法国女作家的冒险小说《麦其勒达，或十字军战役》中主人公。俄国十九世纪初期贵族都非常喜爱这部小说，以及这小说中的主人公。

52

後響起了緩慢的、得得的馬蹄声。我回头一看，不由自主地停住了，脱下了帽子：我看見父親和西娜伊達，他們並排地騎着馬走来。父親整了身子彎向她那边，一隻手撐着馬的頸項，他微微地笑着，正在跟她講話；西娜伊達默默地傾聽着，嚴厲地埋下她的眼睛，她的嘴唇緊緊地閉着。起先我只看見他們兩人，但沒有多久，別羅夫佐拉夫也從山谷轉彎的地方出現了，他穿了一身帶披肩的驃騎兵的制服，騎一匹直冒着汗的黑馬。這匹雄偉的馬搖搖頭，鼻子噴氣，慢慢地跳起来。騎馬的人連忙拉住牠，用踢馬刺踢牠往前走。我躲在一边。父親勒一勒韁繩，離開了西娜伊達，她慢慢地抬起眼睛望他，兩個人都跑过去了……別羅夫佐拉夫跟在他們後面疾奔过去。他的

㈠ Basso-viola 提琴中最大、音最低的一种。

㈡ 俄國著名的民歌

㈢ A. C. Хомяков——俄國浪漫主義作家。伊爾麥克是他的悲劇的主人公。

301稿紙 20×25

這個時候，我的注意力讓一隻帶斑紋的大啄木鳥吸去了。牠正順着樺樹的細樹幹匆忙地往上爬，並且有點担心地從細樹幹後面探出頭來瞧瞧——一會兒向右，一會兒向左望，好像一個音樂家從大提琴㈠後面向外張望似的。

於是我唱起不是白雪㈡來，我還唱當時流行的短歌，"西風吹起的時候，我等着你"，這時我又大聲地朗誦霍米雅科夫㈢的悲劇裏伊爾麥克對着星星呼籲的一段，我還立想一首感傷的詩，我甚至想好了全詩的最後一行，都用："啊，西娜伊達，西娜伊達！"可是毫無結果。而且快到午餐的時候了。我走下山谷裏去，山谷裏有一條窄窄的砂泥山路，彎彎曲曲地直通到城裏。我順着這條小路走去……我的背

軍刀鏗鏘地響着……她的臉紅得像龍蝦，我心裏想道，她呢，為什麼臉色那麼蒼白？她騎了一早晨的馬，臉色倒蒼白了？

我加快腳步走回家去，剛好趕上午餐的時候。父親早已換好衣服，梳洗好，高高興興地坐在母親的圍手椅旁邊，用流暢的，響亮的聲音給她唸一篇 Journal des Débats 評論報的連載小說；可是母親並不專心在聽，她看到我，就問，我一整天去哪兒了，又說她不喜歡我常常跑到莫名其妙的地方去，跟莫名其妙的人待在一塊兒。「我一個人去散步，」我正想這樣回答母親，可是我看看父親，不知道為了什麼緣故，就不作聲了。

(五)

以後五、六天中間，我幾乎沒有看見西娜伊達，她說她不舒服，可是這並不妨礙那些常客來（用他們自己的話說）上班——只少了馬伊達諾夫，他只要沒有高興的機會就意氣消沉了，感到無聊了。別洛夫佐拉夫陰沉沉地坐在屋角，衣服的鈕扣全扣上了，臉脹得通紅；馬萊夫斯基伯爵文雅的臉上現出一種惡毒的微笑，他的確受到西娜伊達的白眼了，因此特別殷勤地去伺候老公爵夫人，陪她坐從驛站僱來的馬車到總督那兒去；可是這次旅行並沒有得到好處，馬萊夫斯基甚至還碰到一件不愉快的事，總督向他問起他跟某幾位工兵隊軍官鬧過的什麼不名譽的事情，他為了替自己辯護，不得不承認那個時候年輕、荒唐。魯興每天來兩次，可是待得不久，自從我們上次談過話以後，我有些

(一) 評論報：法文的日報，創刊於十九世紀初期，俄國大多數貴族都訂閱這份報紙。

301稿紙 20×25

实怕他，同时我又真心地喜欢他。有一天我跟他一块儿在涅斯苦奇尼公园散步，我觉得他非常和善，亲切，他告诉我各种花草的名称和性质，突然，像俗话所说的牛头不对马嘴似地，敲着前额，叫起来："嗯，我真傻，我一直以为她是一个美丽多情的女人！显然，对于某一些人，牺牲自己是一件快乐的事！"

"您这话是什么意思？"我问道。

"我并不是在跟您讲话，"冒失猝地答道。

西娜伊达躲避我，有我在场——我没法不注意到这一点——就会叫她不痛快。她不由自主地躲开我……不由自主地。这是多么痛苦的事，叫我伤心。可是有什么办法呢，我极力躲开她，只是偷偷地躲在一边望着她，

就是这一点我也并不大常常成功的。她又像从前那样发生了不可理解的变化：她的脸改变了，她完全变成另外一个人。有一天，在暖和而清静的黄昏里，她那种变化真叫我感动。我坐在接骨木树浓密的树枝下面，一张矮矮的长凳上，我喜欢那个地方：从那里可以看到西娜伊达屋子的窗户。我坐在那儿，在我的头上，一只小鸟忙碌地在开始变黑的树叶中间跳来跳去，一只灰猫伸伸背偷偷溜到花园里来，初出现的甲虫在虽然已经不亮，但是还看得清楚的空中嗡嗡地飞鸣。我坐在那儿，望着西娜伊达的窗口，等待着看窗户会不会打开。窗户果然打开了，西娜伊达站在窗口。她穿一身白衣服——她本人，她的脸，她的肩，她的手臂都白得发青。她一动也不动地在那里站了好久，从她微蹙的眉毛下，

她不转睛地向前凝望。我从没有见过她这样的神情。以後她紧紧地擘她合拢两只手，把它们举到自己额上，只见她伸开手指，把头发掠到耳後，又捻捻头发，带一种坚决的神情埋下头去，砰的一声关上窗子。

三天以後，她在花園裏遇见我。我正想躲開，可是她喚住了我。

把手伸给我，她像从前那样的亲切，说，我们好久没有在一块儿聊天了。

我看了看她，她的眼睛射出柔和的光，脸上带着微笑，这微笑像是从雾裏透出来似的。

您的身体还没有完全复原吗？我问她。

不，现在好了，她说着，就摘了一朵并不大的红玫瑰花，我有些累，

但这也会好的。

那么，你又会像从前那样吗？我问道。

西娜伊达拿起玫瑰花，举到脸上，我却觉得好像是鲜艳的花瓣的反影照在她的脸颊上一样。难道我变了吗？她问我。

是，您变了，我低声回答。

我知道，我对您冷淡过，西娜伊达开始说，但是您不应该介意……我也没有别的办法！……唉，讲这些话有什么意思！

您不愿意我爱您，就是这回事！我不自觉地激动起来，偏巧地大声说。

不，您可以爱我，只是不要像从前那个样子。

那么，怎么样呢？

「让我们做朋友吧！就是这样，」西娜伊达给我闻玫瑰花。听

我说，您知道我的年纪比您大得多，我真的可以做您的姑姑。不是姑姑，

至少也该是大姊姊了。可是您……

「您把我看做小孩子，」我打断她的话。

「嗯，是的，一个小孩子，而且是一个可爱的聪明的好孩子，一个我非常喜

欢的小孩子。您知道什么呢？从今天开始我封您做我的侍从，只是您可不

要忘记，侍从不应该离开他的女主人，」她说着，就把玫瑰花插在我上衣

的纽扣孔里。「这是我宠爱您的标志。」

「从前我不得到过您别的宠爱，」我吞吞吐吐地说。

「哦！」西娜伊达瞟我一眼，说道，「你的记性真好！好吧，我现在就准

备给您……」

她向我弯着身子，在我前额上，印下一个纯洁而平静的吻。

我只是望着她，她马上就转过身去，说，「跟我来，我的侍从，」她走

进小宅去了。我跟在她后面，可是我始终莫名其妙，我想道，「难道这

个温柔、知礼的少女就是我所认识的西娜伊达吗？」我觉得她

是她的步伐仿佛也比以前稳重些，她的整个身段仿佛也显得更高

贵，更美丽了……

可是我的上帝，爱情带了怎样的新的力量在我的心里燃烧

起来了。

301稿紙 20×25

接排

十六

午饭后，客人又聚在小姐的客厅里，公爵小姐出来见他们。客人全到了，跟我永远忘不了的第一天晚上一样，连尼尔马茨基也拐着脚走来了；那天马伊达诺夫到得最早——他带来几首新诗。我们又玩起摸彩的游戏来，可是再没有什么那种古怪的恶作剧，再没有那种胡闹的举动，种种喧闹——那种茨冈人的气氛再也看不到了。齐娜伊达给我们的聚会添上一种新情调。我以侍从的身份坐在她身边。在各种游戏中有一次，她提议摸到彩的人讲自己的梦。然而这个办法并没有成功。这些梦不是没有趣味（别洛夫佐罗夫梦见：他用鲫鱼喂马，而他的马的头是木头），就是不自然——像硬编出来的……马伊达诺夫跟我们讲

起整篇的小说来了：那里面有墓穴，有弹七弦琴的天使，还有会说话的花……还有从远方飘来的声音……齐娜伊达不让他讲完，就说：「倘使我们是在编故事，那末还不如让我们每个人都讲一个完全虚构的故事。」别洛夫佐罗夫第一个轮着讲这种故事。

年轻的骠骑兵慌了，「我一点也编不出来！」他嚷道。

「多么无聊！」齐娜伊达说道，「嗯，请您想像自己已经结婚，那末您可以对我们说说，您怎么跟您的太太一块儿过日子。您要把她关在家里吗？」

「我要把她关在家里。」

「您自己是不是跟她待在一块儿？」

「我一定跟她待在一块儿。」

No.2103文明齋稿箋(20×20)

No. 58

很好，不過要是這種生活叫她厭煩了，使她欺騙了呢，
又怎樣呢？
我就殺死她。
倘使她逃走了呢？
我要追她回來，還是要殺死她。
喔，假定我是你的太太，那么你又怎么辦呢？
別罵夫佐拉夫心跳了一會兒：我就自殺。
安娜伊達笑起來。我看得出你講不來長故事。
第二個輪到安娜伊達講故事。她舉起眼睛，望着天花板想了一會兒，喔，你們聽我編的，她終於開始說了。你們想像有一

No. 58

座壯麗的皇宮，在一個夏天的晚上，舉行一個富麗堂皇的舞會。舞會是年輕的女皇召開的。處處都是黃金，大理石，水晶，錦緞，燈光，金鋼鑽，鮮花，薰香，說不盡千萬種的豪華。
你喜歡豪華嗎？魯無問道。
豪華是美的，她說道，我喜歡一切美的東西。
你覺得豪華更美嗎？魯無又問道。
問得好！這是我不懂。不要打斷我。所以這是一個豪華的舞會。數不盡的貴賓，他們都年輕，漂亮，高貴。他們都瘋狂地愛上了這位女皇。
貴賓中間沒有女客嗎？馬果夫斯基問道。

"沒有——等一會兒——有的。"
"都不漂亮嗎？"
"不，也很動人，可是所有的男人會愛着女皇，她生得高高的，体格勻稱的……一頭黑髮上戴一頂小小的金皇冠。"
我望了西娜伊達一下，就在這一刻，我覺得她就高高地遠在我們所有的人上面，在她潔白的額上，在她寧靜的眉宇間就流露着那樣的明哲的智慧，那樣的威嚴，使我禁不住想道："您自己就是那位女皇。"
"所有的人全擠到她身邊，"西娜伊達說下去，"所有的人都用最諂媚的話去奉承她。"

"她喜歡奉承嗎？"馬伊達諾夫問道。
"您這人多討厭呀，總在打岔……誰不喜歡奉承呢？"
"還有一個最後的問題，"馬列夫斯基問道，"女皇有丈夫嗎？"
"我倒沒有想到這個。沒有，為什么要有丈夫呢？"
"當然，"馬列夫斯基接着說，"為什么要有丈夫呢？"
"Silence（法語，靜一點）。"馬伊達諾夫用蹩腳的法語嚷起來。
"Merci（法語，謝謝）。"西娜伊達對他說，"這樣，女皇聽着他們的奉承，聽着音樂，可是她對任何一位客人都不望一眼。六扇窗子，由上開到下，從天花板開到地板，窗外黑暗的天空裏有許多顆大的星星，黑暗的花園裏有許多大樹。"

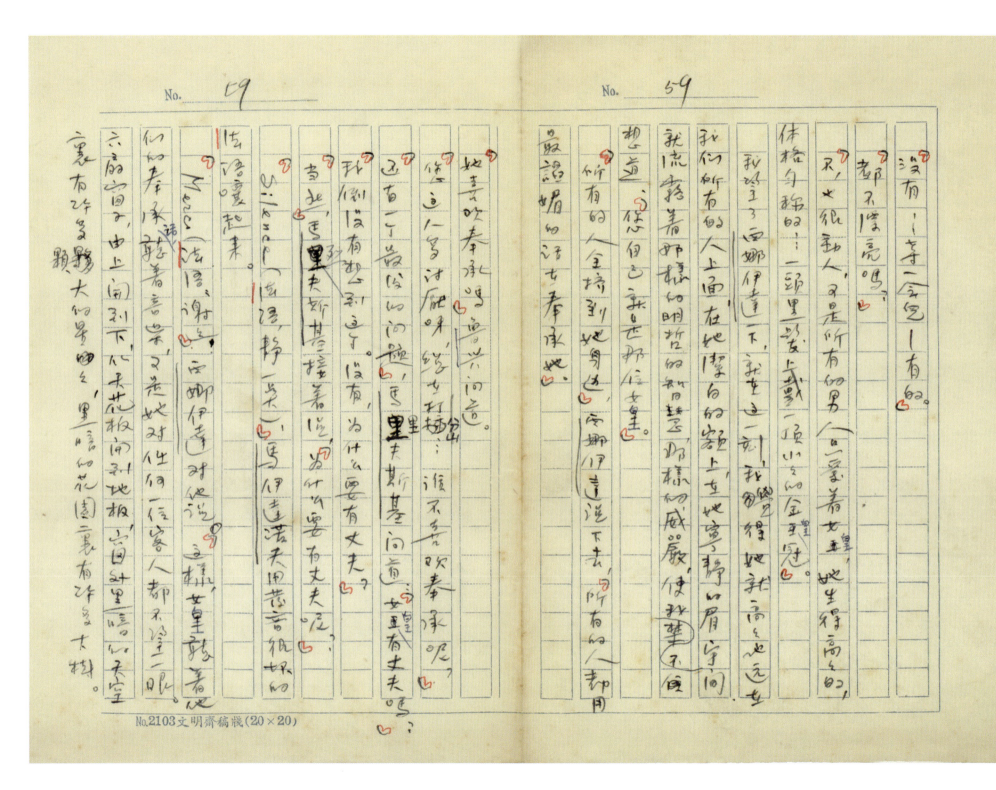

望着外面的花園。園子裏大樹旁边有一个噴水池，它在黑暗中發着白光，長在地的長長的新條一个息移，在淙淙声，和音樂声中回。女王聽见了泉水的輕輕的低聲。她一边望着，也在想道：你們大家都是紳士，貴族，聰明人，閑人，你們圍繞在我身边，你們奉承我，從的每一句話，你們大家都準備死在我跟前，你們都是受我支配的；可是在那边，在噴水池旁边，在我賤的泉水旁边，有一个我心愛的人，支配我的人，在那裏等着我。他不穿華麗的衣服，也不戴高貴的寶石，誰也不認識他，但他在等着我，而且相信我一定會去，——我會去的，我要到他那裏去，我要跟他待在一塊兒，我要在花園的黑暗中，在樹木沙沙声

裏，在泉水的濺濺声裏，跟他一塊兒消逝，那个時候任何力量都阻止不了我……

安娜伊達說到這裏就打住了。

是編出來的故事嗎？馬夫斯基狡猾地問道。

安娜伊達看都不看他一眼。

先生們，魯思恩地說，倘使我們也在那些貴賓中間，我們認識噴水池旁边那位幸福的人，那末，我們怎么办呢？

等一等，等一等，安娜伊達插進來說：我來叫你們說你們每个人該怎么办。佐思，別呂夫佐拉夫，可以挑他決鬥，馬伊達諾夫，可以寫一首諷刺詩給他——不过你們不會寫諷刺詩

“您可以为他写一首巴尔比埃①体的长诗，在《电信》②上发表。您呢，尼尔马茨基，您可以向他借……！不，您还是借钱给他，收留到自己；至于您呢，医生……！”她停了一下……“您可以做什么人，这我又替您想不出啦。”

“我就以御医的身份，”鲁兴说，“劝告女皇，她不想招待客人的时候，就不要开舞会。”

“您也许是对的。呀，您呢，伯爵……”

“啊，我？”马莱夫斯基带了恶意的微笑顺着她说了一遍。

“哦，您又以含有毒的糖给他吃。”

马莱夫斯基的脸稍微变了相，一下子显出猶太人的表

情，但立刻哈哈笑起来。

“至於您呢，佛尔及马尔……”西娜伊达继续说下去。“不过，够了，我们玩别的罢。”

“麦歇佛尔及马尔作为女皇的侍从，在她跑到花园里去的时候，应当提着她衣服的长裙。”马莱夫斯基恶毒地挖苦道。

我冒火了，可是西娜伊达连忙用手按住我的肩头，她站起来，声音微带颤抖地说：“我从没有给阁下这种失礼放肆的权利，那么，请您离开这里。”她对他指着门。

“请原谅我，公爵小姐，”马莱夫斯基的脸色完全苍白了，

① Barbier（西一八〇五—一八八二年）法国革命诗人。

② Московский Телеграф（俄国）一八二五—一八三四年间著名的文艺什志。

No. 62

结结巴巴地说。

"公爵小姐的话很对，"别洛夫佐拉夫也站起来，大声说。

"我发誓绝没有想到这一点，"马里耶夫斯基继续说，"我的话里面一点也没有那种意思……我绝没有想冒犯您的心思……请您原谅。"

西娜伊达冷冷地望他一眼，又冷笑一声。"也好，您待着罢，"西娜伊达随随便便地挥了挥手，说，"您毫无理由侮辱我跟麦欧佛里及马尔。您高兴刺痛我们来取乐……就请罢。"

"原谅我，"马里耶夫斯基又说了一遍。我回想起西娜伊达的举动，禁不住又想道，就是真正的女皇恐怕也不能够比

No. 62

西娜伊达更为庄严地，指着门，要失礼的臣下出去。

这件不太严重的事发生以后，我们又玩了很短的一会儿摸彩的游戏，所有的人都感到有点侷促不安，这种不安与其说是刚才那件事情造成的，还不如说是从另外一种不十分明确的、可是很重的感觉产生的。我们谁也没有提起过这种感觉，可是我们每一个人都有这种感觉，也知道别人也都有这种感觉。马伊达诺夫给我们朗诵他的诗，马里耶夫斯基带着过分的热心称赞这些诗。"他想要表示，他是个多么好的人！"鲁申低声地对我说。我们大家很快就散了。西娜伊达突然又沉思起来，老公爵夫人差人来说她头痛，尼尔马茨基也在抱怨他的风湿病。

我好久都睡不着，我讓西娜伊達的故事感動了。難道這个故事裏面含得有什么暗示嗎？我問自己道：那末她指誰呢，又指什么呢？倘使真的有所指的話——我又怎么打定主意呢？……不，不，這是不可能的。我低声說，一面翻一个身，从一边燒得火的臉頰翻到另一边来！……然而，我回想起西娜伊達講故事時候臉上的表情……我又記起魯共在涅斯苦奇尼公園裏多亭中感嘆地說出来的話，還有她突然對我改變了態度——這便我捉摸不定了。他是誰呢？這几個字好像在黑暗中描繪出来擺在我的眼前。彷彿有一片陰黑的雲低低地壓在我的頭上，我感覺到它的壓迫，我等待着大雷雨的到來。我近來對許多事情都習慣

了，我在柴謝基娜家裏見到了許多的事情：他們家裏的混亂，半截的蠟燭頭，斷了的刀叉，整天板起臉孔的服尼甚發，穿得破破爛爛的女僕，老公爵夫人本人的態度——他們整個古怪的生活方式已經不再使我感到驚奇了……可是對于現在我在西娜伊達身上模糊地感覺到的東西，我卻不能不起疑心……有一天母親談起她，說她是女冒險家！她，我的偶像，我的神會是一個女冒險家嗎？這个稱呼使我痛苦，我竭力不要去想它，我把頭埋在枕頭上，我憤慨萬分……同時我又想：倘使我能夠做個像水池旁邊那个幸福的人，我什么都可以同意，什么都願意犧牲，

血在我身体裏燃烧，沸腾了。花園！喷水池！我想道。我要到花園裏去。我很快地穿好衣服，從家裏溜出来。夜很黑，樹木几乎没有发出一点声音，天上降下来一股輕微的寒氣。從菜園裏送过来一陣茴香的氣味。我走遍了園中的小徑，我自己輕輕的脚步声也使我惊慌，同時又給我勇氣；我站住，等一下，我聽見自己的心跳，跳得那么急，那么響。最後我又走近那道木栅欄，靠在細木條上。突然——或者這只是我的幻觉？——离開我幾步遠，一个女人的影子閃了过去……我集中視線向黑暗注視，屏住了呼吸……這是什么？是我聽到了脚步声，还是我的心又在跳？谁在這兒？我用了几乎

聽不見的声音含糊地说。這又是什么？一种忍住的笑声，……还是樹葉的沙沙声，还是有人在我耳邊嘆息呢？我害怕起来……谁在這兒？我用更輕的声音又说了一遍。

一下子刮起風来了，天空閃过一道火光；一顆星落下来了。西娜伊達嗎？我想问，可是我的嘴發不出這声音。忽然間，四周顯得非常静，还像午夜萬籁俱寂的光景……連樹上的蚱蜢也不再叫了，只有在什么地方窗户響了一下。我站了一會，又站了一會，只得回到自己的屋子裏，躺在自己的冰冷的床上。我感到一陣古怪的激動，好像我出去跟情人幽會，一个人在那裏空等了一會，而且在别人的幸福的旁邊走了过去！

No. 65.

第二天我祇看到安娜伊達一眼；她跟公爵夫人坐出租馬車到什么地方去了。我看到魯興（他倒裡不裡地勉強跟我打一个招呼，）和馬黑夫斯基。年輕的伯爵露著白齒笑，還親密地跟我談起來。小宅的客人中只有他一个人有辦法到我們家裏來，而且得到我母親的歡心。父親不跟他講話，用一種近乎侮辱的禮貌對待他。

「啊，Monsieur le Page（法語：侍從先生），」馬黑夫斯基說道：「看到您真高興。您那位非常漂亮的女皇怎么樣？」

這會兒他那氣色很好的、漂亮的臉兒，使我非常厭惡，他還帶著那么瞧不起人的戲謔的神態望著我，所以我連

No. 65

一句話也不想回答他。

「您還在生氣？」他又說下去，「冤枉。您知道並不是我叫您侍從，侍從多半跟著女王的。請允許我提醒您注意到，侍從沒有好好地盡職。」

「怎么見得？」

「侍從不應該離開他們的女主，女主做的任何事，侍從都應該知道，侍從不但應該守著他們女主，」他壓低聲音，又說：「不論白天，黑夜。」

「您這話什么意思？」

「什么意思？我覺得我說得夠明白了。不論白天，黑夜。白天還沒有多大關係；白天很亮，各處都有人，可是黑夜

No.2103文明齋稿箋(20×20)

「正好是去做事情的时候。我劝你晚上不要睡一觉，好好地看守，用全力来看守。你要记得，晚上花园里，喷水池旁边……。那个地方正是你去看守的。你应当谢谢我呢，」

马里柯夫斯基笑起来，把他的身体转向我。他对我说的话，大概没有什么特别的用意，他有一种大诈术家的名声，并且有一种去化装和戏弄别人的本领，他全身充满的那种并不自然的庸俗，使他这个本领更加出名了……他不过去跟我开玩笑，但是他说的每一句话都像毒药似的流到我全身的血管里去了，我的血一直涌到我的头上来……「原来是这样呀！」我对自己说，「好，我并不是无缘无故给引到花园里去的！这样可不行！」我大声叫起来，用拳头打我自己的胸口，而，老实说，就是我自己也说不出什么事不行。「会不会就是马里柯夫斯基自己想到花园去呢，」我想道，「也许他想露了自己的秘密……他有干这种事的厚脸皮）或者是别人呢？（我们园子的围墙很低，跳过它一点也不费力）……不论谁，他落到我手里，活该倒楣！谁也不要碰到我……我要让全世界的人和她（这个负心的女人（我居然叫她做负心的女人））知道，我是要报仇的！」

我回到自己的屋子里，从写字柜的抽屉里拿出一把刚买来的英国裁纸刀，试一试它锐利的刀锋，皱着眉头

⊖ 故意欺骗别人，迷惑别人的人。

No. 67

帶着冷靜而堅決的決心，把小刀放在衣服口袋裏，好像做這
種事在我已經不足為怪，而且更不是第一次了。我的心裏充
滿了怨恨，心腸變得硬了。這天一直到晚上，我都皺起眉來，
緊閉着嘴唇，老是不停地在屋子裏踱來踱去，摸摸那把
我握得發熱的小刀，一面籌劃着做一件可怕的事情。這種新的，
從來沒有過的感覺完全佔據了我的心，甚至使我高興，因
此我現在連齊娜伊達也很少想到了。我腦子裏一直在想——
阿里寧哥：那個年輕的茨岡人①到哪兒去了？漂亮的年輕人，
躺下來……她說……你全身是血……啊，你幹了什麼啦？……沒
有什么！我帶了一種多么殘忍的微笑，重複了一句：沒有什么，

No. 67

父親不在家，近來差不多總是不出声地在生氣的母親，注意
到我這種悲慘的樣子，吃晚飯的時候，就對我說：你為什么板起臉
孔，像一粒掉在麥片桶裏的粒子一樣？我勉強對她笑笑，我想
道：要是給他們知道了呢！鐘敲過十一點，我回到自己的屋子裏，
可是並不脫衣服，我等着午夜到來，最後鐘敲了十二點。到時
候了！我從牙縫裏輕輕地說了這句，把上衣鈕扣一直扣到領口，
甚至還挽起袖口，就到花園裏去了。
我早就揀好了守夜的地點。在花園的盡頭，就在那道
把我們家的園子跟柴謝基家園子隔開的柵欄和兩家公
牆連接的地方有一棵孤零零的松樹。我站在它那低垂的、

①都是普希金的長詩《茨岡》裏的人物。阿里寧哥為詩中主人公的
真妃兒的丈夫，因嫉妒殺死了她的情人和年輕的茨岡人。

No.2103文明齋稿箋(20×20)

No. 68

繁茂的樹枝底下我還可以清清楚楚地看到四周發生的事情，（自然，這是就黑暗的夜色所可能的範圍來說的。）附近有一條我始終覺得神秘的彎曲的小路，它像一條蛇似的順着柵欄底下蜿蜒向前，這一段柵欄上有人爬過的痕跡，小路通到一座密密層層的刺槐編成的圓形涼亭裏。我走到松樹跟前，靠在樹幹上，開始守望了。

這一夜還是像上一夜那樣清靜地過，天空的雲少了些，灌木的外形，甚至於長梗的花朵的外形都看得很清楚。剛開始在等待的那會兒，我很不好受，我幾乎害怕起來了。我對什么都已經打定主意了！我只是在考慮：怎樣動手呢？我要

No. 68

大喝一聲：到哪兒去？站住！招出來！要不然要你的命！或者就一刀刺過去……每一個聲音，每一下瑟瑟之聲，沙沙之聲，在我聽起來好像都是有意義的，不尋常的。我準備好了……我把身子向前靠……可是半點鐘過去了，又一個鐘頭過去了……我的血靜下來了，冷了，這本來目的，我有點覺得我所做的一切全沒有道理，我甚至還有一點可笑，馬列夫斯基會拿我開了玩笑。我離開那個埋伏的地方，在園子裏各處巡視。彷彿故意似的，四周靜得連最輕微的聲音都聽不到了，一切都安息了，連我們的狗也蜷做一團在大門那裏睡着了。我爬到溫室的廢墟上，望着眼前一大片田野，我想起那次遇到齊娜伊達的事來，

覺沉思起來

我突然嚇了一跳……我彷彿聽見洞口的声音，我從未又聽見樹枝折斷的輕微的声音，我兩步就跳下磨地，立在那個地方發楞。心園裏清楚地響起一陣急遽的、輕微的，然而謹慎的腳步声……這声音離我愈来愈近了。

他来了……他終於来了！我這樣一想。我的手發抖地從口袋裏拿出小刀，又手發抖地撥開刀子，只見紅色的火星在我眼前旋轉，我又怕又恨，頭髮都豎起来了……腳步一直朝着我走来，我彎下身去，伸出头去迎接他……人出現了……天啊，這竟是我的父親！

果然他全身裹在黑斗篷裏，帽子拉得很低，遮住了臉。我不過是立刻就認出他来了。他踮起腳走了过去，他並沒有看見我，竟然沒有什么東西掩護我，但我拚命縮成一團貼在地上，我覺得快要和地面一樣平了。那个嫉妒的，準備殺人的奧賽羅①忽然，一下子變成了小男孩……父親出乎意外的出現，使我非常吃驚，因此我起初竟然沒有注意到他来去的方向。只有在四周又靜下来的時候，我才爬起来，一面在想：父親為什么晚上到花園裏来？我在恐怖中，把小刀掉在草地上了，我連找也不想去找它。我覺得很不好意思。我立刻完全清醒过来了。然而在我回家的時候，我还走到接骨木樹下

① 奧賽羅：Othello，英国大戲劇家莎士比亞四大悲劇之一中的男主人公，因嫉妒而殺妻。

我那條長黑暗的走廊，望望西娜伊達臥房的窗口。在夜晚天空投射的昏暗的微光下，那些不大的、微微拱起的窗玻璃泛出朦朧的藍色。突然間——它們顏色改變了……窗子後面——我看到了，我看得清清楚楚——一白色的窗帷謹慎地慢慢地拉下來了，一直拉到窗台口，而且就垂在那裏不動了。

這是怎麼一回事呢？我回到屋子裏的時候，幾乎不自覺地高聲說，做夢嗎？偶然的巧合？還是……突然來到我腦子裏的那種種的推測，都是非常新奇，非常古怪，我連想都不敢想了。

接排

（十八）

我早晨起來感到頭痛。昨天的激動已經過去了。我感到痛苦的疑惑，和一種從來沒有過的悲哀，就好像在我身體裏面某一部分正在死去一樣。

為什麼你看起來就像一個又割掉半個腦子的兔子呢？盧興遇到我的時候對我說。早晨的時候，我偷偷地先望一下父親，然後望望母親：父親還是像平常那樣地鎮靜，母親也像平常那樣暗暗地在生氣。我等着看父親是不是會像從前有些時候那樣跟我親密地談一陣話……可是他連平時那種冷冰冰的撫愛都不對我表示一下。我要不要把這一切講給西娜伊達聽呢？我想道——這還不是一樣！我們中間什麼都完了。我對

No. 71

……了她那裏，可是我不但没有跟她说起什么，即使我真要跟她说什么，我也没有机会。公爵夫人的十二岁的儿子，少年军校的学生，从彼得堡到她这裏来度暑假。西娜伊达立刻把她的弟弟介绍给我。现在，她说："亲爱的佛罗佳（她第一次这样地称呼我），我给您介绍个朋友。他也叫佛罗佳。希望您会喜欢他，他还没有见过世面，不过他是个好孩子。带他去看看涅斯库奇尼公园，跟他一块儿散散步，请您照料照料他。您肯这样做的，不是吗？您也是很好的孩子！"她亲切地把她两只手搭在我的肩头上，我完全窘了。这个小孩一来，我也变成小孩了。我默默地瞧着这个少年军校的学生，他也默默地瞪着眼望我。西娜伊达笑了起来，把我们推在一块儿。

No. 71

"嗬，你们撩地呀，孩子们，"

我们撩地了。

"您要不要我带您到花园裏去玩？"我向这少年军校学生问道。

"请您带我去吧，先生，"他用一种嘶哑的、真正的少年军校学生的声音回答我。

西娜伊达又笑起来了……这个时候，我才看到她脸上有一种我从来没有看见过的那样美的红润。我跟少年军校的学生一块儿出去了。我们家的花园有一架老秋千。我让他坐在狭小的踏板上，给他摇起来。他穿一身镶有金线、宽边的厚布新制服，端端正正坐着，两只手紧紧地握住绳子。

"您还是解开领扣好，"我对他说。

"没有关系，先生，我们习惯了，先生。"他说着，轻轻咳了一声。

不哭了，我在笑，虽然哭的时候笑，我红肿的眼皮还掉下眼泪来。我把西娜伊达的帽带，当作领结系在我颈项上，而且只要我能够抱住她的腰，我就高兴得大声叫起来。她随心所欲地跟我一块儿玩着。

十九

倘使有人来强迫我详细地描写我那次不愉快的远征失败后一个星期中间我内心里发生的变化，我会觉得非常困难。这是一个古怪的、不安定的时期，这是一种混乱；在这个混乱里极端相反的感情和思想、疑惑和期望，欢乐和痛苦像旋风似地在转动。倘使一个十六岁的孩子

能够检查自己内心的话，我就害怕去检查自己的内心。我对什么事情都不敢自己去解释。我只想白天快快地过去，到晚上我就睡觉……少年人那种无忧无虑救了我。我不想知道，是不是有人爱我，我更不愿意自己承认，并没有人爱我。我躲开父亲，可是我不能够躲避西娜伊达……在她的面前，我觉得好像火在烧我一样……但是我何必要知道我在其中燃烧、而且融化的是哪一种火——既然我觉得烧得舒服，融得舒服。我完全凭我自己种种印象来支配我，我欺骗我自己，逃向过去的回忆，又对于自己预料到会发生的事情故意不去想它……这种苦恼大概也不会继续多久……

No. 74

突然一声霹雳，一下子结束了这一切，把我丢在一条新的路上去。

有一天，我在长时间的散步以后，回家吃午饭，听说我得一个人吃饭，父亲出去了，母亲不舒服，不想吃饭，关在自己的屋子里，我非常惊奇。我从仆人们的脸上看出来发生了什么不寻常的事情……我不敢详细地问他们，只是在饭厅里等候吃饭，年轻的仆人菲力卜是我的朋友，他非常喜欢诗，又是一个弹吉他的能手，我就问他。从他那里我打听到父亲跟母亲很厉害地吵过一回（他们的每一句话在女仆的屋子里听得清清楚楚，他们讲的大半是法国话，可是使女马霞在一个巴黎来的女裁缝家里住过五年，她完全听得懂）：母

No. 74

亲责备父亲不忠实，跟隔壁小姐相好，父亲起先还替他自己辩护过，以后他发火了，他也说些好像是关于他们年龄的很毒的话，母亲一听到就哭起来了，母亲也提到期票的事（这好像是给了公爵夫人的），把公爵夫人和她的小姐狠狠地批评一番，父亲就恐吓她。

这桩不幸的根源，菲力卜继续说，是从一封匿名信来的，可是谁写的信，没有人知道，否则这件事绝不会泄露出来。

难道真的有这么一回事吗？我费力地说出了这句话，我的手、脚都发冷了，在我的心底起了一阵战栗。

No.2103文明齋稿箋(20×20)

No. 75

菲力大公含着深意地看了我一眼。

的确有这么回事，这件事是瞒不过人的，这一次我的父亲是做得很谨慎，可是你看，他还需要……雇马车，或者别的事情……没有别人就不行了。

我把菲力大公打发走了，就倒在床上。我没有哭，我也不觉得绝望，我也不去追想这件事在什么时候发生，又是怎样发生的，我也不奇怪，怎么我早就没有料到，我连父亲也不很（怨恨）……单单我听到的事情和那些话，我已经受不了：这件事突然的发露把我毁掉了……一切都完了。我心里所有的花一下子全给摘下来，丢在我身边被践踏

No. 75

各处逃人跑了。

第二十一章

第二天母亲就宣布，要搬回城里去。早晨父亲到她的卧房去，跟她单独在一块儿谈了好久。没有人听到他跟她谈些什么，可是母亲不再哭了，她安静下来了，她叫人送饮食进去，但是她不露面，也不改变主张。我也觉得这一天特别……我到处乱跑，就是没有到花园里去，也没有向那小宅望一眼，到了晚上，我亲眼看到一件很奇怪的事情：父亲拉着马列夫斯基伯爵的手臂，从大厅走到外厅，当着一个仆人的面

No. 76

谆谆地对他说："不多几天以前，某一家人家曾经对你阁下下过逐客令，现在我并不预备跟您作任何解释，可是我谨告您，倘使您再到这窗儿里来，我要把您从窗口里丢出去。我不喜欢您的笔迹。"伯爵低下头去，咬紧牙齿，缩着身子，溜走了。

我们开始作搬回城去的准备，我们的宅子在那伯爵广场。父亲自己大约也不想再住在别墅里了，可是看得出来，他已经说服了母亲：叫她不要声张出去。一切事情都是不慌不忙地、安安静静地安排好的，母亲甚至派人过去问候公爵夫人，并且向公爵夫人表示歉意，说她身体不舒服，不能亲自过来辞行。我像狂人一样地到处乱跑，我只希望一件事情，希望

No. 76

这一切尽快地结束。我脑子里始终有这样一个念头：她，一个年轻的小姐，——而且，还是一个公爵家的小姐，——明知道我父亲是一个结过婚的人，她自己又有跟别人结婚的机会，譬如说，跟别洛夫佐拉夫结婚。为什么会走到这个地步，她在指望什么呢？她怎么不怕毁掉她整个的前程呢，……我想：是啊，这就是爱情，这就是激情，这就是情之所钟吧，这时我又想起了鲁申的话："对于某些人，牺牲自己是一件快乐的事。"有一天我偶然在小宅的一个窗口看到白色的东西……这会是西娜伊达的脸吗？我想道：……这的确是西娜伊达的脸。我控制不住自己了。我不能够没有跟她告别就走开。我找到了一个适当的时机，到那所小宅去。

No.2103文明齋稿箋（20×20）

No. 77

公爵夫人在客厅里，用平素那种懒散的态度接待我。

怎么啦，少爷，你们这么早就忙着搬回去？她一边说一边把鼻烟塞到鼻孔里去。我望着她，我心里的石头掉下了。菲力卜说他期票这个字眼，不使我痛苦。她没有起疑。至少那个时候我是这样觉得。西娜伊达从隔壁屋子里出来，她穿一身黑衣服，脸色苍白，头发蓬松，她默默地拿起我的手，拉着我一块儿出去。

我听到您的声音，她说，马上就出来了。可是您居然这么轻易就离开我们了，坏孩子？

我是来跟您辞行的，公爵小姐，我说，多半是永别。

No. 77

你们也许已经听见说过，我们要搬走了。

西娜伊达注意地望着我。

是的，我听说了。谢谢您到这里来。我已经在想，我不会再看见你们了。请您不要把我当作坏人。有时候我对您很不好，然而我绝不是你所想像的那种人。

她转过身去，靠在窗口上。

真的，我不是那种人，我知道您瞧不起我。

我？

是的，你……您。

我？我悲痛地再说了一声，我的心又像从前那样在她

No.2103文明齋稿箋(20×20)

的不可抗拒、無法形容的魔力的影响不战抖了。我？請您相信我，西娜伊達・阿历山達洛芙娜，不管您做过什么，不管您怎樣对我不好，我終是爱您，崇拜您，一直到我死的那天。

她很快地朝我轉过身子来，把两隻手臂大大地張開，抱住我的頭，熱烈地、動情地吻我。天曉得，這个诀别的長吻究竟是为了谁，但我却飽嘗了它的甜味！——我也知道，這樣的吻在我的一生中不會再有第二次了。

再见了，再见了，我接連地說。

她掙脱身子走出去了。我也离開那所以宅。我不能够表達出我臨去時的心情，我不希望將来我再有這樣的

感情，然而要是我一生不曾有过這樣的感情，我就會覺得自己是多么不幸了。

我們搬到城裏。我不能够很快地把往事忘掉，我也不能够很快地就埋头用功。我的傷口是慢慢地長合了的。可是，說老实話，我对父親不曾有过絲毫的惡感，相反地，他在我眼裏倒顯得更偉大了。這个希倒是讓心理學家就他們所知道的来作解釋罷。有一天我在林蔭路上散步，遇見了，喜興，我感到說不出的高興。我喜欢他那种坦白、真誠的性格，而且由于他給我喚起了許多的回憶，我更覺得他格外親切，我跑到他跟前去。

啊哈，他皺着眉头说：是您，年輕人，讓我看看您，什么是那么憔悴，可是眼睛裏已经没有从前那樣儍相了。您看起来像大人，不再像一條巴兒狗了。這很好。嗐，您在幹什么？用功嗎？

我嘆一口氣。我不願意撒謊，可是我又不好意思說真話。

唔，沒有关係，要是说不出，不要害怕。最重要的事：要过正常的生活，不要做激情的奴隸。不然，有什么好处呢？不論浪頭把您捲到哪兒，还不是一樣的糟。一个人得靠站在岩石上，他也得站在自己的腿上。啊，现在讓我咳声嗽，至于别羅夫佐拉夫——您聽到他的消息嗎？

他怎么樣了？沒有聽到。

他失踪了，杳無音訊。據说，到高加索去了，年輕人，這对您是個好教訓。這全是由于不懂得及時抽身，不懂得突破羅網的緣故。您做手脫身得很好，您當心，不要再掉進羅網裏去。再見吧。

我不会再掉進去了，我想道：我不會再看見她了，但是我命中注定还要再看見西娜伊達一次。

接排 以前

（二十一）

父親每天出去騎馬，他有一匹火紅色帶斑紋的英國好馬，這匹馬頸項細長，腿子也長，從來不知道疲倦，而且非常兇猛，牠有個名字叫雷電。除了父親以外，就沒有人敢騎牠。有一天，父親帶着好久以來不曾有過的好興致，高高興興地走到我面前來，他正要出去騎馬，連踢馬刺都戴上了。我就請求他帶我一塊兒去。

我們不如玩跳背戲，父親回答我：可是你騎那匹紅腿馬可絕跟不上我。

跟得上的，我也戴踢馬刺。

好，那么去吧。

我們動身了。我騎上一匹腳勁很健，而且相當獰的粗

No. 80

毛里馬。的確，雷電發起奔的時候，我們的馬就得用全力奔跑，可是我並沒有落後。我從沒有見過像父親那樣的善騎的人，他騎在馬上顯得那么漂亮，那么瀟灑，而且那么嫻熟，連他身下的馬好像也感到這一點，也以他為榮了。我們跑過所有的林蔭路，到了空地上，跳過好幾堵矮牆（起先我不敢跳過去，可是父親最瞧不起膽小的人，從來我也就不怕了，我們還跳過莫斯科河兩次。我以為我們要回家了，況且父親還說過我的馬已經累了。可是到了克里米亞，他忽然順着河岸跑去。我跟在他後面跑。他跑到一堆壘得高高的舊木料旁邊，他很敏捷地從雷電的身上跳下來，

㈠ Kienmap：德國式的跑馬。

㈡ 莫斯科郊最外的大平原。

No. 80

族的巡警，頭上戴一頂罐子形的大軍帽，手裏拿一把長戟，（我奇怪，為什么在莫斯科河岸上有這种的巡警。）走到我跟前，把他那張老太婆似的全是皺紋的臉朝着我說："您拿着兩匹馬在這兒幹什么？少爺，讓我給您拿着吧。"

我不理睬他。他又問我討香煙抽，我想擺脫他的糾纏（再說我等得實在不耐煩了），就朝着父親去的方向走了幾步，後來我走到那条小巷的盡頭，轉一个彎，我站住了。在街上離開我四十步外光景，一所木頭小宅子的敞開的窗口前面，父親背朝着我，站在那裏。他的胸口靠在窗台上，宅子裏面坐着一个穿黑衣服的女人，半個身子給窗帷遮住了，

No. 81

叫我也下馬，他把他那匹馬的韁繩交給我，要我在木料堆旁邊等他，他就轉進一條小巷去，看不見了。我拉着兩匹馬在河旁溜來溜去，一面叱罵着電，牠走動的時候不斷地搖幌着頭，全身抖動，鼻子噴氣嘶叫；只是等到我一站住，牠就輪流用蹄子搔地，而且帶着小猪的嘶聲咬我那小馬的頸項。總之，牠是表示牠是一匹寵壞了的 pur sang（法語：純種）。父親還沒有回來。河面上升起一股難聞的潮氣，細雨靜靜地落下來，在我已經看厭了的難看的灰木料（我在它旁邊來來去去，溜了好多次了）上面弄出許多小黑點。我實在煩透了，可是父親還沒有來。一个全身也是一套灰色的芬蘭

No.2103文明齋稿箋（20×20）

No. 82

她在跟父親講話。這个女人就是西娜伊達。

我發楞了。老實說，這是我決沒有料到的事情。我的第一个念頭是逃开。"父親回过頭来，我想道，我就完了……"但是有一种古怪的感觉，一种比好奇心强，比嫉妒强，甚至比恐惧还要强的感觉，把我留在那裏。我就注意地望着，并且側耳傾聽。好像父親堅持着什么主張。西娜伊達不同意。我现在還彷彿看見她的臉一樣——悽凉、嚴肅、美麗，还露出一种言語不能形容的鍾情、憂鬱、愛慕和一种絕望的表情——我简直找不出别的字眼了。她说的都是些單音節的字，她並不擡起眼来，只是在微笑，柔順而又固执地微笑着。單凭這种微笑

No. 82

我就認出我從前的西娜伊達来。父親聳聳肩頭，戴正帽子，這是他不耐煩的時候常有的動作……後来我聽到這句話："Vous devez vous séparer de cette..."（法語：你得离開這个……）西娜伊達挺起身子，伸出她的手。忽然，在我眼前發生了一件叫人不能相信的事：父親突然舉起他那根正在拍掉禮服袖邊上塵土的馬鞭——我聽到打在她那裸露肘拐的手臂上的刺耳的鞭声。我差一点忍不住要喊出声来了。可是西娜伊達打了一个顫，默默地看了父親一眼，慢慢地把手臂舉到唇边，吻着手臂上的发紅的鞭痕。父親把馬鞭扔在一边，急急地踏上门口的台階，跑進宅子裏去了……西娜伊達

No.2103文明齋稿箋（20×20）

No. 83

轉过身去，張開兩隻手臂，埋着頭，也离開了窗口……

　我嚇得連氣都透不过来了，心裏抹着一种不能理解的恐怖往回跑，跑出了巷子，回到河岸边，差一点讓它跑掉了。我一点也不能了解。我知道我的沉静而沈着的父親，有時候也會大发脾氣，可是這就是我所看到的情形，我無論如何都弄不明白……她……而我不時感覺到，不管我活多久，我永遠不能忘记西娜伊達的这种怡然神态，这种眼光，这种微笑，而且她的形象，这个突然在我眼前出现的新的形象永遠深深地印在我的記憶裏了。我茫然地凝視着河水，覺得眼淚一直在倘流，她挨打，我想道……挨打啦……挨打啦！……

No. 83

喂，你在幹什么，把馬給我牽过来！背後響起了父親的声音。

　我機械地把韁繩交給他，他跳上馬……這匹受了寒氣的馬用後腳站起來，向前跳了一丈半的綫……可是父親不久就制服地，父親用踢馬刺踢馬肚皮，又用拳头打馬頸項……喲，鞭子沒有了。他自言自語地說。

　我想到不多時候以前我見這根鞭子的揮動和打擊的声音，不覺戰慄起來了。

　你放到哪兒去了？我隔了一会兒，問父親道。

　父親不回答我，打着馬向前跑，我趕上去，我一定要看看

No. 84

他的脸色。

你觉得不耐烦了吗？父亲在手边缠裹他声音。

有一点儿。你的鞭子究竟掉在哪儿了？我又问他一次。

父亲很快地望我一眼。我并没有丢掉，他说道：我把它扔了。

他沉思起来，头埋得很低……在这一刻我第一次，也许就是最后一次，看见他那严肃的脸上能够显露出多方面的温柔和怜悯。

他又打起马往前跑，可是这一次我赶不上他了，我比他落远了十五分钟到家。

这就是爱情，晚上我坐在新近放上了笔记本和书籍的写字桌前面，又自言自语地说：这是爱情。怎么能够忍受……

No. 84

别人的鞭打！甚至是从最亲爱的手打下来的，怎么会不气愤！啊，不过看起来，只要你在恋爱……你就能够……而我呢……我想像……

过去这一个月来，我老练多了，可是我那种带着种种兴奋和痛苦的爱情，跟另外一种我不知道的，而我只能猜想到的，而且我觉得怕得就像我竭力想在朦胧中看出来却又看不明白的美丽、严肃的陌生脸孔那样的东西比起来，使我害怕，我发现到我的爱情竟是多么渺小、多么幼稚、多么可怜，就在这天夜里，我做了一个古怪的、可怕的梦。我梦见我走进一间黑黝黝的矮屋子……父亲拿着一根马鞭站在那里

No.2103文明齋稿箋(20×20)

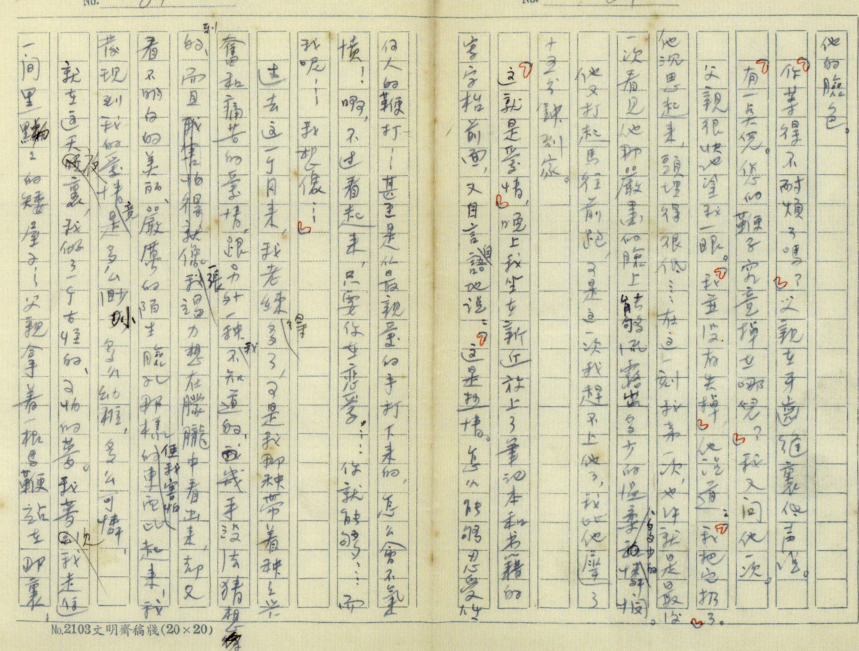

生氣地頓着腳，而娜伊達緊縮在角落裏，前額上一直不是左手臂上，有一條紅色的傷痕……在他們兩個人的僵直滿身鮮血的別洛夫佐羅夫從地上站起來，張開蒼白的嘴唇，完全地在威脅父親。

兩個月以後，我住進了大學，過了六個月父親死在彼得堡由於中風，他跟母親和我剛搬到那裏不久。他去世前五天收到一封莫斯科寄來的信，這封信使他非常激動……他到母親的屋子裏去，向她要求些什麼，據說，我父親居然哭了！在他中風的那天早晨，他開始給我寫一封法文信。"我的孩子，"他這樣寫着："當心女人的愛情，當心這種幸福，這種毒素……"母親在他死後寄了一大筆錢到莫斯科去。

二十二

四年過去了。我剛離開大學，我還不太明白，我應當做什麼事，從事哪一種工作，暫時閒着無事可做。有一天晚上，我在戲院裏遇見馬伊達諾夫。他居然結婚了，而且已經在政府機關工作了；可是我看不出他身上有什麼變化。他還是像從前那樣莫名其妙地高興一陣，又莫名其妙地苦惱起愁來了。

「你知道，她順便对我提起来，果戈斯基太太在这兒。」

「哪一位果戈斯基太太？」

「难道您忘記了？柴謝基娜公爵小姐，我们全都認識她。您也一樣。您記得在涅斯苦奇尼公園附近的別墅嗎？」

「她跟果戈斯基結婚了？」

「唉，对啦！」

「她在这兒，在戲院裏嗎？」

「不，她在彼得堡。她前几天纔来的，打算出國去。」

「她的丈夫是怎樣的人？」我問道。

「非常好的人，而且有錢。我在莫斯科時候的同事。

您明白，那件事情發生之後……你一定知道得很清楚了……（馬伊達諾夫意味深長地微微一笑）她要找一个对她合適的丈夫可不太容易，但凡事總有後果……不过靠了她的聰明，一切全不成問題。到她那兒去走走吧：她看到您一定高興。她長得比以前更漂亮了。」

馬伊達諾夫告訴我西娜伊達的地址。她住在德木特旅館。舊日的記憶又湧到我的心頭……我決定第二天就去拜訪我從前的"戀人"。可是碰巧發生了一些事情，過了一个星期，又過了一个星期，最後我到德木特旅館去，在問起果戈斯基夫人的時候，我纔知道，四天以前她差

No. 87

不多突然地因為難產死了。
彷彿有什麼東西在心裏刺了我一下。我想起我本來可以看
見她，卻沒有看到她，而且永遠不會看到她了，這個痛
苦的思想用究那可辯解的譴責，猛烈地刺痛了我
的心。她死了！我茫然地望著看門人，重說了一遍：慢
慢地走到街上，可是我並不知道自己要往哪裏去
的一切，一下子全湧到我的眼前，難道這就是所謂解決，
就是這個年青的，熱到的光芒四射的生命所努力追求
赴的終極的目標嗎？我想著這個，我在想像這個可愛的
面龐，和一對眼睛，那些髮鬢，如今都在窄小的匣子裏

No. 87

面，都在潮濕的、地底下的黑暗中——就在這裏，閉鎖在這
活著的我不遠，也許要兩天就可以有幾步路——我想著這
一切，我在腦中我的想像力——而同時，她那個生命裏卻存著。

空

從漠不相干的嘴裏我得到死亡的消息，
我也漠不相干地傾聽著……——

空了一行

啊，青春青春，你什麼都不在手，你彷彿擁有宇宙間
一切的寶藏，連憂愁也給你安慰，連悲哀也對你有
幫助，你自信而大膽，你說：瞧罷，只有我才活著。可

No.2103文明齋稿箋(20×20)

是你的日子也在時時刻刻地飛走了，不留一點痕跡，白白地消失了，而且你身上的一切也都像太陽下面的蠟燭，時間會像雪一樣地消減殆盡……也許你的魅力的輕逸的神采，不在乎你能做不做任何事情，而在於你能夠作得好任何事情——正在於你很早地留下了你自己不知道怎樣用到別處去的力量；正在於我們中每個人都認真地以為自己是個傻子，認真地認為他有權利說：「嗯，倘使我不白白費時間，我什麼都沒得到！」

我也是這樣……那時候，我用一聲嘆息，一種悽涼的感情送走了我那曇花一現的初戀的幻影的時候，我希望過什麼，我期待過什麼，我預見了什麼光明燦爛的前途呢？

我希望過的一切，有什麼實現了呢？現在黃昏的陰影已經開始籠罩到我生命上來了，在這個時候，我還有什麼比一瞬間的春朝雷雨的回憶更新鮮，更可寶貴的呢？

了。是我白白地誹謗我自己了。最顯明的時候在那輕浮的不認真的青年時期，對於向我呼籲的悲傷的聲音，對于從墳墓裏傳到我耳朵來的莊嚴的聲音，我也並非無動于中。我記得我聽到齊娜伊達

No. 89

死訊後不多几天，由于内心的一种，不可抗拒的衝動，我曾去看过一了跟我们同住在一所宅子裏的贫苦老婦人的死。她身上盖着破破爛爛的衣服，頭枕着布袋躺在硬板上，死得很困难，而且很痛苦。她一辈子都是為着日常生活的需要苦苦地掙扎过来的，她既不知道欢樂，也没有嚐过幸福的甜味！别人會想到她对死亡，对她的解脱，对她的安息不會不感到高兴？可是那時候，在她那衰老的身体还能够支撑的時候，在她那摘着冰冷的手的胸口上还能够痛苦地吐氣的時候，在她那最後一点力量还不曾离开她身体的時候，这了老婦人一直在劃着十字，一直在低声說：上帝，饒恕我的罪过……而且她眼睛裏臨死的恐怖和畏懼的表情，只有在生命意識的最後火花消滅的時候才跟着消失……我还记得，在那裏，在那了貧窮的老婦人的床前，我替西娜伊達感到恐怖，我很想為她，为我父親——也為我自己禱告。

No.2103文明齋稿箋(20×20)

初恋

这篇小说写于一八六〇年，发表在《读者文库》一八六〇年第三期上。——译者注

［俄］屠格涅夫 著
萧珊 译

献给安宁科夫

安宁科夫（1813—1887年），俄罗斯文学批评家，屠格涅夫的好友。——译者注

……客人早就散了。钟敲过十二点半。只有主人和谢尔盖·尼古拉伊奇，和符拉季米尔·彼得罗微奇还留在屋子里。

主人按铃，吩咐仆人收去吃剩的晚餐。

『那么，这件事就决定下来了，』他坐在圈手椅上，身子更靠紧椅背，一面点燃一支雪茄烟，一面说道。『我们每个人都得讲一下自己初恋的故事。谢尔盖·尼古拉伊奇，您先讲吧。』

谢尔盖·尼古拉伊奇是一个圆脸的小胖子，长着一头淡黄色的头发，他先看一下主人，然后抬起眼睛望着天花板。

『我不曾有过初恋，』他后来说，『我一开头就是第二次恋爱。』

『这是什么意思？』

『非常简单。我第一次追求一位漂亮的年轻小姐，是在我十八岁那年；然而就是在追求她的时候，我也没有什么新奇的感觉，我后来追求别的女人的时候也是这样。说一句真话，我的初恋是在我六岁的时候，对我奶妈的爱，这也是我最后一次的恋爱。可是这件事早已过去了。我跟她中间的详细情形，我都忘记了，即使我还记得，谁又有兴趣来听这些呢？』

『那么怎么办呢？』主人说。『我的初恋也没有多大趣味；我认识安娜·伊凡诺夫娜，我现在的妻子以前，我从来没有爱过谁：——我们中间的经过情形也非常顺利，我们两家父亲给我们作主，我们不久就互相恋爱了，很快地就结了婚，我的故事用两句话就可以讲完。我老实说一句，先生们，我提出「初恋」这个题目，就是指望着你们，你们不算年纪大，可也不是年轻的单身汉。符拉季米尔·彼得罗微奇，您可以给我们讲点有趣的吗？』

『我的「初恋」，的确不算十分平凡，』符拉季米尔·彼得罗微奇稍微有点迟疑地回答，他是一个四十岁左右的男人，他的黑头发中间已经现出灰白色了。

『哦！』主人和谢尔盖·尼古拉伊奇齐声说，『那太好了。……讲给我们听！』

『好吧……不成，我不想讲故事，我不是讲故事的能手。我会把故事讲得枯燥，简短，不然就是冗长，不自然。倘使你们允许的话，我可以把我记得的事情都写在笔记本里，念给你们听！』

朋友们起初都不同意，然而符拉季米尔·彼得罗微奇坚持自己的意见。两个星期以后他们又聚在一块儿，符拉季米尔·彼得罗微奇履行了他的诺言。

下面的故事就是他写在笔记本里的：

1

事情发生在一八三三年夏天。那时候我刚十六岁。

我住在莫斯科我父母那里。他们在涅斯库奇尼公园①对面加路日卡门附近租了一所别墅。我在准备大学的入学考试，不过并不用功，也不着急。

没有人妨碍我的自由。我想做什么，就做什么——尤其是在我的最后一个法国家庭教师离开以后。这个法国人想到自己comme une bombe②掉到俄国来，实在忍受不了，所以他整天带着怨恨的神情，躺在床上。我父亲对我亲切，却并不关心，我母亲差不多不理我，虽然她就只有我这一个孩子，她的心让另一些忧虑占据了。我父亲当时还算年轻，而且非常漂亮，他因为财产的缘故，才跟母亲结了婚，母亲比父亲大十岁。我母亲过着悲惨的生活，她老是激动，嫉妒，生气，可是不敢在我父亲面前露出来；她非常怕他，他总显得那么严肃，冷静，疏远……我从没有见过比他更镇静、更自信、更有威风的人。

我永远忘不了我在别墅里过的最初几个星期。天气好极了，五月九日，就是圣·尼可拉③节日那一天，我们搬到城外去。我有时在别墅的花园里散步，有时到涅斯库奇尼公园，有时就溜到郊外；我随身总带一本书——例如盖达诺夫的教科书④，可是我很少去翻它；我倒常常高声朗诵诗篇，我背得出很多诗句；那时候我的血在沸腾，我的心在发痛，有一种极舒服、而又莫名其妙的感觉。我总是在期待着，又好像有什么东西叫我害怕似的，而且我对什么都感到惊奇，我整个的身心都准备好去接受什么。我的幻想在活动，一直绕着那一些同样的形象急急地转来转去，就像燕子在晨光中绕着钟楼飞翔一样；我沉思，我悲哀，我甚至掉下了眼泪；然而即使在有音乐旋律的诗歌，或者黄昏的惊人的美所引起的眼泪和悲哀中间，青春和蓬勃生命的欢乐感情也还像春草似地生长起来。

我有一匹骏马，我常常亲自给它上鞍，骑着它独自远行，我纵马疾驰，想象自己是一个古代比武场中的骑士(风在我的耳边叫得那么高兴！)，或者仰望天空，把它那明媚的阳光和蔚蓝吸引到我的开放的心灵里来！

我记得那个时候，女人的形象，女性的爱的幻影在我的脑子里差不多还没有成形，然而我所想到的，我所感觉到的一切中间，已经有一种新鲜的、说不出甜蜜的女性形象的预感——一种半意识的、羞涩的预感偷偷地在那儿隐藏着了。

我整个身体充满了这种预感，这种期待；我呼吸它，它跟着我每一滴血流遍我全身的血管……它是注定了很快就要实现的。

我们的别墅是一所有圆柱的、木头造的宅子，两边各有一所侧屋。左边的侧屋是制造廉价糊墙纸的小工场，我不止一次溜到那里去，观察那十多个身体瘦弱、头发蓬乱、穿着油腻长衫、面容憔悴的小孩，他们不停地在压着印刷机矩形版的木杠杆上跳动，靠他们瘦弱身体的重量，印出糊墙纸的各色花纹。右边侧屋还空着，是预备出租的。有一天——五月九日以后三个星期的光景，那所侧屋的百叶窗打开了，露出来女人的脸；——有一家人搬进来住了。我记得就是这一天午饭的时候，母亲问起仆人，我们的新邻居是什么人，她听到扎谢基娜公爵夫人的名字，起先倒带点敬意地说：『啊，公爵夫人……』后来又添上一句：『一定是一位穷的。』

① 涅斯库奇尼公园，意译是「无愁园」，在麻雀山附近，是帝俄时代莫斯科最美的公园。——译者注

② 法文：像炮弹似地。

③ 圣·尼可拉，早期基督教圣人，俄国学生的守护神。——译者注

④ 指皇家村中学教师伊·柯·盖达诺夫所著的古代通史教科书，十九世纪初期在俄国非常流行。——译者注

『他们雇了三部出租马车来的，太太，』仆人恭敬地端上菜盆，一边说，『他们自己没有马车，太太，他们的家具也很简单。』

『可是，』母亲说，『那倒好些。』

父亲冷冷地望她一眼，母亲不作声了。

的确，扎谢基娜公爵夫人不能算有钱的女人，她所租的那所侧屋是那么破旧，窄小，而且又是那么低，稍微有点钱的人都不乐意住在那里。不过当时我听过就忘了。公爵的头衔对我没有什么作用：我刚念过席勒的《强盗》①。

2

我有一种习惯：每天黄昏带着枪在花园里踱来踱去，守候乌鸦。我一向就痛恨这种小心眼的、狡猾的、贪心的乌鸦。就是我所讲到的那一天，我也像平常那样走到花园里去——但是，我白白地走遍了园中的小径（乌鸦已经认识我了，只是远远地断断续续地叫了几声），我无意中走近那道把我们花园跟右边侧屋后面的狭长园子（属于那所小宅的）隔开的矮木栅。我埋下头走着。我突然听到人声，朝着木栅那面望过去——于是，我发愣了……我看到一个奇异的景象。

离开我不多几步——在草地上，绿色覆盆子丛中站着一个身材苗条的少女，她穿一件有条纹的粉红衫子，头上包一块白头帕；四个年轻人围在她的四周，她拿着一些我叫不出名目、但是孩子们都熟悉的灰色小花轮流地敲他们的前额。这种花的形状像小袋子，它们打在硬东西上面就会发出声音，大张开来。年轻人非常高兴地向她伸出前额，而且少女的动作里（我只看见她的侧面）有一些令人神往的、专横的、亲密的、嘲弄的、动人的地方，我差一点惊喜交集地叫出声来了，我想只要这些秀美的手指敲一下我的前额，我愿意马上抛弃人世间的一切。我的枪掉到草地上去了，我忘记了一切，我不转眼地凝望她那优美的体态，颈项，美丽的手，白头帕下面微微蓬松的淡黄色鬈发，半闭的敏慧的眼睛，和这样的睫毛，和睫毛下面的娇柔的脸颊……

『年轻人，嗳，年轻人，』突然有人在我旁边大声说。『难道可以这样地望着陌生的小姐吗？』

我吓了一跳，我发呆了。……我旁边，在木栅的那一面，有一个黑头发剪得短短的男人站在那里，用讥笑的眼光望着我。就在那个时候，少女也朝着我掉过脸来。……我在那张灵活的、生动的脸上看到一对灰色的大眼睛，她整个脸忽然微微动了一下，她笑起来了，露出洁白的牙齿，眉毛好玩地往上一挺。……我的脸发红了，我从地上抓起枪就跑。一阵响亮的、但并非恶意的笑声跟在我后面。我逃回自己的屋子，倒在床上，两只手蒙着脸。心跳得那么厉害，我感到很不好意思，但又很高兴，我从来没有像这样地激动过。

我休息了一会儿，梳好头发，洗好脸，下楼去喝茶。那个少女的面影又浮到我的眼前，我的心已经不再狂跳了，心紧得真叫人感到舒服。

『你怎么啦？』父亲突然问我，『打着了乌鸦吗？』

我正要把所有的事都告诉他，然而我又忍住了，我只是独自微笑。我上床的时候，连我也不知道为什么缘故，我用一只脚站在地板上旋转了三次，又在头发上擦了油，躺下去，整夜睡得像死人一样。天快亮的时候，我醒了一会儿，抬起头来，万分快乐地朝四周望望，又睡着了。

① 席勒（1759—1805），德国大诗人，他的诗剧《强盗》中充满了对专制政治与封建社会成见的强硬抗议。——译者注

① 指法律上的诉讼案件。——译者注

② 纹章，表示家谱的图案。当时贵族人家均有此种世袭的纹章。——译者注

3

早晨我睁开眼睛，第一个思想就是：『怎么能跟他们认识呢？』喝早茶以前，我就跑到花园里去了，可是我并没有十分走近那道木栅，而且也没有看见一个人。喝过早茶以后，我在别墅前面街上来来去去，不知道走了多少次，远远地望着小宅的窗户。……我仿佛看见她的脸在窗帷后面，我立刻惊慌地跑开了。

『我一定要认识她，』我一边在涅斯库奇尼公园前面那片砂地上，神情恍惚地走来走去，一边想道。『可是用什么方法呢？问题就在这儿。』我回想我们昨天遇见的种种细节，不知道为什么缘故，她对我一笑的情景，我记得特别清楚。……然而在我费尽心思想出种种办法的时候，命运早就替我安排好了。

我不在家的时候，母亲从我们新邻居那里收到一封用灰色纸写的、褐色火漆封口的信，这种火漆只有在邮局通知书上，或者在廉价葡萄酒瓶塞上才可以看到。那封文句不通、字迹潦草的信里，公爵夫人请求母亲竭力帮助她。据公爵夫人说，我母亲跟一班显要人物很熟，而她和她的孩子们的命运都操在那班人的手里，因为她现在有一些重大的诉讼事件①。她写着：『我以一个贵妇人的身份向另一个贵妇人求援，我很欣喜能利用此机会。』她在信的结尾，要求母亲允许她来拜访。我回到家，看到母亲心里很不高兴：父亲不在家，她没有一个可以商量的人，不答复『贵妇人』，并且对方还是一位公爵夫人，这实在不礼貌，可是怎么写回信，就叫母亲感到困难了。她觉得写法文信不合适，而写俄文信呢，俄文拼法又非她所长，——她知道这一点，不愿意让自己丢脸。所以她看见我回来非常高兴，吩咐我立刻到公爵夫人家里去，口头告诉她：母亲乐意随时为公爵夫人效劳，邀请她下午一点钟到我们家来。我的秘密的心愿实现得出乎意外地快，倒叫我惊喜交集了。可是我一点也没有表露出我心里的骚动——就先跑回自己的屋了，系上一条崭新领结，穿起新的常礼服：我在家还穿短上衣和翻领衬衫，其实我已经很讨厌这种服装了。

4

我走进这所侧屋的又窄又脏的前厅时，浑身不由自主地打起颤来，我遇见一个灰白头发的老仆人，他有一张青铜色的黑脸孔，和一对不愉快的猪眼睛，额上、鬓角边刻着我从来没有看见过的那么深的皱纹。他捧着一盆肉啃光了的鲱鱼背脊骨，用脚关上通另一间屋子的门，一边没有礼貌地说：

『您有什么事？』

『扎谢基娜公爵夫人在家吗？』我问道。

『沃尼法奇！』门内传来刺耳的女声。

仆人默默地把背掉向我，露出他那件号衣的破旧的后背（号衣上只有孤零零一颗带纹章②的红钮扣），他把盆子放在地上，走进去了。

『你到警察局去过吗？』又是那个女人的声音在讲话，仆人含糊不清地在说些什么。『啊？……来了客人吗？』又听到她的声音。『隔壁人家的少爷！好，请他进来。』

『少爷，请您到客厅里去，』仆人又走出来对我说，一边从地板上拿起盆子。

我整理一下衣服，走进了『客厅』。

我走进去的那间屋子不大，也不很干净，有几件简陋的家具好像是匆匆忙忙随便地摆在那里

似的。靠近窗口，一个不好看的五十岁光景的老太太正坐在一把断掉一只扶手的圈手椅上，她不戴帽子，身上穿一件绿色的旧衣服，颈项上围一条粗绒线的花围巾。她那双不怎么大的黑眼睛那样牢牢地瞪着我。

我走到她跟前，向她行礼。

『我可以跟扎谢基娜公爵夫人讲几句话吗？』

『我就是公爵夫人，那么您是维先生的少爷？』

『是，太太，我母亲叫我来传话的。』

『请坐。沃尼法奇，我的钥匙在哪儿，你看到吗？』

我把母亲对她来信的回答告诉扎谢基娜公爵夫人。她一边听我讲话，一边用她发红的肥手指敲着窗框，我说完了，她又把我打量了一番。

『好极了，我一定来，』她后来说。『您真年轻呀！请问您有多大岁数？』

『十六岁，』我不由自主地口吃起来。

公爵夫人从口袋里摸出几张写满了字的油腻的纸，拿到鼻子跟前，翻来覆去地仔细在看。

『多么好的年纪，』她突然说，她坐立不安地在椅子上转动。『啊，请您不要客气，我这里很随便。』

『太随便了，』我想道，我望着她那难看的形状，不由得感到厌恶。

这时候客厅的另一道门一下子打开了，门槛上站着昨天傍晚我在花园里见到的那个少女，她举起一只手，脸上露出嘲讽的微笑。

『这是我的女儿，』公爵夫人用肘拐指着她说；『齐诺奇卡①，他是我们邻居维先生的少爷，请问您的大名？』

『符拉季米尔，』我站起来回答，紧张得说不清楚了。

『那么您的父名呢？』

『彼得罗微奇。』

『噢，我认识一位警察局长，也叫符拉季米尔·彼得罗微奇。沃尼法奇，不用找钥匙了！钥匙在我的衣袋里。』

少女带着先前那样的笑容，微微眯起眼睛，略微歪下头去，一直在望我。

『我已经认识麦歇沃尔德马尔②，』她说，她那清脆、响亮的声音，使我的全身起了一种愉快的战栗。『您允许我这样称呼您吗？』

『小姐，您说到哪儿去啦！』我结结巴巴地说。

『在什么地方认识的？』公爵夫人问道。

公爵小姐不理她的母亲。

『您现在有事吗？』她说，她的眼睛一直在看我。

『没有什么事，小姐。』

『您愿意帮我绕绒线吗？来，到这里来，到我屋子里来。』

她朝我点点头，走出了客厅，我跟在她的后面。

我们走进去的那间屋子里，家具讲究一点，布置得雅致一点。可是那个时候，我差不多什么都不能注意了；我好像在梦中行动一样，我觉得全身充满了一种近乎愚蠢的、紧张的幸福感。

公爵小姐坐下，取出一绞红绒线，叫我坐在她对面，她仔细地解开那绞红绒线，套到我的手上。她默默地做这些，始终带一种滑稽的郑重神气，同时在微微张开的嘴唇上露出那种快乐的、狡猾的微笑。她把绒线绕在一张折起来的纸牌上，忽然她的眼光那么明亮，那么快速地向我一闪，使我不由自主地埋下了眼睛。她平常总是眯着的眼睛张大了，她的面容完全变了：她脸上好像充满了光辉

① 齐诺奇卡和下文的齐娜都是公爵小姐齐娜伊达的爱称。——译者注

② 沃尔德马尔是符拉季米尔带法国音的念法。——译者注

似的。

『您昨天对我什么看法，麦歇沃尔德马尔？』她停了一会儿，问道。『您大概骂我吧？』

『我……公爵小姐……我什么也没有想过……我怎么能够……』我狼狈地说。

『请听我说，』她反驳我。『您还没有了解我：我是一个很古怪的人；我希望别人永远对我讲真话。我刚才听说您才十六岁，可是我二十一岁了；您看，我比您大得多，所以您应当永远对我讲真话……而且听我的话，』她又说了一句。『看着我，——为什么，您不看我呢？』

我更加发慌了，不过，我还是抬起头来望着她。——她微微笑了笑，但已经不再是先前的那种笑了，而是另外一种赞许的微笑。

『看着我，』她温柔地放低声音说：『我不讨厌别人看我。我喜欢您的脸，我预料得到，我们会成为朋友的。可是您喜欢我吗？』她狡猾地又加了这一句。

『公爵小姐……』我刚开始说。

『第一，应该叫我齐娜伊达·阿历克山大洛夫娜；第二，小孩子，』（她自己马上改正了。）『——年轻人不把心里想的坦白地说出来，这是哪一种习惯呢？大人才可以这样。您喜欢我吗？』

她这样自由地跟我讲话，虽然使我非常喜欢，可是我感到有一点难堪。我想让她知道，她并不是跟小孩子在说话，所以尽可能地装出很自如的、很严肃的神情说道：

『当然，我非常喜欢您，齐娜伊达·阿历克山大洛夫娜，我不想隐瞒。』

她摇摇头，歇了歇，又摇摇。

『您有家庭教师吗？』她突然问道。

『不，我很早就没有家庭教师了。』

我撒了谎，我离开我那个法国教师还不到一个月。

『哦！我明白了——您完全是大人了。』

她轻轻地敲了一下我的手指。『手伸直！』于是她勤快地绕起绒线来。

我趁她埋下头的时候，端详她，起先偷偷地看，后来越来越大胆了。我觉得她的脸比昨天傍晚我刚看到她的时候更动人：在她脸上一切都显得那么文雅，那么聪明，那么可爱。她背了那扇挂着白色窗帷的窗坐着，阳光透过窗帷射进来，一抹柔和的光照在她那蓬松的金黄色头发上，她那洁白的颈项上，她那微斜的肩膀上，她那娇柔、平稳的胸脯上。——我望着她，现在，她对我已经是多么亲密，多么接近了！我觉得我早已认识她了，——在认识她以前，我什么都不懂，甚至可以说根本就没有生活过。……她身上穿一件深色的旧长袍和一条围裙；我多么想抚摩这长袍和围裙的每一道褶纹。她的鞋尖从长袍下端露了出来：我多么想拜倒在这双鞋子跟前。……『现在，我坐在她的对面，』我想道，『我已经认识她了。……多幸福呀，上帝啊！』我高兴得几乎要从椅子上跳了起来，但是我只不过微微摆动一下我两只脚，就像一个得到糖果的小孩似的。

我快活得像水中的鱼，我愿意永远不走出这间屋子，不离开这个地方。

她慢慢地睁大眼睛，她那双亮眼睛又温和地望着我了，又微笑了。

『您那样子看我，』她慢慢地说道，伸出一只手指点着我。

我脸红了。……『她什么都知道，什么都看到了，』这念头在我的脑子里闪过。『可是，她怎么会不知道呢，怎么会不看到呢！』

突然隔壁房间里有什么东西在响——马刀的响声。

『齐娜！』公爵夫人在客厅里高声喊道。『别罗夫佐洛夫给你带来一只小猫。』

『小猫！』齐娜伊达大声说，连忙从椅子上起来，把绒线球丢在我的膝上，就走出去了。

我也站起来，把绒线绞和绒线球放到窗台上面，走进客厅，我迟疑不决地站住了：在屋子中间躺着一只伸着脚爪的小花猫，齐娜伊达跪在它的前面，小心地托起它的小脸。公爵夫人身边有一个金色鬈发的年轻骠骑兵，他一个人几乎把两堵窗中间的空隙填满了，他有玫瑰色的脸颊，和一对凸出的眼睛。

『多好玩！』齐娜伊达接连说了好几次；『它的眼睛不是灰的，而是绿的。好大的耳朵啊！谢谢您，维克托尔·叶戈雷奇，您真好！』

我认出那个骠骑兵，就是昨天傍晚我看见的年轻人中间的一个，他笑了一笑，鞠一个躬，靴子上的踢马刺『拍的』响了一下，马刀链子也发出了响声。

『您昨天说起要一只人耳朵的小花猫……我办到了，小姐。您的话就是法律。』他又鞠了一个躬。

小猫轻轻地叫着，在地板上闻起来。

『它饿了！』齐娜伊达大声说。『沃尼法奇，索尼雅！拿一点牛奶来。』

一个女仆穿一件黄色旧衣服，颈项上围一条褪了色的项巾，捧着一小盆牛奶走了进来，把盆子放在小猫面前。小猫吃惊地抖了一下，眯眯眼睛，就在舔牛奶了。

『它的粉红色小舌头多好看！』齐娜伊达的头几乎贴在地板上，她从小猫侧面鼻子下边望过去，说。

小猫吃饱了，装腔作势地动动脚爪，喵喵地叫起来。齐娜伊达伸直身子，随随便便地对女仆说：『拿开。』

『为了这只小猫，——请您给我手，』骠骑兵含笑地说，动一下他那紧紧裹在新制服里面的强壮的身子。

『给您两只手，』齐娜伊达答道，就向他伸出双手来。在他吻她一双手的时候，她从他肩头上望着我。

我还是呆呆地站在原来的地方，我不知道我应该笑，还是应该说一两句话，还是沉默。忽然我从前厅开着的门口看到我们家的仆人费多尔的身影，他向我做做手势，我机械地走到他跟前。

『你来干什么？』我问他。

『您母亲叫我来找您，』他低声说，『她在生气：您还没有带口信回去。』

『难道我在这儿待了很久吗？』

『一个多钟点了。』

『一个多钟点了！』我不自觉地跟着说了一遍，就回到客厅，向主人恭敬地行礼告辞。

『您到哪儿去？』公爵小姐从骠骑兵身后望我一眼，问道。

『我得回家了，小姐。』我说，又向着公爵夫人加了一句：『我就告诉家母。您下午两点钟到我们家里去。』

『您就这样说吧，少爷。』

公爵夫人连忙拿出鼻烟壶，大声地吸一下鼻烟，使得我吃了一惊。

『就这样说吧，』她又说了一遍，一面含着眼泪地眨眨眼睛，又打喷嚏了。

我又鞠了一个躬，掉转身子，走出去了。我暗地里感到一般年轻人知道有人在背后望他的时候，所常有的那种局促不安的感觉。

『请您不要忘记，——再来看我们，麦歇沃尔德马尔。』齐娜伊达大声说，又笑起来了。

『她为什么总爱笑呢？』我在路上想。费多尔陪我回家，他一句话也不说，带着一种不满意的神情，跟在我背后。母亲责备我，而且奇怪：我在公爵夫人家里待了这么久，究竟干些什么呢？我一句话也没有回答，就到自己的屋子里去了。我突然觉得非常悲哀。……我竭力忍住不要哭……我嫉妒那个骠骑兵！

5

公爵夫人如约来拜访我母亲——可是留给母亲一个不好的印象。她们会见的时候，我不在家。不过在餐桌上，我听见母亲对父亲说，她觉得这位扎谢基娜公爵夫人是une femme très vulgaire①，她不断地恳求母亲在谢尔盖公爵面前替她讲情，叫母亲感到头痛。再说她总是在搞一些诉讼的事情——des vilaines affaires d'argent②，——因此她一定是一个非常喜欢打官司的人。然而母亲又说，她已经请她同她女儿明天中午来吃饭（我听见说『同她女儿』，便做出埋头吃东西的样子），——因为她总算是我们的邻居，何况又是贵族。父亲听见这些话，就告诉母亲，他现在记起了公爵夫人是谁了；他年轻时候，认识已故的扎谢金公爵。公爵受过很好的教育，却是一个头脑简单、荒唐无聊的人，交际社会因为他在巴黎待得很久，就给他起个绰号：le parisien③。他本来很有钱，可是他把财产全输光了。——后来不知道为了什么缘故，也许是为了金钱的关系吧，他跟一个小职员的女儿结了婚。『不过，即使是为了金钱的关系，他也可以选个好一点的，』父亲冷冷地笑了笑，又接着说：『结婚后，他又去做投机事业，这一次完全破产了。』

『只望她不要来借钱，』母亲说。

『这很可能，』父亲安静地说。『她会讲法文吗？』

『讲得很不好，』

『嘿，那倒无所谓。你好像说你也请了她女儿，有人对我说她的女儿倒是一个很可爱、很有教养的小姐。』

『哦，那么说，就不像她母亲了。』

『也不像她父亲，』父亲接着说。『他虽然受过很好的教育，可是他仍然是一个傻瓜。』

母亲叹了一口气，沉思起来，父亲也不再说什么了。我在旁边听见他们谈这段话，一直感到很不舒服。

饭后，我又到花园里去了，不过没有带枪。我自己发誓不再走近扎谢基娜家的园子，可是一种不可抗拒的力量把我吸引到那里去，——而且也不是空走一趟。我刚走近那道木栅，就看到齐娜伊达。这一次就只有她一个人。她手里捧着一本书，慢慢地顺着小径走来。她没有注意到我。

我差一点要让她过去了，可是我立刻又改变主张，我咳嗽了一声。

她回过头来，可是并不停步，只用一只手把圆草帽上天青色宽丝带掠开望着我，静静地笑了笑，又埋下眼睛去看书了。

我揭下便帽，迟疑一下，带着沉郁的心走开了。『Que suis-je pour elle ?④』我用法国话（天晓得是为什么缘故）这样想。

我背后响起一阵熟悉的脚步声，我回头一看，父亲踏着轻快的步子朝我走来。

『她就是公爵小姐？』他问我。

『公爵小姐。』

『你难道认识她？』

『今天早晨我在公爵夫人那儿见过她。』

父亲止了步，脚后跟很快地掉转，往回走去。他走到跟齐娜伊达并肩的时候，恭敬地向她鞠

① 法文：一个非常庸俗的女人。
② 法文：讨厌的金钱上的事情。
③ 法文：巴黎人。
④ 法文：在她的眼里我算什么呢？

了一个躬，她也向父亲还了礼，脸上露一点惊讶的样子，把书放低。我看见她的眼睛一直在送他。父亲的服装素来很讲究，——有他独特的风度，可又是非常朴素。然而我从来没有看到父亲的风采像今天这么地优美；我从来没有看到他那顶灰色呢帽像今天这样恰好地戴在他已经有点稀疏的鬓发上。

我刚向齐娜伊达走去，可是她连看都不看我一眼，重新把书举起来，走开了。

6

这一天整夜和第二天早晨，我都在一种郁郁不乐的麻木状态中度过去。我记得我想用功，拿起盖达诺夫的书，可是这本著名教科书的大字印刷的每行、每页都白白地从我的眼前溜过去了。我把『求理厄斯·凯撒①以作战勇敢而著名』的这一句，接连读了十遍，——却并不知道是什么意思，终于丢开了书。午饭前，我又在头发上搽了香油，又换上常礼服，系上领结了。

『这是为什么？』母亲问我道。『你还不是大学生，天晓得，你能不能通过大学考试？而且你的短上衣做了还不久呢！你不能就把它丢掉。』

『要来客人，』我轻轻地、几乎绝望地说。

『别胡说！这算什么客！』

我只好服从，我脱去常礼服，换上短上衣，不过没有取掉领结。午餐前半小时，公爵夫人同她女儿来了，公爵夫人在她那件我见过的绿色衣服外面加了一条黄披巾，戴一顶饰着火红色缎带的老式帽子。她一开头就说她的『期票』，叹气，诉穷，『不断地恳求』帮助，可是她一点都不讲礼貌：还是那样大声地吸鼻烟，还是那样自由地在椅子上扭来转去，坐立不安。她好像完全没有想到，她是一位公爵夫人。齐娜伊达的态度恰恰跟她相反，非常庄重，差点儿显得高傲了，是真正公爵小姐的气派。她脸上有一种冷冰冰的端庄和尊严，我简直不认识她了，我也认不出她那种笑，她那种眼光，虽然我觉得她在这种新姿态中，也还是很美。她穿一件浅蓝色花轻纱长袍，头发照英国式梳的，梳成长长的一条一条的发鬈垂在颊上。这种式样跟她脸上冷冰冰的表情非常相称。午餐的时候，父亲坐在她旁边。他用他特有的那种优雅而大方的殷勤在招待他的邻座。他时常望她——她也时常望他，而且带着这么奇怪的、几乎是敌意的眼光。他们用法国话交谈，我记得，齐娜伊达发音的正确叫我吃惊。公爵夫人在席上还是像先前那样地一点也不讲礼貌，她吃得很多，而且夸奖菜做得好。母亲显然给她烦透了，用一种厌烦的、冷淡的态度在应付她。父亲时而微微地皱眉头。母亲也不喜欢齐娜伊达。

『一个多骄傲的女人，』第二天母亲这样说。『你想她凭什么骄傲——avec sa mine de grisette！②』

『大概，你还没有看到过「葛利热特」，』父亲对她说。

『所以谢天谢地了！』

『自然，谢天谢地……只是你怎么就可以给她们下断语呢？』

齐娜伊达一直没有理过我，吃过饭以后，公爵夫人就站起来告辞了。

『我就指望着你们的照顾了，玛丽亚·尼可拉也夫娜，彼得·瓦西里也微奇！』她像唱歌似地对父亲和母亲说。『我有什么办法呢！过去有过好日子，可是早已过去了。现在我虽是一个有爵位的夫人，』她带着不愉快的笑声加了一句，『但要是没有吃的，虚名又有什么用！』

① 求理厄斯·凯撒（公元前100—前44），古罗马的军事家，政治家，同时又是历史学家。——译者注

② 法文：凭她那副「葛利热特」的面貌。（「葛利热特」是当时的法国小说中一般轻佻的女子的总称。——译者注）

父亲对她恭敬地鞠了一个躬，送她到前厅门口。我就穿着短上衣站在那里，埋着头望地板，仿佛是一个判了死罪的犯人。齐娜伊达对我的态度把我完全毁了。却不料她走过我身边的时候，她眼睛里又带着先前那种温柔的表情，很快地、低声对我说：

『八点钟到我们家里来，听到吗？一定来……』

这使我多么惊奇！我刚伸出手去，可是她已经把白披巾搭到头上，走了。

7

刚八点钟，我穿上了常礼服，头发梳得高高的，走进公爵夫人住的小宅子的前厅。老仆人不高兴地望了我一眼，不情愿地勉强从凳子上站起来。客厅里有欢笑声。我推开门，不由得吃惊地往后退了一步。公爵小姐站在屋子当中一把椅子上，把一顶男人帽子朝前拿着，椅子四周站了五个男子。他们争着把手放进帽子里去，可是公爵小姐却把帽子举得高高的，用力摇动它。她看到我进来，就大声说：

『等一等，等一等！有新客人啦，也应当给他一张票子，』她就轻盈地从椅子上跳下来，拉住我的常礼服的袖口。『跟我来！』她说，『您站着干什么？麦歇们，你们认识认识吧，这位是麦歇沃尔德马尔，我们邻家的少爷。这位是，』她挨着次序，介绍我认识她的客人。『马烈夫斯基伯爵，这位是鲁欣医生，这位是马依达诺夫诗人，这位是退职的上尉尼尔马茨基，这位是别罗夫佐洛夫，骠骑兵，您已经看到过了。希望你们大家都成为好朋友。』

我非常不好意思，我甚至忘记对他们行礼了。我认得鲁欣医生，就是在花园里丝毫不留情地羞辱过我的那位浅黑色皮肤的先生，其余的人我都不认识。

『伯爵！』齐娜伊达继续说，『请您写一张票子给麦歇沃尔德马尔。』

『那不公平，』伯爵带一点波兰口音答道。这是一个穿得很时髦的、棕色头发的美男子，有一对很灵活的褐色眼睛，和一根窄小的白鼻子，小嘴上有一撮修剪得很精致的唇髭。『他还没有跟我们一块儿玩过「摸彩」游戏呢。』

『不公平！』别罗夫佐洛夫和那位被称为退职上尉的人也说了一遍。上尉大约有四十岁，脸上的麻子多得可怕，头发鬈曲得像黑人一样，驼背，弯腿，身上穿一件没有肩章、钮扣松开的军服。

『我的意思：要给他写一张票子，』公爵小姐又说。『为什么要反抗呢？麦歇沃尔德马尔第一次跟我们一块儿玩，他今天用不着遵守规则。不要埋怨了，写吧！我要这样做的。』

伯爵耸了耸肩膀，可是恭顺地埋下头去，用戴满戒指的白手拿起笔，撕下一小张纸，就在纸上写了。

『至少，您得允许我们，把我们玩的游戏对沃尔德马尔先生说明一下，』鲁欣带着讥讽的口气说；『不然他就完全莫名其妙了。年轻人，您懂吗，我们正在玩「摸彩」；公爵小姐是给奖人——谁拿到「幸运」的票子，那个人就有吻她的手的特权。我跟您说的话，您明白吗？』

我只是望着他，还是莫名其妙地站在原来的地方；公爵小姐又跳上那把椅子，又把帽子摇动起来。大家都拥到她跟前，——我就跟在他们后面。

『马依达诺夫，』公爵小姐对一个身材高高、脸孔瘦瘦、眼睛小而无光、头发黑而长的年轻人说。『您是诗人，您应该大量一点，把您的票子让给麦歇沃尔德马尔，让他有两个机会。』

但是马依达诺夫表示不同意地摇摇头，连头发都飘动起来了。别人都试过运气以后，我也把手伸进帽子里，拿出一张票子打开来看。……天啊，我看到写在那张纸上的『接吻』两个字，我不知道如何是好了！

『接吻！』我不由自主地大声喊起来。

『好啊，他中彩了，』公爵小姐连忙说。『我真高兴！』她从椅子上下来，两眼发亮，柔媚地望了我一眼，我的心跳起来。『您高兴吗？』她问我。

『我？……』我呐呐地说不出话了。

『把您的票子卖给我，』别罗夫佐洛夫突然在我的耳边信口胡说；『我给您一百卢布。』

我用那样愤怒的眼光把骠骑兵看了一眼，拒绝了，这使得齐娜伊达拍手叫好，鲁欣也喊着：『好极了，年轻人！』

『不过，』他说下去，『我是司仪人，我的职务便是督促遵守一切规章。麦歇沃尔德马尔，跪下一条腿。这是我们的规矩。』

齐娜伊达站在我面前，头微微斜着，好像为了要把我看得更清楚些，她就郑重其事地向我伸出手来。我的眼睛花了，我本想跪下一条腿，可是两条腿一齐跪下去了，非常不自然地吻她的手指，甚至让她的指甲在我的鼻尖上轻轻抓了一下。

『干得好！』鲁欣叫道，他扶着我站起来。

『摸彩』的游戏继续下去。齐娜伊达叫我坐在她身边。她想出种种奇特的『中彩』①的办法！就说其中有一次，她扮演『雕像』，选丑男子尼尔马茨基做雕像的台座，叫他弯下身子，而且要把脸贴在自己的胸前。笑声一直没有停止过。对于我，一个生长在讲规矩的贵族家庭里、受着严格而孤寂的教育长大起来的孩子，这种叫嚣，这种喧嚷，这种无拘无束近乎发疯的欢乐，这种从来没有过的跟陌生人的交际，全使我兴奋万分。我简直像喝醉酒似地头发晕了。我竟然笑得、吵得比别人更厉害，连在隔壁屋子里，正在跟从伊威尔斯基门②请来的录事商量事情的老公爵夫人也出来望我了。可是我觉得我太幸福了，别人的嘲笑和轻蔑的眼光，我真如俗话所说『一点也不在乎』了。齐娜伊达对我一直表示优待，不让我离开她身边。有一次『中彩』的办法是：我得跟她并排坐在一起，让一幅丝巾盖住我们：我应该把我的秘密告诉她。我还记得那个时候，我们两人的头忽然在一种闷热的、半透明的、芬芳的黑暗里面，在这黑暗里她的眼睛亲切地、温柔地发着光，她张开的嘴唇吐出热气，她的牙齿露出来，她的发尖轻轻挨着我，使我发痒，使我发烧。我不作声。她狡猾地、神秘地微笑着，后来轻轻地问我：『唔，究竟是什么呢？』然而我只是红着脸，笑着，把脸掉开去，几乎透不过气来了。我们玩腻了摸彩游戏，——我们开始玩一种绳子游戏。我的天，我忽然出了神给她在我的手指上猛打了一下，我感到多么大的快乐！后来我又故意装作出神的样子，她就跟我开玩笑，却再也不肯碰一下我伸给她的手了！

那个晚上我们还玩了好多的把戏！我们弹钢琴，唱歌，跳舞，表演茨冈人宿营③——我们把尼尔马茨基扮成一头熊，叫他喝盐水。马烈夫斯基伯爵表演各种纸牌戏法，最后一次纸牌戏法是『威斯特』，他把牌洗乱以后，自己把王牌全拿出来，为了这个，鲁欣『便有庆贺他的光荣』。马依达诺夫给我们朗诵他的长诗《杀人者》的几节（这是在浪漫主义全盛的时期），这首长诗他想用黑色封面印上血红色书名出版。我们又从伊威尔斯基门请来的录事的膝上偷走他的帽子，逼着他跳哥萨克舞来把它赎回。又叫老沃尼法奇戴上女帽，公爵小姐戴起男人帽子。……我们做过的事情真说不尽。只有别罗夫佐洛夫越来越往角落里躲，皱着眉头在生气。……他时时眼睛充血，满脸通红，好像他马上就要向我们冲过来，把我们当作木屑一样往四处踢开；可是公爵小姐看看他，伸出一根手指威胁地向他指指，他又退回原来的角落里去了。

我们终于玩得疲乏了。老公爵夫人虽然说她什么都不在乎，而且不怕吵闹，可是后来她也感

① 原文是「处罚」。——译者注

② 当时莫斯科从「白城」入「中国城」的有名的门。在红场附近。一般诉讼代理人和退休的文官都住在这一带，专门替人写状子或办理诉讼事件。——译者注

③ 茨冈人为一种流浪民族，散居于土耳其、苏联、西班牙等国。这里指他们结伴流浪的队伍。——译者注

到疲乏，想休息了。十二点开出晚饭来：一块不新鲜的干酪，几个碎火腿馅的冷包子，我觉得这些包子比我吃过的任何点心都可口。酒只有一瓶，样子有点古怪：大口黑瓶，盛着玫瑰色的酒，可是谁也没有喝它。我走出小宅子，疲乏、快乐到没有一点力气；告别的时候，齐娜伊达紧紧握着我的手，又神秘地微笑了。

夜气郁闷而潮湿地扑到我火热的脸上，看来大雷雨就要来了；乌云逐渐增多，飘过天空，它那如烟似雾的外形，看得出在改变。微风不停地吹过黑暗的树林，远处，不知道什么地方的地平线上轻轻地响着愤怒的、不清楚的雷声。

我从后面台阶走到我屋子里去。我那个老仆人躺在地板上睡着了，我必须从他身上跨过去。他醒了，看到我就说，母亲又为我发脾气，她又要派人去找我，可是让父亲阻止了。我平日睡觉前总要去向母亲请『晚安』，让她祝福我。现在没有办法了！

我对老仆人说，我自己脱衣服睡觉，——我吹熄了蜡烛。……可是我没有脱衣服，也没有上床睡觉。

我在椅子上坐下，而且坐得很久，仿佛中了魔一样。……我感觉到非常新鲜，非常甜蜜，——我几乎什么都不看，静静地坐着，轻轻地呼吸，只是有时候我回想到什么事情，我就禁不住默默地微笑，有时候我想起我是在恋爱了，爱的就是她，这就是爱，这思想叫我心里发冷。在黑暗里齐娜伊达的脸静悄悄地在我眼前浮现——浮来浮去却不再浮走了，她的嘴边依旧挂着那种神秘的微笑，她那追问似的、梦幻的、温柔的眼光还偷偷地瞟着我……完全跟我向她告别的时候一样。最后我站起来，踮起脚走到床前，连衣服也不脱，小心地把头靠在枕上，我好像害怕剧烈的动作会惊扰了那个充满在我心里的东西……

我躺着，可是并不闭上眼睛。不久我注意到一道微光不断地射进我屋子里来。……我坐起来，望望窗。窗架和神秘地、朦胧地发白的玻璃已经可以很清楚地分辨出来了。『雷雨，』我想道。雷雨果真来过，可是它已经到很远的地方去了，所以并没有听到什么雷声；只有不很亮的、长长的电光，仿佛分得一股一股的在天空里继续不断地闪烁：但与其说它在闪烁，还不如说它像将死小鸟的翅膀那样地颤抖，那样地抽动。我起来，走到窗前，站在那里，一直站到天亮！……电光并没有停止过一会儿，这是民间称为『雀夜』①的晚上。我望着那片寂然无声的砂地，我望着涅斯库奇尼公园黑黝黝的一片地方，我望着远处房屋的黄色的门面，仿佛它们也跟着每一道微弱的闪光在颤动。……我望着这些——我不能够离开那里：这些没有声音的电光，这些短促的闪烁，好像正跟我心里燃烧的神秘无声的情火呼应着。天亮了，黎明的天空现出许多鲜红的云块。太阳渐渐往上升，电光也渐渐淡起来，它们的闪烁也愈来愈稀少，终于淹没在这一片已经到来的白天的明朗的阳光里消失了……

我内心的电光也消灭了。我觉得非常疲乏，非常平静……可是齐娜伊达的面影依然胜利地在我心里荡漾。只是这个面影本身也显得安静了：好像一只从沼地野草中间飞出来的天鹅，它在它四周的丑恶的形象中间显出特殊的美。我快要睡着的时候，我怀着充满信赖的、崇拜的、告别的心情，最后一次拜倒在它面前……

啊，温柔的感觉，柔和的声音，深受感动的心灵的善良和宁静，第一次爱的觉醒的令人陶醉的欢乐——如今，你们在哪里，你们在哪里？

① 夏天夜短的日子，约在七月十日。——译者注

8

第二天早晨，我下楼用早茶的时候，母亲就责备我——可是远不如我所想象的那么严厉——而且要我说出昨夜经过的情形。我用几句话应付了她，却瞒过许多细节，极力把事情说得没有一点毛病。

『无论如何，她们不是comme il faut[①]，』母亲说，『你不必到她们那儿去浪费时间，你应该准备大学入学考试，用用功啦。』

我知道母亲所谓关心我功课的就只限于这几句话，因此我觉得没有辩驳的必要。可是我们喝过早茶以后，父亲却挽着我的胳膊到花园里去，逼着我把我在扎谢基娜家看到的一切全说出来。

父亲对我有一种古怪的左右我的能力——而且我们的关系也非常古怪。他几乎不过问我的教育，但是决不使我伤心；他尊重我的自由——我也许可以这样说，他甚至对我有礼貌……只是他不让我接近他。我爱他，我崇拜他，我认为他是个模范的男人——唉，我的上帝，倘使我不是一直感到他在推开我，我会多么热情地爱他！然而只要他愿意，他几乎只消用一句话，一个动作，就能够唤起我对他无限的信心。我打开心灵——像对聪明的朋友，或者亲切的教师似地跟他谈心。……可是他又突然地离开我了——他的手又把我推开——虽然亲切地，温和地，但他还是把我推开了。

有时候他高兴起来——那时就会像小孩似地跟我一块儿游戏，淘气（他喜欢种种剧烈的体力活动）；有一次——就只有那么一次！——他对我非常亲切，使我感动得几乎淌下眼泪。……可是他的愉快，他的亲切一下子全消灭得干干净净——而且我们两人中间发生过的事情，并不能使我对将来有什么指望——好像这只是一场梦似的。有时候我仔细地望着他那张聪明、漂亮、愉快的脸……我的心颤动，我整个身心都倾向他……他好像也觉察到我心里在想些什么，顺手在我脸颊上轻轻拍了一下，就走开了，不然就动手做什么工作，再不然他就突然变成冷冰冰的了，这是他一个人有的一种独特的态度；我立刻也就退缩了，我也冷了下来。他那种难得表示的对我的慈爱，决不是我的不言而喻的恳求唤起的；它们总是突然地发作。许多年以后，我仔细想一下我父亲的性格，我得到这样的一个结论，他对我，对家庭生活都不感兴趣，他的心倾向别的事情，而在那些事情上完全得到了满足。『你能够拿到手的，你就去拿，千万不要让别人控制你，做自己的主人——人生的全部「滋味」就在这儿了。』有一次他这样对我说。还有一次，我以年轻的民主主义者的姿态对他发表关于自由的言论（他那一天的态度正是我所谓『亲切』的，在那一天我可以跟他随意谈话）。

『自由，』他重说了一遍，『可是你知道，什么东西能够给人自由呢？』

『什么东西呢？』

『意志，自己的意志，它能够给人比自由更好的权力。你有意志——你就会自由，就能够指挥别人。』

父亲首先超乎一切地热爱生活……而且他已经活过了；也许他已经预感到他不能长久享受人生的『滋味』：他活到四十二岁就死了。

我仔细地把我在扎谢基娜家里经过的情形告诉父亲。他坐在花园的长凳上，用手杖在砂土上划来划去，似注意非注意地听着。他偶尔笑一笑，举起微微发亮的、逗人发笑的眼光望着我，——而且用简短的问话和反驳来鼓励我说下去。我起先连齐娜伊达的名字都说不出口，可是后来再也忍

① 法文：规矩人。

不住了，我就开始赞美她。父亲一直在微笑。后来他沉思起来，伸伸腰，站起来了。

我记得我们走出宅子的时候，父亲吩咐过仆人给他预备马，他是一个很出色的骑手，能够驯服最野的马，本领远超过莱勒先生。

『爸爸，我跟你一块儿去骑马，好吗？』我问他。

『不，』他答道，他的脸上又现出平常那种冷淡而和气的表情。『要是你想去，你一个人去吧；你告诉马夫，说我不去了。』

他掉转身子，急匆匆地走了。我注意地望着他——他一走出门外就看不见了，只是他的帽子顺着木栅在动，他到扎谢基娜家去了。

他在那里待了不到一个钟头，出来就动身到城里去，一直到晚上才回家。

午饭以后，我也到扎谢基娜家里去。客厅里只有老公爵夫人一个人。她看到我，就用一根编结针在帽子底下搔头发，突然问我愿不愿意替她抄一张呈文。

『很愿意，』我说着就在椅子边上坐下。

『只是请您注意：字写得大一点，』公爵夫人说，递给我一张油腻的纸，『今天就抄，行不行？少爷。』

『当然，我今天就抄，老太太。』

隔壁屋子的门微微打开了一点——门缝里露出来齐娜伊达的脸——苍白而带愁思的神情，她的头发蓬松地飘在脑后，她的大眼睛冷冰冰地望了我一眼，就轻轻地关上了门。

『齐娜，齐娜！』老夫人喊道。齐娜伊达没有答应。

我带了老夫人的呈文回家，整个晚上都在抄写。

9

我的『热情』是从那一天开始的。我记得那个时候我有一种初上班的新职员的感觉；我已经不再是年轻的孩子了，我在恋爱。我说过，我的热情从那一天开始，我还可以加一句，我的『痛苦』也是从那一天开始的。离开齐娜伊达，我就抑郁不乐：什么都不能想了，什么事也不能做了。我一整天、一整天地专心想她……我抑郁不乐……但是在她的面前，我也并不感觉到轻松。我嫉妒，我承认自己一无可取，我像傻瓜似地生气，像傻瓜似地卑屈，然而却有一种不可抗拒的力量把我拖到她身边去，每一次我跨进她的房门，不由得感到幸福而浑身颤抖起来。齐娜伊达立刻就猜到我爱上她了，然而我也并不想隐瞒。她玩弄我的热情，她拿我开玩笑，溺爱我，可是又折磨我。能够作为别人最大欢乐和最深痛苦的唯一源泉与专制而默默顺从的原因，这是一件愉快的事，可是我好像已经是齐娜伊达手中的一块捏软的蜡了。不过爱上她的并不止是我一个人，所有到公爵夫人家里走动的男人都为她神魂颠倒，她把他们都缚在她的脚跟前。她一会儿挑起他们的希望，一会儿又引起他们的忧虑，她喜欢任性翻来覆去地作弄他们(她把这个叫做：让他们撞头)，可是他们连想都没有想到要违背她的意旨，人人都情愿顺从她。她的充满了活力与美丽的整个身上，狡猾与随便，做作与单纯，沉静与活泼特别迷人地混合在一起。在她所做的、所说的一切里，在她的每一个举动里，都带有一种微妙的、轻快的娇美，处处都显露出她那特殊的、生气蓬勃的力量。她的脸不断地在变化，时时射出光芒：它几乎就在同一个时候表现出嘲讽，沉思，甚至热情。各种不同的感情像刮风的晴天里的云彩那样，又轻又快在她的眼里、唇际不断地掠过。

每一个崇拜她的人都是她所少不了的。她有时候把别罗夫佐洛夫叫做『我的野兽』，有时候就单叫『我的』，为了她，他即使赴汤蹈火也情愿；他对自己的智力和其他长处缺乏信心，因而不断地向她求婚，并且向她暗示：别人不过是说废话。马依达诺夫适合她心灵中的诗意：他是一个相当冷静的人，跟大多数的作家一样，他极力使她相信，或许也使他自己相信，他崇拜她。他不断地写诗歌颂她，带一种又似做作、又似真诚的喜悦朗诵给她听。她同情他，可是同时又有点嘲笑他。她不信任他，她听完他的真情的吐露后，就要他朗诵普希金的诗，她说这是为着『把空气弄干净』。鲁欣，那位爱挖苦人的、说话尖刻的医生，比别人更了解她——也比别人更爱她，虽然他当面、背后都常常骂她。她尊敬他，但也并不放松他——有时候她带一种特别幸灾乐祸的快乐神情，使他感到他也是捏在她手掌里的人物。『我是一个卖弄风情的女人，我没有心肝，我生成是一个女演员，』有一次她当着我的面对他说；『哦，好极了，把您的手伸出来，我要把针刺进去，这个年轻人在场会使您感到不好意思，您会觉得痛，可是您还得笑笑，您这位好好先生。』鲁欣红了脸，转过头去，咬着嘴唇，但终于把手伸给她。她用针刺它，他果真就笑……她也笑了，她把针刺得很深，她望着他那双徒然地想躲开去的眼睛……

我最不了解齐娜伊达跟马烈夫斯基伯爵中间的关系。他是一个很漂亮、灵活、聪明的人，可是在他的身上有一些令人怀疑的，有一些虚伪的东西，连我，一个十六岁的孩子也觉察到了，而齐娜伊达居然没有看出，这叫我觉得奇怪。或者她早已看出他那些虚伪的地方，只是并不讨厌它而已。她那种不正常的教育、古怪的交际和习惯、母亲经常在她身边、家境不好、家里又很乱——从这位少女享受自由的时候开始，从她认为自己比她周围的男人高一等的时候开始，这一切在她的心中发展成一种半瞧不起人的随便，和不苛求的习气。不管发生了什么事情——或者沃尼法奇来说糖用光了，或者什么难听的闲话传开去了，或者客人们争吵起来——她也不过摇摇她的鬈发，说：『这都是些小事！』她一点也不在意。

但是每次马烈夫斯基伯爵走到她跟前，以一种狐狸似的狡猾的动作，优雅地靠在她的椅背上，带一种自满而又谄媚的微笑在她耳边低声说话，而她两只膀子交叉在胸前，专心地望着他，她自己也微笑了，而且还摇摇头，那个时候，我就气得全身的血都沸腾起来了。

『您为什么要接待马烈夫斯基伯爵呢？』我有一次问她道。

『他有那么漂亮的小胡子，』她说；『您不懂得这个。』

『您是不是以为我爱他？』还有一次她对我说；『不会，我不会爱上一个我瞧不起的人。我要爱一个能够支配我的人。……但是我希望不要遇到那样的人，谢谢上帝，我不要落到任何人的手里，不，绝不！』

『那么，您永远不会恋爱了？』

『可是您呢？难道我不爱您吗？』她说着，用戴着手套的指尖在我的鼻子上敲了一下。

不错，齐娜伊达简直是在拿我开心。一连三个星期里，我天天去看她——她什么把戏都跟我玩过了！她很少到我家里来，我也不希望她来；她在我们家里就变成一位端庄的小姐，一位公爵小姐了，——所以我害怕看到她。我生怕在母亲面前泄露出我的秘密；母亲很不喜欢齐娜伊达，她常常用不高兴的眼光监视我们。我倒并不怎样害怕父亲：他好像并没有注意我，他也很少跟她谈话，可是谈起来却谈得非常聪明，而且意味深长。我不再做功课，读书了，我连到附近地方去散步或者骑马的事情都停止了。我好像是一只给人缚住脚的甲虫，不断地绕着这所心爱的小宅子转来转去；我好像真想永远留在那里似的……然而这是不可能的。母亲责备我，甚至有时候齐娜伊达也在赶我回家。那个时候我就锁在自己的屋子里，或者走到花园的尽头，爬到高高的石头造的温室的废址上，把两只腿挂在临街的墙头，接连地在那里坐上好几个钟头，虽然我望着，望着，可是什么也没有看见。

白色的蝴蝶懒洋洋地在我身边盖满尘土的荨麻上面飞翔；离我不远的半毁坏的红砖上有一只不避人的麻雀，在那里生气似地噪叫，不停地扭转它的全身，展开它的尾巴；那些始终不相信我的乌鸦，高高地、高高地躲在光秃的桦树顶上，断断续续地叫几声，——阳光静静地照在桦树的稀疏的树枝上，风轻轻地吹动它们，——顿河修道院的安静而又凄凉的钟声不时飘送过来，可是我只是默坐，凝视，倾听——全身充满了一种莫名的感觉，这种感觉里包含着一切：悲哀，欢乐，未来的预感，欲望和生的恐惧。可是那个时候，我对于这个一点也不懂，我也不能把这一切在我心里沸腾的东西叫出一个名目，我倒不如用一个名字——齐娜伊达的名字来叫它们。

齐娜伊达一直在玩弄我，就像猫作弄老鼠似的。她一会儿对我卖弄风情，——使我心神荡漾，——一会儿她又忽然把我推得远远的了，——我再不敢走近她，我连看都不敢看她一眼。

我记得，接连有好几天她对我非常冷淡，我完全胆怯了，我畏缩地走到她们那所小宅，不管那个时候老公爵夫人正在骂人，叫嚷，我总设法去接近她；她的『期票』的事情弄得很糟，她已经跟警察分局长解释过两次了。

有一次我顺着我熟悉的木栅散步——我就看到齐娜伊达：她撑着两只膀子，坐在草地上一动也不动。我正想悄悄地走开，可是她突然抬起头来，命令似地招呼我过去。我呆了一会儿：我并没有立刻懂得她的意思。她又招呼我。我赶快跳过木栅，高兴地朝她跑过去；可是她用眼光命令我不要走到她身边，指点我站在离开她两步远的小径上。我窘透了，不知道怎么办才好，我就在路边上跪下去。她的脸色非常苍白，整个脸上都露出那样沉痛的悲哀，那样不堪的疲劳，这使我的心十分难过，我就不由自主地小声说：

『您有什么事情？』

齐娜伊达伸出手，摘了一片草，放在嘴里咬了一下，又把它远远地抛开了。

『您非常爱我吗？』她后来问道，『是吗？』

我没有说什么，——而且，我为什么要回答呢？

『是，』她像先前一样地望着我，又说了一遍，『是这样的。一样的眼睛，』她添上一句，她又沉思了，用两只手捧着脸。『一切都惹起我心烦，』她低声说。『我倒不如早到世界的尽头去，我受不了，我对付不了。……我还有什么前途？……啊，我痛苦……我的上帝，我多痛苦啊！』

『为什么呢？』我胆怯地问道。

齐娜伊达并不回答我，只是耸耸肩膀。我还是跪着，忧郁地望着她。她说的每句话都像刀子似地在割我的心。在这一刻，只要能够消除她的痛苦，就是牺牲我的生命，我也甘愿。我望着她——唉，虽然我还是不知道为什么她会感到痛苦，可是我也明明白白地想象得出：她忽然感到一阵难堪的苦恼，走到花园——就像给镰刀割去似地倒在地上了。四周明亮，而且一片翠绿；风在树叶间发出沙沙声；有时候风还吹动覆盆子树的长枒枝，在齐娜伊达的头上摇来荡去。不知道从什么地方传来鸽子的咕咕叫声，蜜蜂嗡嗡地在稀疏的青草上低飞。在我们头上，天空蓝得可爱——可是我却是这么悲伤……

『念点诗给我听吧，』齐娜伊达低声说，身子支在肘子上。『我喜欢听您念诗。您念起来像唱歌似的，但没有关系，这是因为年轻。给我念《格鲁吉亚的山上》①。不过，请您先坐下来。』

我坐下，就朗诵起《格鲁吉亚的山上》来。

『「它要不爱也不可能」，』齐娜伊达跟着我念了一遍。『这就是诗的妙处：它告诉我们生活里没有的事，可是它不仅比现在有的事更美，还更近于真实。……「它要不爱也不可能」，——它想不爱，并不可能！』她又不作声了，突然她全身一动，马上站起来。『我们走罢，马依达诺夫还待在妈妈那儿，他给我送来他自己的诗，可是我把他丢在那儿走了。他现在一定很伤心……可是

① 普希金的诗（1829年）。——译者注

有什么办法！您总有 天会了解的……只是请您不要跟我生气！』

齐娜伊达匆匆地握一下我的手，就向前跑去了。我们回到小宅子里。马依达诺夫开始对我们朗诵他刚出版的诗集——《杀人者》，可是我并不在听他朗诵。他做作地高声朗诵他那个四韵脚长短格的诗句——韵律好像嘈杂的、无意义的小铃声似地变换响着。我一直望着齐娜伊达，竭力想弄明白她最后几句话的意思。

也许有一个秘密的情敌
已经意外地征服了你？

马依达诺夫忽然哼出这样的诗句——我的视线便同齐娜伊达的视线碰在一起了。她低下头，脸微微发红。我看见她脸红，浑身冷得发抖。我早就在嫉妒了，可是到了这一刻，『她爱上了什么人』的念头才在我的脑子里闪过。『天啊，她爱上什么人了！』

10

我的真正的痛苦也就是从这一刻开始的。我耗尽脑汁，思索，反复地思索——而且不停地、但尽可能地不露心迹，暗中观察齐娜伊达。她已经改变了，——这个变化是非常明显的。她常常一个人出去散步，而且散步得很久。有时候她连客人都不接见；在自己的屋子里一连坐上好几个钟头。她以前从没有这样的习惯。我突然变得——或者我自以为变得——感觉非常锐敏了。『不是他？或者就是他？』我问着自己。我焦灼不安地把她的崇拜者一个一个都猜到了。马烈夫斯基伯爵（虽然就是为了齐娜伊达的缘故，我也羞于承认这一个看法）在我心里显得比别人更危险。

我的注意力连我鼻尖以外的事都看不清楚，我那个秘密恐怕也瞒不过别人；至少鲁欣医生很快就看穿我了。可是他最近也变了：他瘦了，还是那样常常地笑，只是他的笑声仿佛更沉闷了，更带恶意了，更短促了，——他从前那种轻松的讽刺和做作的尖刻消失了，代替那些的是一种不由自主的、神经质的急躁。

『您为什么老是上这儿来呢，年轻人？』有一天扎谢基娜家客厅里只有我们两个人的时候，他对我说。（这时候公爵小姐出去散步，还没有回家，从顶楼传出来老公爵夫人的刺耳的叫嚷：她正在跟女仆人争吵。）『在您这年纪，您正应该念书，用功，可是现在您在这儿干什么呢？』

『您怎么知道，我在家里不用功呢？』我带了一点傲慢，但也有一点狼狈的样子分辩道。

『您很用功！这可并不是您的真心话！好，我也不跟您争论……在您这个年纪，这原是很自然的事。只是您完全挑错了人。您难道没有看出来这是什么样的人家？』

『我不懂您的意思，』我说道。

『不懂吗？那更糟了。我认为我有责任来警告您。像我们这些人——老光棍——不妨到这里来：这对于我们还有什么坏处呢？我们已经受够磨练了，没有什么可以伤害我们；可是您还是一个孩子，您的皮肉还娇嫩。这儿的空气对您有害，——相信我，您会受到传染的。』

『怎么会这样呢？』

『就是这样的。难道您现在健康吗？难道您还是一个正常状态的人吗？难道您现在感觉到的东西，对您有用，有好处吗？』

『我感觉到的是什么呢？』我说，可是在心里我承认医生说的话都是对的。

『啊，年轻人，年轻人，』医生继续说，看他那种表情，好像这两句话对我含得有一种很大

的侮辱似的。『您强辩有什么用？谢谢上帝，您心里想到的事，在您的脸上都显得非常明白。可是，我说的都是废话！倘使……』（医生咬紧牙齿）『……倘使我不是这样的怪人，我自己就不会到这儿来。只是我觉得奇怪：像您这样聪明的人，您难道还看不出来，您周围发生了些什么事情？』

『可是，发生了些什么事情？』我全身紧张地插嘴说。

医生用一种嘲笑的、怜悯的眼光望着我。

『我毕竟是好人，』他说，好像在自言自语似的，『我得对他说明白。总之，』他提高声音又说，『我再跟您说一次：这儿的空气对您不合适。您觉得这儿舒服，不过这没有什么关系！花房里虽然芬芳扑鼻，可是人不能够住在那儿。唉，听我的话，还是回去念您的盖达诺夫教科书罢。』

公爵夫人一进来就向医生抱怨牙齿痛。后来齐娜伊达也回来了。

『喂，』公爵夫人说，『医生先生，请您骂骂她。她整天都在喝冰水，——她的胸部很弱，这样对她的健康不好。』

『您为什么要这样？』鲁欣问道。

『这会出什么事情？』

『什么事情？您会受凉，也许会死掉。』

『就是这么一回事吗？真的？那多好——再好不过的事！』

『原来是这样！』医生喃喃地说。

老公爵夫人出去了。

『原来是这样，』齐娜伊达也说了一遍。『难道活着就是这么愉快的事吗？请您朝您四周看看。……怎么——您以为好吗？或者您以为我完全不懂得，完全感觉不到吗？我喝冰水，——我感到快乐，难道您真能使我相信，拿我这样的生命来换取一时的快乐是一件太不值得的冒险吗？——至于幸福，我早就把它丢在脑后了。』

『啊，是，』鲁欣说道，『「喜怒无常」，和「自我中心」——这两句话说尽了您：您的性格完全包括在这两句话里面。』

齐娜伊达神经质地笑起来。

『您过时了，亲爱的医生。您观察错误，您已经落后了。您还是戴上眼镜吧。我现在哪有「喜怒无常」的心情，我玩弄了你们，也玩弄了我自己……这有什么趣味！——至于「自我中心」呢……麦歇沃尔德马尔，』齐娜伊达突然顿起脚来，对我叫道，『不要装出一副忧郁的面孔。我受不了别人的怜悯。』她很快地走出去了。

『这种气氛对您有害处，有害处，年轻人！』鲁欣又对我说了一遍。

11

就在这天晚上，常来的几个客人又聚在扎谢基娜的家里了，我也是其中的一个。

话题转到马依达诺夫的诗，齐娜伊达真心地称赞它。

『可是您以为怎么样？』齐娜伊达对他说；『倘使我是一个诗人，我要选择别的题材。也许，这都是毫无意思的，只是有时候一些古怪的念头会钻进我的脑子里来，尤其是天快亮，我睡不着的时候，天空变成浅红色和灰色的时候，我会，譬如说……你们不会笑我吗？』

『不会，不会！』我们大家异口同声地大声说。

『我会描写，』她继续说下去，她的手交叉地放在胸前，眼睛望到一边去了。『晚上，静静的河上，一条宽敞的大船里坐着一人群少女。——月光照在河面上，那些少女都穿着白色衣服，都戴着白色花冠，全都在唱歌，你们知道，就是唱赞美歌一类的歌曲。』

『我明白，我明白，请您说下去，』马依达诺夫意味深长地、梦幻地说。

『突然——岸上响起一阵喧哗，笑声，鼓声，还有火把……原来是酒神的女祭司①带着歌声和欢呼跳舞过来了。诗人先生，描写景色可就是您的工作了……只是我想把火把描写得很红，而且冒出很多烟，而且女祭司的眼睛在花冠下面发亮，她们的花冠应当是深颜色的。可是也不要忘记描写那些虎皮，那些长脚酒杯，——还有黄金，许多的黄金。』

『这黄金应该放到什么地方呢？』马依达诺夫把自己直直的长头发甩到后面去，还张一张鼻孔，向她问道。

『放到什么地方？她们的肩上，手上，脚上，哪儿都可以。听说，古时候的女人脚踝上都戴着黄金脚环呢。女祭司们招呼船中少女到她们跟前去。少女们不再唱赞美歌了——她们不能够再唱下去——可是她们一动也不动：河水把她们送到了岸边。突然间一个少女从她们中间悄悄地站起来。……这一点您可要好好地描写：她怎样在月光里悄悄地站起来，她的女伴又怎样地吃惊。……她跨过船舷，女祭司们就围住她，拉着她飞快地跑进夜里，跑进黑暗里去了。……这儿您得描写一缕一缕的烟，和整个混乱的情形。只听见她们的尖锐的呼声，只有少女的花冠还留在岸上。』

齐娜伊达说到这里就不作声了。『啊，她爱上什么人了，』我又想道。

『就这么一点吗？』马依达诺夫问道。

『就这么一点，』她答道。

『这可不能作为一首长诗的题材，』他郑重其事地说，『不过我可以借用您的意思写一首抒情诗。』

『浪漫主义的吗？』马烈夫斯基问道。

『当然，浪漫主义的，用拜伦的诗体写。』

『照我看来，雨果②比拜伦好，』年轻的伯爵随口说道，『雨果写得更有趣些。』

『雨果是第一流的作家，』马依达诺夫答道，『而且我的朋友统科谢叶夫在他的西班牙小说《哀尔·特洛瓦多尔》③里……』

『哦，就是那一本凡是问号都倒过来写的小说吗？』齐娜伊达打断他的话。

『是的，这是西班牙人的习惯。我要说统科谢叶夫……』

『唔，你们又要议论什么文学上的古典主义和浪漫主义了，』齐娜伊达第二次打断他的话。『还不如让我们来玩……』

『玩「摸彩」吗？』鲁欣接着说。

『不，「摸彩」玩腻了。还不如玩「比喻」吧。』这是齐娜伊达自己想出来的游戏。她说出一样东西，每个人竭力用别一样东西跟它比拟，谁的比喻最恰当，就得奖。

她走到窗前，太阳正在往下落，大块的红云高挂在天空。

『这些云像什么？』齐娜伊达问道，她不等我回答就说：『我以为它像克丽奥佩特拉去迎接安东尼④时候坐的黄金船上的紫帆。马依达诺夫，您记得不记得，不久以前您还把这个故事讲给我听过？』

我们大家都跟《哈姆雷特》里面的帕拉尼阿斯⑤一样，认为把这些云比成紫帆是再恰当不过的了，我们谁也想不出比这更好的比喻来。

『那时候安东尼有多大年纪了？』齐娜伊达问道。

① 酒神的女祭司即希腊神话中酒神巴克科斯的女祭司。——译者注

② 雨果（1802—1885），法国浪漫主义诗人兼小说家。——译者注

③ 在一八三〇到一八四〇年间，俄国有一部分浪漫主义作家，以西班牙、意大利异国情调作他们作品的题材。西班牙文「哀尔·特洛瓦多尔」，意即吟游诗人。——译者注

④ 安东尼（纪元前83—前30）为罗马三大执政者之一，伟大的军事家。克丽奥佩特拉为埃及女皇，当时埃及已受罗马管辖。这里齐娜伊达所提的是他们第一次的会见，她马上就征服了安东尼的心，而对他有绝对的权力。——译者注

⑤《哈姆雷特》为英国伟大的戏剧家莎士比亚四大悲剧之一。在这个戏的第三幕，第二场里哈姆雷特与帕拉尼阿斯对话中，哈姆雷特先把云比成骆驼，然后比成鼬鼠，再后又比成鲸鱼，帕拉尼阿斯三次都认为他的比喻非常恰当。——译者注

『一定是一个年轻人，』马烈夫斯基答道。

『对，是一个年轻人，』马依达诺夫肯定地说。

『四十多岁了，』鲁欣大声说，『他已经四十多岁了。』

『四十多岁了，』齐娜伊达很快地望他一眼，重说了一遍。

我不久就回家了。『她爱上什么人了，』我的嘴唇不由自主地小声说了出来。……『但是爱上了谁呢？』

12

好些天过去了。齐娜伊达变得愈来愈古怪，愈来愈不可理解。有一次我到她那里去，看见她坐在藤椅上，头紧紧地挨到桌边。她站起来……满脸都是眼泪。

『啊，是您……』她带一种残忍的微笑说。『过来。』

我走到她的身边，她把手放在我的头上，出乎不意地拉住我的头发，揪起来。

『痛啊，』我终于说了。

『啊，痛！难道我不痛？我不痛？』她反复地说。

『啊哟！』她看到她已经把我的一小绺头发拔掉了，便突然叫起来。『我做了什么呢？可怜的麦歇沃尔德马尔。』

她把拔下来的头发理直，绕着她的手指缠成一个戒指。

『我要把您的头发藏到项链上小圆盒子里，挂在我颈项上，』她说，泪水又在她的眼睛里闪闪发光。『这样也许可以给您一点安慰……不过现在我们再见吧。』

我回到家里，就看到一件不愉快的事情。母亲跟父亲在吵架：她为了某一件事情责备他，可是他呢，还是保持他原来的习惯，冷淡地、有礼貌地默默不作声，不久就走开了。我听不出母亲说的是怎么一回事，我也没有心思去听。只是我还记得，这场风波过去以后，她叫我到她的屋子里去，很不高兴地责备我常常到公爵夫人家里去玩，母亲说公爵夫人是一个une femme capable de tout①。我上前去吻了她的手（每逢我想打断她的话题的时候，总是这样做的），就回到自己的屋子里去了。齐娜伊达的眼泪把我的心境完全搅乱了；我简直不知道要打什么主意，我真想大哭一场，我究竟还是一个孩子，虽然我也有十六岁了。我已经不再注意马烈夫斯基，尽管别罗夫佐洛夫的样子一天比一天地来得凶恶可怕，他好像狼对羊似地瞅着狡猾的伯爵；可是我没有心思想到任何事情，我也没有心思想到任何人了。我沉浸在种种想象中的图画里，我总是找僻静的地方去躲避。我特别喜欢温室的废址。我常常爬到高墙上坐下来，我坐在那里觉得自己是一个很不幸、很孤独、很忧郁的年轻人，这叫我可怜起自己来了，可是这种感伤对我又是多么大的安慰，又多么地使我陶醉！……

有一天，我正坐在墙上，望着远处，倾听钟声……忽然有什么东西在我身边掠过——不像是风，也不是颤栗，仿佛是一阵人的气息，仿佛有人走近的感觉。我朝下一看。下面路上——齐娜伊达穿一件浅灰色衣服，肩上撑一把粉红色阳伞，匆匆忙忙地走来。她看见我，就站住了，把草帽边往上推一下，举起她那天鹅绒似的眼睛望着我。

『您在那么高的地方做什么？』她带一种古怪的笑容问我。『啊，』她接着说下去，『您总是在说您爱我，——倘使您真爱我的话，那么就跳到路上我这儿来。』

齐娜伊达的话还不曾说完，我纵身凌空地跳了下去，就象有人在背后猛然地推了我一下似的。

① 法语：一个什么事都干得出的女人。

这堵墙大约有两沙绳高。我跳下来的时候，脚先落地，不过震动得太厉害了，我竟然站不住：我倒在地上，一下子就失去了知觉。我醒过来，还没有张开眼睛，就感觉到齐娜伊达在我的身边。

『我亲爱的孩子，』她向我弯下身子——她的声音里透露出一种惊惶不安的温柔；『你①怎么可以这样做呢，你怎么可以听我的话呢……你知道我爱你……起来吧！』

她的胸部就在我的胸旁一起一伏，她的手抚摸我的头，突然——我怎么来说明我那时候的感觉呢？——她那柔软的、清凉的嘴唇吻了我的整个脸……她的嘴唇吻到我的嘴唇了。……虽然我的眼睛还没有睁开，可是齐娜伊达从我脸上的表情就可以猜到我已经恢复知觉了，她很快地就站起来，说：

『唔，顽皮的孩子，起来吧！傻孩子，干什么您还躺在尘土里呢？』

我站起来。

『把我的阳伞找来，』齐娜伊达说；『瞧，我把它丢到哪儿去了。不要这样对我看。……这多无聊，您没有受伤吗？大概让荨麻刺伤了罢？我跟您说，不要望我。……可是他一点也不明白，他不回答我，』她仿佛自言自语地说起来。『回家去吧，麦歇沃尔德马尔，回去刷掉灰尘，可不要跟我，那我要生气了，我再也不……』

她还没有说完话，就急急地走开了，可是我却在路边坐下去……我的腿再也没有劲站起来了。我的手给荨麻刺伤了，背脊痛，头发昏，——可是这一次我所经验到的那种至上的幸福感，在我的生命里决不会再有第二次了。它成为一种甜蜜的痛苦渗透我的全身，最后它爆发为大欢大乐的狂跳和狂叫。的确，我还是一个孩子。

13

这一天整天我都是那么快乐，那么骄傲；我脸上还那么鲜明地保留着齐娜伊达吻我的感觉；我想起她说过的每一句话，就要起一阵欢喜的颤栗。我非常珍爱我这意想不到的幸福：我甚至害怕起来，我甚至不愿意再看到她——这样一个给我新感觉的人。我觉得我对命运已经无所要求了！现在我应当『好好地呼吸最后一口气，闭上眼睛死掉了』。但是第二天我走进小宅的时候，我却觉得局促不安，我白费劲地竭力想把它掩藏在从容、自如的外表下面，这种态度正合于一个想叫人一看便知道他能够保守秘密的人。但是齐娜伊达接待我非常自然，没有一丝一毫的激动，她只是伸出手指来指点我一下，就问我，身上有没有伤痕，这一下子我所有的从容，我所有的神秘的感觉全消失了，连我的局促不安也跟着一块儿消失了。本来我并不曾有过什么特别的指望，可是齐娜伊达安静的态度仿佛迎头泼我一身冷水。我明白了，在齐娜伊达的眼睛里我不过是一个小孩，——这叫我感到多么痛心啊！齐娜伊达在屋子里走来走去，每逢她的眼睛碰到了我的眼睛的时候，她就很快地望我笑笑，可是她的思想却在远处，这一点我也看得很清楚。……『我要不要向她提昨天的事情？』我想道；『问她昨天那么匆忙地到哪儿去？才好打听出来。……』然而我只是摇摇手，在角落里坐下来了。

别罗大佐洛夫进来了；我看见他很高兴。

『我还没有给您找到一匹驯马，』他用一种不高兴的口气说，『弗列依塔克②担保给我找一匹，可是我不敢相信他，我害怕。』

『您怕什么？』齐娜伊达问道；『请问。』

『怕什么？啊，您还不会骑马呢。天晓得，难保不出事情，您怎么忽然起了什么怪念头！』

① 齐娜伊达在这里用「你」叫他，以示亲密。——译者注

② 一八三〇年代莫斯科著名的坐骑的饲养者。——译者注

『唔，这是我的事情，「我的野兽」先生。那么我还不如去找彼得·瓦西里伊奇……』(彼得·瓦西里伊奇就是我的父亲。她那么平易、那么自然地提到他的名字，好像她相信他乐意给她效劳似的，这叫我惊奇。)

『哦，原来是这样，』别罗夫佐洛夫答道。『那么，您是跟他一块儿去骑马了？』

『跟他，或者跟别人一块儿，——这跟您完全不相干。反正我不跟您一块儿去。』

『不跟我一块儿去，』别罗夫佐洛夫顺着她说了一遍。『随您的便。好吧！我给您找一匹马来。』

『可是，您得注意我可不要母牛。我预先告诉您，我要去跑马。』

『您要去跑马，我不反对。可是跟谁一块儿去呢，您要跟马烈夫斯基一块儿去骑马吗？』

『为什么我就不能够跟他一块儿骑马呢，武士？唔，安静一点吧，』她又说。『不要朝我瞪眼。我也带您一块儿去。您该知道，现在马烈夫斯基在我的心上是怎么一回事，——呸！』她摇摇头。

『您这种话，不过说来安慰我罢了，』别罗夫佐洛夫发牢骚地说。

齐娜伊达眯起了眼睛。

『这给了您安慰吗？……噢……噢……噢……武士！』她说，仿佛她再找不出别的话了。『那么您呢，麦歇沃尔德马尔，您也跟我们一块儿去吗？』

『我不爱……跟大伙一块儿……』我埋下眼睛含含糊糊地说。

『您要tête-e-tête①吗？……好吧，要自由的人得到自由，圣人进天堂②，』她叹一口气说。『去吧，别罗夫佐洛夫，您出点力吧！我明天一定要一匹马。』

『哦，可是从哪儿来这笔钱？』公爵夫人插嘴说。

齐娜伊达皱皱眉头。

『我不会向您要钱的，别罗夫佐洛夫信得过我。』

『他信得过你，他信得过？……』公爵夫人唠唠叨叨地说，突然她提高嗓子大喊：『杜尼霞希卡！』

『妈妈，我送过您一个叫人铃，』齐娜伊达说。

『杜尼霞希卡！』老夫人又喊了一次。

别罗夫佐洛夫告辞了，我跟他一块儿出去。……齐娜伊达并没有留我。

14

第二天早晨，我起得很早。我自己削好一根手杖，就动身到郊外去。我自己说是出去散步遣愁。天气非常的好，晴朗，可又不太热；爽快、清凉的微风吹拂着大地，而且恰到好处地呼啸着，舞动着，把一切都吹动了，却又连什么都没有扰乱。我在山上、林中盘桓了很久，我并没有感到幸福——我从家里出来的时候，就有意让忧郁支配我的心灵，可是青春，美好的天气，清凉的空气，畅游的欢乐，静静地躺在茂密的青草地上的舒适倒在我心里占了上风；我记起了那些我永远忘不了的话，那些接吻的回忆。我想起齐娜伊达无论如何对我的决心和我的英雄气概总不能不重视，这又使我感到愉快。……『在她眼里看来，别人也许都比我好，』我想，『让他们去罢！他们只是空说愿意做什么，可是我真的做过了。……而且还有什么事情我不愿意为她做呢！……』我的想象开始在活动了。我想象：我怎样从敌人手里救出她来，我怎样满身鲜血地从监牢里把她抢救出来，又怎样倒在她的脚下死去。我想起了挂在我们客厅里的那幅图：麦莱克·阿及尔带走麦其尔达③。……可是这个时候，

① 法文：密谈。

② 即「各得其所」之意。——译者注

③ 麦莱克·阿及尔是十八世纪末法国女作家戈顿的冒险小说《麦其尔达或十字军战役》的主人公。十九世纪初期俄国贵族都非常喜爱这部小说和小说的主人公。——译者注

我的注意力让一只带斑纹的大啄木鸟夺去了，它正顺着桦树的细树干匆忙地往上爬，并且带点担心的样子从细树干后面探出头来瞧瞧——一会儿向右望，一会儿向左望，好像一个音乐家从大提琴[1]后面向外张望似的。

于是我唱起《不是白雪》[2]来，我还唱当时流行的短歌：《西风吹起的时候，我等着你》；然后我又大声地朗诵霍姆雅科夫[3]的悲剧里叶尔麦克对着星星呼吁的一段；我还在想一首感伤的诗，我甚至想好了全诗的最后一行，都用：『啊，齐娜伊达！齐娜伊达！』可是毫无结果。而且快到午餐的时候了。我走下山谷里去，山谷里有一条窄狭的砂泥小路，弯弯曲曲地直通到城里。我顺着这条小路走去。……我的背后响起了缓慢的、得得的马蹄声，我回头一看，不由自主地站住了，脱下帽子：我看见父亲和齐娜伊达。他们并排地骑着马过来。父亲整个身子弯向她那边，一只手撑着马的脖子，他微微笑着，正在跟她讲话；齐娜伊达默默地听着，严肃地埋下她的眼睛，她的嘴唇紧紧地闭着。起先我只看见他们两个人，但是没有多久，别罗夫佐洛夫也从山谷转弯的地方出现了，他穿了一身带披肩[4]的骠骑兵的制服，骑一匹直冒热汗的黑马。这匹雄伟的马摇摇头，鼻子喷气，慢慢地跳起来；骑马的人连忙拉住它，用踢马刺踢它往前走。我躲在一边。父亲勒一把缰绳，离开了齐娜伊达，她慢慢地抬起眼睛望他，两个人都跑过去了。……别罗夫佐洛夫跟在他们后面飞奔过去，他的军刀铿锵地响着。『他脸红得像龙虾，』我心里想道，『她呢——为什么脸色那么苍白？她骑了一早晨的马——脸色倒苍白了？』

我加快脚步走回家去，刚好赶上午餐的时候。父亲早已换好衣服，梳洗好，高高兴兴地坐在母亲的圈手椅旁边，用流畅的、响亮的声音给她念一篇《评论报》(Journal des Debats)[5]上的连载小说。可是母亲并不专心在听，她看到我，就问，我一整天在哪里，又说她不喜欢我常常跑到莫名其妙的地方去，跟莫名其妙的人待在一块儿。『我一个人在散步，』我正想这样回答母亲，可是我看看父亲，不知道为了什么缘故，就不作声了。

① 指提琴中最大而音最低的一种。——译者注

② 俄国著名的民歌。——译者注

③ 霍姆雅科夫（1804—1860），俄国浪漫主义作家。叶尔麦克是霍姆雅科夫所著悲剧《叶尔麦克》中的主人公。悲剧中把叶尔麦克写成一个高度的梦想家，对星星呼吁时，他说了一段极感伤的独白。别林斯基累次嘲讽这个悲剧。——译者注

④ 披肩，指骠骑兵的一种镶皮的无袖短外套。——译者注

⑤ 《评论报》（法文的日报），一七八九年创刊。十九世纪初期大多数俄国贵族都定阅这份报纸。——译者注

15

以后五、六天中间，我几乎没有看见齐娜伊达，她说她不舒服，可是这并不妨碍那些常客来——用他们自己的话——上班，大家都在，只少了马依达诺夫，他要是没有高兴的机会，就意气消沉了，感到无聊了。别罗夫佐洛夫阴沉沉地坐在屋角，衣服的钮扣全扣上了，脸涨得通红；马烈夫斯基伯爵文雅的脸上现出一种恶毒的微笑，他的确受到齐娜伊达的白眼了，因此特别殷勤地伺候老公爵夫人，陪她坐从驿站雇来的马车到总督那里去；可是，这次旅行并没有得到好处，马烈夫斯基甚至碰到一件不愉快的事：总督问他问起他跟某几位工兵队军官闹过的什么不名誉的事情。他为了替自己辩护，不得不承认那个时候年轻，荒唐。鲁欣每天来两次，可是待得不久；自从我们上次谈过话以后，我有点怕他，同时我又真心地喜欢他。有一天我跟他一块儿在涅斯库奇尼公园散步，我觉得他非常和善，亲切，他告诉我各种花草的名称和性质，突然，像俗话所说『牛头不对马嘴』似地敲着前额叫起来：『啊，我真傻，我一直以为她是一个卖弄风情的女人！显然，对于某一些人，牺牲自己是一件快乐的事！』

『您这话是什么意思？』我问道。

『我并不是在跟您讲话，』鲁欣猝然答道。

齐娜伊达躲避我，有我在场——我也没法不注意到这一点——就会叫她不痛快。她不由自主

地避开我……不由自主地。这是多么痛苦的事，这叫我伤心。可是有什么办法呢，我竭力避开她，只是偷偷地躲在一边望着她，就是这一点我也并不是常常成功的。她又像从前那样发生了不可理解的变化：她的脸改变了，她完全变成了另外一个人。有一天，在暖和而清静的黄昏里，她那种变化真叫我感动。我坐在接骨木的浓密的树枝下面，一张矮矮的长凳上，我喜欢那个地方：从那里可以看到齐娜伊达屋子的窗户。我坐在那里，在我的头上，一只小鸟忙碌地在开始变黑的树叶中间跳来跳去，一只灰猫伸伸背，偷偷溜到花园里来，初出现的甲虫在虽然已经不亮、但是还看得清楚的空中嗡嗡地飞鸣。我坐在那里，望着齐娜伊达的窗口，等待着，看窗户会不会打开。窗户果然打开了，齐娜伊达站在窗口。她穿一身白衣服——她本人，她的脸，她的肩，她的手臂都惨白得像她衣服一样的颜色了。她一动也不动地在那里站了好久，从她微蹙的眉毛下，她目不转睛地向前凝望。我从没有见过她这样的神情。然后她紧紧地、紧紧地合拢两只手，把它们举到唇边，额上，忽然她伸开手指，把头发掠到耳后，又摇摇头发，带一种坚决的神情埋下头去，砰的一声关上了窗。

三天以后，她在花园里遇见我。我正想躲开，但她唤住了我。

『把手伸给我，』她像从前那样亲切地说；『我们好久没有在一块儿聊天了。』

我看看她，她的眼睛里射出柔和的光，脸上带着微笑，这微笑好像是从雾里透出来似的。

『您的身体还没有完全复原吗？』我问她。

『不，现在好了，』她说着，就摘了一朵并不大的红玫瑰花。『我有点累，但这也会好的。』

『那么，您又会像从前那样了吗？』我问道。

齐娜伊达拿起玫瑰花，挨到脸上，我觉得好像是鲜艳的花瓣的反影照在她的脸颊上一样。

『难道我变了吗？』她问我。

『是，您变了，』我低声回答。

『我知道，我对您冷淡过，』齐娜伊达开始说，『但是您不应该介意……我也没有别的办法。……唔，讲这些话有什么意思！』

『您不愿意我爱您，就是这回事！』我不自觉地激动起来，伤心地大声说。

『不，您可以爱我，——但是不要像从前那个样子。』

『那么，怎么样呢？』

『让我们做朋友吧——就是这样！』齐娜伊达给我闻玫瑰花。『听我说，您知道我的年纪比您的大得多，我真的可以做您的姑姑。不是姑姑，至少也应该是大姐姐了。可是您……』

『您把我看做小孩子，』我打断她的话。

『唔，是的，一个小孩子，而且是一个可爱的、聪明的好孩子，一个我非常喜欢的小孩子。您知道什么呢？从今天开始我封您做我的「侍僮」，只是您可不要忘记，「侍僮」不应该离开他的女主人。这就是您的新头衔的标记，』她说着，就把玫瑰花插在我上衣的钮孔里。『我宠爱您的标记。』

『从前我还得过您别的宠爱，』我吞吞吐吐地说。

『哦！』齐娜伊达瞟我一眼，说道，『他的记性真好！好吧，我现在就准备给您……』

于是，她向我弯着身子，在我前额上，印下了一个纯洁而平静的吻。

我只是望着她，她马上就转过身去，说：『跟我来，我的侍僮，』她走进小宅去了。我跟在她后面，可是我始终莫名其妙，我想道：『难道这个温柔的、通达人情的少女就是我所认识的齐娜伊达吗？』我觉得就是她的脚步仿佛也比从前稳重些，她的整个形态仿佛也显得更高贵，更美丽了……

唉，我的上帝！爱情带了怎样的新的力量在我的心里燃烧起来了。

16

午饭后，客人又聚在小宅子的客厅里面——公爵小姐出来见他们。客人全到齐了，跟我永远忘不了的第一天晚上一样；连尼尔马茨基也拐着脚走来了。那天马依达诺夫到得最早——他带来几首新诗。我们又玩起『摸彩』的游戏来，可是再没有从前那种古怪的恶作剧，再没有那种愚蠢的举动，那种喧闹，——那种茨冈人的气氛再也看不到了。齐娜伊达给我们的聚会添上一种新的情调。我以『侍僮』的身份坐在她身边。在各种游戏中有一次，她提议，摸到彩的人讲自己的梦。然而这个办法并没有成功。这些梦不是没有趣味（别罗夫佐洛夫梦见：他用鲫鱼喂马，而他的马的头是木头），就是不自然，像硬编出来的。……马依达诺夫跟我们讲起整篇的小说来了：那里面有墓穴，有弹七弦琴的天使，还有会说话的花……还有从远方飘来的声音……齐娜伊达不让他讲完，就说：

『倘使我们是在编故事，那么还不如让我们每个人都讲一个完全虚构的故事。』

别罗夫佐洛夫第一个轮着，讲这种故事。年轻的骠骑兵发慌了。

『我一点也编不出来！』他嚷道。

『少废话！』齐娜伊达说。『唔，譬如说您想象自己已经结婚，那么您可以对我们谈谈，您怎样跟您的太太一块儿过日子。您要把她关在家里吗？』

『我要把她关在家里。』

『您自己是不是跟她待在一块儿？』

『我一定跟她待在一块儿。』

『很好。唔，不过要是这种生活叫她厌烦了，她欺骗了您，又怎样呢？』

『我就杀死她。』

『倘使她逃走了呢？』

『我要追她回来，还是要杀死她。』

『的确是这样。啊，假定我是您的太太，那么您又怎么办呢？』

别罗夫佐洛夫沉默了一会儿。『我就自杀。』

齐娜伊达笑起来。

『我看得出，您讲不来长故事。』

第一个轮到齐娜伊达讲故事。她举起眼睛，望着天花板，想了一会儿。

『啊，你们听我编的，』她终于开始说了。『你们想象有一座壮丽的皇宫，在一个夏天的晚上，举行一个富丽堂皇的舞会。舞会是年轻的女皇召开的。处处都是黄金，大理石，水晶，绸缎，灯光，金刚钻，鲜花，熏香，说不尽千万种的豪华。』

『您喜欢豪华吗？』鲁欣问道。

『豪华是美呀，』她说道，『我喜欢一切美的东西。』

『您爱豪华，比爱美更多些吗？』鲁欣又问道。

『问得好——可是我不懂。不要打岔我。所以这是一个豪华的舞会。数不尽的贵宾，他们都年轻，漂亮，勇敢。他们都疯狂地爱上了这位女皇。』

『贵宾中间没有女客吗？』马烈夫斯基问道。

『没有……等一会儿——有的。』

『都不漂亮吗？』

『不，也很动人，可是所有的男人只爱女皇，她生得高高的，体格匀称的……一头黑发上戴一顶小小的金皇冠。』

我望了齐娜伊达一眼，在这一刻，我觉得她比我们所有的人高贵多了。在她洁白的额上，在她宁静的眉宇间，就流露着那样的明哲的智慧，那样的尊严，使我不禁想道：『您自己就是那位女皇。』

『所有的人全挤到她身边，』齐娜伊达说下去，『所有的人都用最谄媚的话在奉承她。』

『她喜欢奉承吗？』鲁欣问道。

『您这个人多讨厌呀，总是在打岔。……谁不喜欢奉承呢？』

『还有一个最后的问题，』马烈夫斯基问道，『女皇有丈夫吗？』

『我倒没有想到这个。没有，为什么要有丈夫？』

『当然，』马烈夫斯基接着说，『为什么要有丈夫呢？』

『Silence①！』马依达诺夫用发音很坏的法国话嚷起来。

『Merci②！』齐娜伊达对他说。『这样，女皇听着他们的奉承话，听着音乐，可是她对任何一位客人都不望一眼。六扇窗子，由上开到下，从天花板开到地板，窗外黑暗的天空里有许多大的星星，黑暗的花园里有许多大树。女皇望着外面的花园。园子里大树旁边有一个喷水池，它在黑暗中发着白光，长长的，就像一个长长的鬼影。在谈话声和音乐声中间，女皇听见了泉水的轻轻飞溅声。她一边望着，一边在想：你们大家都是绅士，贵族，聪明人，阔人，你们围绕在我的身边，你们尊重我说的每一句话，你们大家都准备死在我跟前，你们都是受我支配的……可是在那边，在喷水池旁边，在飞溅的泉水旁边，有一个我心爱的人，有一个支配我的人站在那里等着我。他不穿华丽的衣服，不戴珍贵的宝石，谁也不认识他，然而他在等着我，而且相信我一定会去。——我会去的，我要到他那里去，我要跟他待在一块儿，我要在花园的黑暗中，在树木的沙沙声里，在泉水的溅泼声里，跟他一块儿消逝，那个时候任何力量都阻止不了我……』

齐娜伊达说到这里就打住了。

『这……是编出来的故事吗？』马烈夫斯基狡猾地问道。

齐娜伊达连看都不看他一眼。

『先生们，』鲁欣忽然说，『倘使我们也在那些贵宾中间，我们认识喷水池旁边那位幸福的人，那么，我们怎么办呢？』

『等一等，等一等，』齐娜伊达插进来说，『我来对你们说，你们每个人该怎么办。您，别罗夫佐洛夫，可以挑他决斗；您，马依达诺夫，可以写一首讽刺诗给他——不过您不会写讽刺诗，您可以为他写一首巴尔比耶③体的长诗，在《电信》④上发表。您呢，尼尔马茨基，您可以向他借……不，您还是借钱给他，收高利息；至于您呢，医生……』她停了一下……『您可以做什么，这我可替您想不出来。』

『我就以御医的身份，』鲁欣说，『劝告女皇，她不想招待客人的时候，就不要开舞会。』

『您也许是对的。啊，您呢，伯爵……』

『啊，我？』马烈夫斯基带了恶意的微笑顺着她说了一遍。

『哦，您可以拿有毒的糖给他吃。』

马烈夫斯基的脸稍微变了相，一下子显出犹太人的表情，但是马上哈哈地笑起来。

『至于您呢，沃尔德马尔……』齐娜伊达继续说下去。『不过，够了，我们玩别的罢。』

『麦歇沃尔德马尔作为女皇的侍僮，在她跑到花园里去的时候，应当提着她衣服的长裾，』

① 法文：静一点。

② 法文：谢谢。

③ 巴尔比耶（1805—1882），法国革命诗人，他的诗集《长短格》在十九世纪三十年代很出名。——译者注

④ 《莫斯科电信》，一八二五到一八三〇年间俄国著名的文艺杂志。——译者注

马烈夫斯基恶毒地挖苦道。

我冒火了，可是齐娜伊达连忙用手按住我的肩头，她站起来，声音微带颤抖地说：

『我从没有给阁下这种无礼放肆的权利，那么，请您离开这里。』她向他指着门。

『请原谅我，公爵小姐，』马烈夫斯基的脸色完全苍白了，他结结巴巴地说。

『公爵小姐的话很对，』别罗夫佐洛夫也站起来，大声说。

『我发誓绝没有想到这一点，』马烈夫斯基继续说，『我的话里面一点也没有那种意思……我绝没有想冒犯您的心思……请您原谅。』

齐娜伊达冷冷地望他一眼，又冷笑一声。

『也好，您待着吧，』齐娜伊达随随便便地挥了挥手，说，『我跟麦歇沃尔德马尔不应当这样容易生气的。您高兴刺痛我们来取乐……您就请罢！』

『原谅我，』马烈夫斯基又说了一遍。我回想起齐娜伊达的举动，禁不住又想道，就是真正的女皇恐怕也不能够比齐娜伊达更尊严地指着门，要失礼的臣下出去。

这件不太严重的事发生以后，我们又玩了很短的一会儿『摸彩』的游戏；所有的人都感到有点局促不安，这种不安与其说是刚才那件事情造成的，还不如说是从另外一种不十分明确的、可是沉重的感觉产生的。我们谁也没有提起过这种感觉，可是我们每一个人都有这种感觉，也知道别人都有这种感觉。马依达诺夫给我们朗诵他的诗，马烈夫斯基带着过分的热心称赞这些诗。『他现在要表示他是一个多么好的人！』鲁欣低声对我说。我们大家很快就散了。齐娜伊达突然又沉思起来，老公爵夫人差人来说她头痛，尼尔马茨基也在抱怨他的风湿病。

我好久都睡不着，我让齐娜伊达的故事感动了。

『难道这个故事里面含得有什么暗示吗？』我问自己道，『那么她指谁呢，又指什么呢？倘使真的有所指的话——我又怎么打定主意呢？……不，不，这是不可能的，』我低声说，一面翻一个身，从一边发烫的脸颊翻到另一边来。……然而，我回想起齐娜伊达讲故事时候脸上的表情……我又记起鲁欣在涅斯库奇尼公园里无意中感叹地说出来的话，还有她突然对我改变了态度——这使我捉摸不定了。『他是谁呢？』这几个字好像在黑暗中描绘出来挂在我的眼前。仿佛有一片险恶的云低低压在我的头上，我感觉到它的压迫，我等待着大雷雨的到来。我近来对许多事情都习惯了，我在扎谢基娜家里见到了许多的事情：她们家里的混乱，牛油蜡烛头，断了的刀叉，整天板起脸孔的沃尼法奇，穿得破破烂烂的女仆，老公爵夫人本人的态度——她们整个古怪的生活方式已经不再使我感到惊奇了。……可是对于现在我在齐娜伊达身上模糊地感觉到的东西，我却不能不起疑心。……有一天母亲谈起她，说她是『女冒险家』！她，我的偶象，我的神，会是一个女冒险家吗？这个称呼使我痛苦，我竭力不要去想它，我把头埋在枕上，我愤慨万分……同时我又想：倘使我能够做喷水池旁边那个幸福的人，我什么都可以同意，什么都愿意牺牲！

血在我身体里燃烧，沸腾了。『花园……喷水池……』我想道。『我要到花园里去。』我很快地穿好衣服，从家里溜出来。夜很黑，树木几乎没有发出一点声音，天上降下来一股轻微的寒气，从菜园里送过来一阵茴香的气味。我走遍了园中的小径，我自己轻轻的脚步声也使我惊慌，同时又给了我勇气；我站住，等一下，我听见自己的心跳，它跳得那么急，那么响。最后我又走近那道木栅，靠在细木条上。突然——或者这只是我的幻觉？——离开我几步远，一个女人的影子闪了过去……我集中视线向黑暗注视，屏住了呼吸……这是什么？是我听到了脚步声，还是我的心又在狂跳？『谁在这儿？』我用了几乎听不见的声音含糊地说。这又是什么？一种忍住的笑声……还是树叶的沙沙声，还是有人在我耳边叹息？我害怕起来。……『谁在这儿？』我用更轻的声音又说了一遍。

一下子刮起风来了，天空闪过一道火光，一颗星落了下来。『齐娜伊达吗？』我想问，可是

我的嘴唇发不出这声音。忽然间，四周显得非常静，正像午夜万籁俱寂的光景。……连树上的螽斯也不再叫了，只有在什么地方窗户响了一下。我站了一会儿，又站了一会儿，只得回到自己的屋子里，躺在自己的冷冰冰的床上。我感到一阵古怪的激动，好像我出去跟情人幽会——我一个人在那里空等了一阵，而且在别人的幸福旁边走了过去！

17

第二天我只看到齐娜伊达一眼；她同公爵夫人坐出租马车到什么地方去了。我看到鲁欣（他勉强跟我打一个招呼），和马烈夫斯基。年轻的伯爵嘻开嘴笑，还亲密地跟我谈起来。小宅子的客人中只有他一个人有办法到我们家里来，而且得到了我母亲的欢心。父亲不跟他讲话，用一种近乎侮辱的礼貌对待他。

『啊，monsieur le page[①]，』马烈夫斯基说道。『看到您真高兴。您那位非常漂亮的女皇怎么样？』

这会儿，他那气色很好的、漂亮的脸孔，使我非常厌恶，他还带着那么瞧不起人的戏谑的神态望着我，所以我连一句话也不想回答他。

『您还在生气？』他又说下去。『冤枉。您知道并不是我叫您侍僮，可是女皇倒多半都有侍僮的。请允许我提醒您：您没有好好地尽职。』

『怎么见得？』

『侍僮不应该离开他们的女主，女主做的任何事，侍僮都应该知道，侍僮还应该守着他们的女主，』他压低声音，又说：『不论白天，黑夜。』

『您这话是什么意思？』

『什么意思？我觉得我说得够明白了。不论白天，黑夜。白天还没有多大关系；白天很亮，到处都有人；可是黑夜——正好是出事情的时候。我劝您晚上不要睡觉，好好地看守，用全力来看守。您要记得——晚上，花园里，喷水池旁边。……那个地方正是要您去看守的。您应当谢谢我呢！』

马烈夫斯基笑起来，转过身去，背向着我。他对我说的话，大概没有什么特别的用意，他有『诈术大家』[②]的名声，并且有在化装舞会里戏弄别人的本领，他全身充满的那种差不多无意识的虚伪，使他这个本领更加出名了。……他不过在跟我开玩笑，但是他说的每一句话都像毒药似地流到我全身的血管里去了，我的血一直涌到我的头上来。……『啊，原来是这样！』我对自己说；『好，我并不是无缘无故给引到花园里去的，这样可不行！』我大声叫起来，用拳头打自己的胸口，然而，老实说，就是我自己也说不出什么事不行。『会不会就是马烈夫斯基自己跑到花园里去呢，』我想道（也许是他泄露了自己的秘密：他有干这种事的厚脸皮），『或者是别人吧』（我们园子的围墙很低，跳过它一点也不费力），『不论谁，他落到我手里，活该倒楣——谁也不要碰到我……我要让全世界的人和她这个负心的女人』（我居然叫她做负心的女人）『知道，我是要报仇的！』

我回到自己的屋子里，从写字台的抽屉里拿出一把刚买来的英国裁纸刀，试一试它锐利的刀锋，皱着眉头带着冷静而坚决的决心，把小刀放在衣服口袋里，好像做这种事在我已经不足为怪，而且更不是第一次了。我的心里充满了怨恨，心肠变硬了。这一天一直到晚上，我都皱起眉头，紧闭嘴唇，老是不停地在屋子里踱来踱去，捏紧口袋里那把我捏得发热的小刀，一面筹划着做一件可怕的事情。这种新的、从来没有过的感觉完全占据了我的心，它甚至使我高兴，因此我现在连齐娜伊达也很少

① 法文：侍僮先生。

② 欺骗别人、迷惑别人的人。——译者注

想到了。我脑子里一直在想——阿乐哥，和那个年轻的茨冈人[1]：『到哪儿去？漂亮的年轻人，躺下来……』然后：『你全身是血……啊，你干了什么啦？……没有什么！』我带着一种多么残忍的微笑，重复了一句：『没有什么！』父亲不在家，近来差不多总是不出声地在生气的母亲，注意到我这种悲惨的样子，晚饭的时候，就对我说：『你为什么板起脸孔，像掉在麦片桶里的耗子一样？』我勉强对她笑笑，我想道：『要是给他们知道了呢！』钟敲过十一点，我回到自己的屋子里，可是并不脱衣服：我等着午夜到来；最后钟敲了十二点。『时候到了！』我低声说了这一句，把上衣钮扣一直扣到领口，甚至还挽起袖口，到花园里去了。

我早就拣好了守夜的地点：在花园的尽头，就在那道把我们家园子跟扎谢基娜家园子隔开的木栅和两家公墙连接的地方，有一棵孤零零的松树。我站在它那低垂的、繁茂的树枝底下，我还可以清清楚楚地看到四周发生的事情（自然，这是就黑暗的夜色所许可的范围来说的）。附近有一条我始终觉得神秘的弯曲的小路，它像一条蛇似地顺着木栅底下蜿蜒向前，这一段木栅上有人爬过的痕迹，小路还通到一座密密层层的金合欢编成的圆形凉亭里。我走到松树跟前，靠在树干上，开始守望了。

这一夜还是像上一夜那样清静，不过，天空的云少了些——所以灌木的外形，甚至于长梗的花朵的外形都看得很清楚。刚开始站着在等待的那一会儿，我很不好受，我几乎害怕起来了。我对什么都已经打定主意了！我只是在考虑：怎样动手呢？我要大吼一声：『到哪儿去？站住！招出来——否则要你的命！』或者就一刀刺过去。……每一个声音，每一下瑟瑟声，沙沙声，在我听起来好像都是有意义的，不寻常的。……我准备好了。……我把身子向前靠。……可是半点钟过去了，又一个钟头过去了；我的血静了下来，冷了下来；我有点觉得，我所做的一切全没有道理，甚至还有一点可笑，马烈夫斯基拿我开了玩笑。我离开那个埋伏的地方，在园子里各处乱跑。仿佛故意气我似的，四周静得连最轻微的声音都听不到了，一切都安息了，连我们家里的狗也蜷做一团在便门那里睡着了。我爬上温室的废址，望着眼前一大片田野，我想起那次遇到齐娜伊达的事，不觉沉思起来……

我突然吓了一跳。……我仿佛听见开门的声音，我后来又听见树枝折断的轻微的声音，我两步就跳下废址，立在那个地方发愣。花园里清楚地响起一阵急遽的、轻轻的、然而谨慎的脚步声。……声音离我愈来愈近了。

『他来了……他终于来了！』我这样一想。我的手发抖地从口袋里拿出小刀，还发抖地扳开刀子，只见红色的火星在我眼前旋转，我又怕又恨，连头发都竖起来了。……那脚步一直朝着我走来，——我弯下身去，伸出头去迎接他。……人出现了……天啊！这是我的父亲！

虽然他全身裹在黑斗篷里，帽子拉得很低，遮住了脸，我还是立刻就认出他来了。他踮起脚走了过去。他并没有看见我，虽然没有什么东西掩护我，但是我拚命缩成一团贴在地上，我觉得快要跟地面一样平了。那个嫉妒的、准备杀人的奥赛罗[2]，忽然一下子变成了小学生。……父亲出乎意外的出现，使我非常吃惊，因此我起初竟然没有注意到他来去的方向。只有在四周又静下来的时候，我才爬起来，一面在想：『父亲为什么晚上到花园里来？』我在恐怖中，把小刀掉在草地上了，我连找也不想去找它，我觉得很不好意思。我立刻完全清醒过来了。然而在我回家的时候，我还走到接骨木树下我那条长登跟前，望望齐娜伊达卧房的窗口。在夜晚天空投射的微光下，那些不大的、微微拱起的窗玻璃现出了阴暗的蓝色。突然间——它们的颜色改变了……窗子后面——我看到这个，我看得清清楚楚——白色的窗帷谨慎地、悄悄地拉下来了，一直拉到窗台口，而且就垂在那里不动了。

『这是怎么一回事呢？』我回到屋子里的时候，几乎不自觉地高声说。『做梦吗？偶然的遇合？还是……』突然来到我脑子里的种种的推测，都是非常新奇，非常古怪，我连想都不敢多想了。

① 都是普希金的长诗《茨冈》里的人物。阿乐哥为诗中女主人公真妃儿的丈夫，因嫉妒杀死她的情人，那个年轻的茨冈人。——译者注

② 奥赛罗，莎士比亚四大悲剧之一《奥赛罗》中的男主人公，因嫉妒而杀妻。——译者注

18

我早晨起来感到头痛。昨天的激动已经过去了。我感到痛苦的疑惑，和一种从不曾有过的悲哀，就好像在我身体里面某一部分正在死去一样。

『为什么您看起来就像一只割掉半个脑子的兔子呢？』鲁欣遇到我的时候对我说。

早餐的时候，我偷偷地先望一下父亲，然后望望母亲：父亲还是像平常那样地镇静，母亲也像平常那样暗暗地在生气。我等着看父亲是不是会像从前有些时候那样跟我亲密地谈一阵话。……可是他连平时那种冷冰冰的抚爱都不对我表示一下。『我要不要把这一切讲给齐娜伊达听呢？』我想道。……『这还不是一样——我们中间什么都完了。』我到了她那里，可是我不但没有跟她说起什么，即使我真要跟她说什么，我也没有机会。公爵夫人的十二岁的儿子，少年军校的学生，从彼得堡到她这里来度暑假；齐娜伊达立刻把她的弟弟交给我照顾。

『现在，』她说，『亲爱的沃罗佳①（她第一次这样地称呼我），我给您介绍一个朋友。他也叫沃罗佳。希望您会喜欢他，他还没有见过世面，不过他是一个好孩子。带他去看看涅斯库奇尼公园，跟他一块儿散散步，请您照料照料他。您肯这样做的，不是吗？您也是个很好的孩子！』

她亲切地把她两只手搭上我的肩头，我完全昏了。这个小孩一来，我也变成小孩了。我默默地望着这个少年军校的学生，他也默默地瞪着眼望我。齐娜伊达笑了起来，把我们推在一块儿。

『啊，你们拥抱呀，孩子们！』

我们拥抱了。

『您要不要我带您到花园里去玩？』我向这个少年军校学生问道。

『请您带我去吧，先生，』他用一种嘶哑的、真正的少年军校学生的声音回答我。

齐娜伊达又笑起来……这个时候，我才看到她脸上有一种我从来没有看见过的那样美的红润。我跟少年军校学生一块儿出去了。我们家的花园里有一个老式秋千架，我让他坐在狭小的薄板上，我给他摇起来。他穿一身镶有金线、宽边的厚布新制服，端端正正地坐着，两只手紧紧地捏住绳子。

『您还是解开钮扣吧，』我对他说。

『没有关系，先生，我们习惯了，先生，』他说着，轻轻地咳了几声。

他像他的姐姐，眼睛尤其像她。我倒高兴向他献殷勤，然而同时那种使我心痛的悲哀还在悄悄地折磨我的心。『现在我的确是一个小孩子了，』我想道，『可是昨天呢！』我记起了昨天晚上丢掉小刀的地方，就去找到它了。少年军校学生向我把小刀借去，他摘下一根独活草的粗茎，把它削成一管笛子，开始吹起来。奥赛罗也在吹笛子。

可是傍晚齐娜伊达在花园角上找到了他，问他为什么这样不快活的时候，他，这位奥赛罗就靠在齐娜伊达的身上哭了起来。我的眼泪流得太厉害了，使她大吃一惊。

『您怎么啦，您怎么啦，沃罗佳？』她再三问我，她看见我不回答，又不止哭，就想起来吻我的眼泪打湿了的脸颊。

我却掉过脸去，呜咽地小声说：『我全知道。为什么您还要玩弄我呢？……您要我的爱情来做什么？』

『我对不起您……沃罗佳……』齐娜伊达说。『啊，真对不住……』她便绞着双手说。『我身

① 沃尔德马尔的爱称。——译者注

上有好多脏的、坏的、罪恶的东西。……可是现在我并不是在玩弄您。我爱您——您也不要再猜疑：为什么，怎么样……可是……您知道的是什么呢？』

我怎么能够告诉她呢？她站在我面前，望着我。只要她看我一眼，我全身，从头到脚马上完全属于她了。……过了一刻钟，我跟少年军校学生，和齐娜伊达在一块儿赛跑了。我不哭了，我在笑，虽然笑的时候，我红肿的眼皮还掉下眼泪来。我把齐娜伊达的帽带，当作领结系在我的颈项上。而且只要我能够抱住她的腰，我就高兴得大声叫起来。她随心所欲地跟我一块儿玩着。

19

倘使有人来强迫我详细地描写我那次『午夜远征』失败后一个星期中间我内心发生的变化，我会觉得非常困难。这是一个古怪的、不安定的时期，这是一种混乱；在这个混乱里面极端相反的感情和思想，疑惑和期望，欢乐和痛苦像旋风似地在转动。倘使一个十六岁的孩子能够检查自己内心的话，我就害怕去检查自己的内心，我不敢认真去思索任何事情——我只想白天快快地过去；到晚上我就睡觉……少年人的那种无忧无虑救了我。我不想知道，是不是有人爱我，我更不愿意承认，并没有人爱我。我躲开父亲——可是我不能够躲避齐娜伊达。……在她的面前，我觉得好像火在烧我一样……我何必要知道使我在其中燃烧、而且熔化的是哪一种火，——既然我觉得烧得舒服，熔得舒服。我完全任凭我自己的种种印象来支配我，我欺骗我自己，我避开过去的回忆，又对于自己预料到会发生的事情故意不去想它。……这种苦恼大概也不会继续多久……突然一声霹雳，一下子结束了这一切，把我丢在一条新的路上去。

有一天，我在长时间的散步以后，回家吃午饭，听说只有我一个人吃饭，父亲出去了，母亲不舒服，不想吃饭，关在自己的卧房里；我非常惊奇。我从仆人们的脸上看出来发生了什么不寻常的事情。……我不敢详细地问他们，可是饭厅里伺候吃饭的年轻仆人菲里普是我的朋友，他非常喜欢诗，又是一个弹吉他的能手。我就问他。从他那里我打听到父亲跟母亲很厉害地吵过一回（他们的每一句话在女仆的屋子里听得清清楚楚，他们讲的大半是法国话，可是侍女马霞在一个巴黎来的女裁缝家里住过五年，她完全听得懂）；母亲责备父亲不忠实，跟隔壁小姐要好，父亲起先还替他自己辩护，后来他发火了，他也说了些『好像是关于他们年龄』的狠毒话，母亲一听到就哭起来了，母亲也提到期票的事（这好像是给了公爵夫人的），把公爵夫人和她的小姐狠狠地批评了一番，父亲就威胁她。

『这种种不幸的根源，』菲里普继续说，『是从一封匿名信来的；可是谁写来的信——没有人知道，否则，这件事绝不会泄露出来。』

『难道真的有这么一回事吗？』我费力地说出了这句话，我的手、脚都发冷了，在我的心底起了一阵颤栗。

菲里普含着深意地霎了霎眼睛。

『的确有这么一回事。这种事是瞒不过人的；这一次您父亲虽然做得很谨慎，可是您看，他总需要……譬如说，雇马车，或者别的事情……没有别人就不行。』

我把菲里普打发走了，就倒在床上。我没有哭，我也不觉得绝望；我也不去追想这件事在什么时候发生，又是怎样发生的；我也不奇怪：怎么我以前，怎么我早就没有料到，——我连父亲也不恨。……单凭我听到的事情来说我已经受不了：这件事突然的泄露把我毁掉了。……一切都完了。

我心灵里所有的花朵一下子全给摘下来，丢在我身边，散在各处，让人践踏了。

20

第二天母亲就宣布：要搬回城里去。早晨父亲到她的卧房去，跟她单独在一块儿谈了好久。没有人听到他跟她谈些什么，可是母亲不再哭了；她安静下来了，她叫人送饮食进去——但是她不露面，也不改变主张。我记得，这一天我整天到处乱跑，就是没有到花园里去，也没有向那个小宅望一眼。到了晚上，我亲眼看到一件很奇怪的事情：父亲拉着马烈夫斯基伯爵的手臂，从大厅走到前厅，当着一个仆人的面，冷冷地对他说：『不多几天以前，某一家人家曾经对您阁下下过逐客令，现在我并不预备跟您作任何解释，可是我警告您，倘使您再到这儿来，我要把您从窗口里丢出去。我不喜欢您的笔迹。』伯爵埋下头去，咬紧牙齿，缩着身子，溜走了。

我们开始作搬回城去的准备，我们的宅子在阿尔巴特广场。父亲自己大约也不想再住在别墅里了；可是看得出来，他已经说服了母亲：叫她不要声张出去。一切事情都是不慌不忙地、安安静静地安排好的，母亲甚至派人过去问候公爵夫人，并且向公爵夫人表示歉意，说她身体不舒服，不能亲自过去辞行。我像狂人一样地到处乱跑，我只希望一件事情，希望这一切尽快地结束。我脑子里始终有这样一个念头：她，一位年轻的小姐，——而且，还是一位公爵家的小姐，——明知道我父亲是一个结过婚的人，她自己又有跟别人结婚的机会，譬如说，跟别罗夫佐洛夫结婚。为什么会走到这个地步，她在指望什么呢？她怎么不怕毁掉她整个的前程呢？我想：是啊，这就是爱情，这就是激情，这就是情之所钟吧。……这时我又想起了鲁欣的话：对于某一些人，牺牲自己是一件快乐的事；有一天我偶然在小宅的一个窗口看到白色的东西。……『这会是齐娜伊达的脸吗？』我想道……这的确是齐娜伊达的脸。我控制不住自己了。我不能没有跟她告别，就走开。我找到了一个适当的时机，到小宅去。

公爵夫人在客厅里，用平素那种懒散的态度接待我。

『怎么啦，少爷，你们这么早就忙着搬回去？』她一边说，一边把鼻烟塞到鼻孔里去。

我望着她，我心里的石头掉了。菲里普说的『期票』这个字眼还使我痛苦。她倒没有起疑心，至少那个时候我是这样觉得。齐娜伊达从隔壁屋子里出来，她穿了一身黑衣服，脸色苍白，头发松散，她默默地拿起我的手，拉着我一块儿出去。

『我听到您的声音，』她说，『马上就出来了。可是，您居然这么轻易就离开我们了，坏孩子？』

『我是来向您辞行的，公爵小姐，』我说，『多半是永别。您也许已经听见说过，——我们要搬走了。』

齐娜伊达注意地望着我。

『是的，我听说了。谢谢您到这儿来。我已经在想，我不会再看见您了。请您不要把我当作坏人。有时候我对您很不好，然而我绝不是您所想象的那种人。』

她转过身去，靠在窗口上。

『真的，我不是那种人，我知道，您瞧不起我。』

『我？』

『是的，您……您。』

『我？』我悲痛地再说了一声，我的心又像从前那样在她的不可抗拒、无法形容的魅力的影响下颤抖了。『我？请您相信我，齐娜伊达·阿历克山大洛夫娜，不管您做过什么，不管您怎样对我不好，我总是爱您，崇拜您，一直到我死的那一天。』

她很快地朝着我转过身子来，把两只手臂大大地张开，抱住我的头，热烈地、动情地吻我。天才晓得，这个诀别的长吻究竟是为了谁，但是我却饱尝了它的甜味，——我也知道，这样的热吻，在我的一生中不会再有第二次了。

『再见了，再见了，』我接连地说……

她挣脱身子走出去了。我也离开那所小宅。我不能够表达出我临去时的心情，我不希望将来我再有这样的感情；然而要是我一生不曾有过这样的感情，我就会觉得自己是多么不幸了。

我们搬到城里。我不能够很快地把往事忘掉，我也不能够很快地就埋头用功。我的伤口是慢慢地长合了的。可是，说老实话，我对父亲不曾有过丝毫的恶感，相反地，他在我眼里倒显得更伟大了：这个矛盾还是让心理学家就他们所知道的来作解释吧。有一天我在林荫路上散步，遇见了鲁欣，我感到说不出的高兴。我喜欢他那种坦白、真诚的性格，而且由于他给我唤起了许多的回忆，我更觉得他格外亲切，我跑到他跟前去。

『啊哟！』他皱着眉头说。『是您，年轻人，让我看看您，您还是那么憔悴，可是眼睛里已经没有从前那种傻相了。您看起来像大人，不再像一条巴儿狗了。这很好。唔，您在干什么？用功吗？』

我叹一口气。我不愿意撒谎，可是我又不好意思说真话。

『唔，没有关系，』鲁欣说下去，『不要害怕。最重要的事：要过正常的生活，不要做激情的奴隶。不然，有什么好处呢？不论浪头把您卷到哪儿，还不是一样的糟。一个人即使站在一块石头上，他也站得稳的。啊，现在让我咳嗽一声，至于别罗夫佐洛夫——您听到他的消息吗？』

『他怎么样？没有听到。』

『他失踪了，杳无音讯。据说，到高加索去了。年轻人，这对您倒是个好教训。这全是由于不懂得及时抽身，不懂得突破罗网的缘故。您似乎脱身得很好。您当心，不要再掉进罗网里去。再见吧。』

『我不会再掉进去了……』我想道，『我不会再看见她了；』但是我命中注定还要再看见齐娜伊达一次。

21

父亲每天出去骑马；他有一匹火红色带斑纹的英国好马，这匹马脖子细长，腿子也长，从来不知道疲劳，而且非常凶猛，它的名字叫『电』。除了父亲以外，就没有人敢骑它。有一天，父亲带着好久以来不曾有过的好兴致，高兴地走到我面前；他正要出去骑马，连踢马刺都戴上了。我就请求他带我一块儿去。

『那么我们不如去玩跳背戏，』父亲回答我；『你骑那匹短腿马①，可绝对跟不上我。』

『跟得上的，我也戴踢马刺。』

『好，那么去吧。』

我们动身了。我骑一匹脚劲很健、而且相当猛的粗毛黑马。的确『电』飞奔的时候，我的马就得用全力奔跑，可是我并没有落后。我从没有见过像父亲那样的善骑的人，他骑在马上显得那么漂亮，那么潇洒，而且那么娴熟，连他身下的马好像也感到这一点，也以他为荣了。我们跑过所有的林荫路，到了少女地②，跳过好几堵矮墙（起先，我不敢跳过去，可是父亲最瞧不起胆小的人，

① 德国种的跑马。——译者注
② 莫斯科郊外的大平原。——译者注

后来我也就不怕了），我们还跳过莫斯科河两次。我以为我们要回家了，况且父亲还说过我的马已经累了，可是他忽然离开我，拐到克里米亚浅滩那边，顺着河岸奔跑。我跟在他后面跑。他跑到一堆叠得高高的旧木料旁边，他很敏捷地从『电』的身上跳下来，叫我也下马，他把他那匹马的缰绳交给我，要我在木料堆旁边等他，他就弯进一条小巷去，看不见了。我拉着两匹马在河边溜来溜去，一面吆喝着『电』，它走动的时候不断地摇头晃脑，全身抖动，鼻子喷气，嘶叫，可是等到我一站住，它就轮流用蹄子搔地，而且带着尖锐的嘶声咬我那匹小马的脖子。总之，它处处表示它是一匹宠坏了的 pur sang①。父亲还没有回来。河面上升起一股难闻的潮气，细雨静静地落下来，它在我已经看厌了的、难看的灰木料（我在它们旁边来来去去，溜了好多次了）上面弄出许多小黑点。我实在烦透了，可是父亲还没有回来。一个全身也是灰色的芬兰族的巡警，头上戴一顶罐子形的大军帽，手里拿一把长戟（我奇怪，为什么在莫斯科河岸上有这种巡警！）走到我跟前，把他那张老太婆似的全是皱纹的脸朝着我说：

『少爷，您牵着两匹马在这儿干什么？让我给您牵着吧。』

我不理睬他。他又向我讨香烟抽。我想摆脱他的纠缠（再说，我等得实在不耐烦了），就朝着父亲去的方向走了几步，后来我走到那条小巷的尽头，转一个弯，我站住了。在街上，离开我四十步的光景，一所木头小宅子的敞开的窗口前面，父亲背朝着我，站在那里。他的胸口靠在窗台上，宅子里面，坐着一个穿黑衣服的女人，半个身子给窗帷遮住了，她正在跟父亲讲话。这个女人就是齐娜伊达。

我发愣了。老实说，这是我绝没有料到的事情。我的第一个念头是逃开。『父亲回过头来，』我想道，『我就完了，……』但是有一种古怪的感觉，一种比好奇心强、比嫉妒强、甚至比恐惧还要强的感觉，把我留在那里。我就注意地望着，并且侧耳偷听。好像父亲坚持着什么主张，可是齐娜伊达不同意。我现在好像还看见她的脸一样——凄凉、严肃、美丽，还露出一种言语不能形容的钟情，忧郁，爱慕，和一种绝望的表情——我简直找不出别的字眼了。她说的都是些单音节的字，她并不举起眼来，只是在微笑，恭顺而又固执地微笑着。单凭这种微笑我就认出我从前的齐娜伊达来。父亲耸耸肩头，戴正帽子，这是他不耐烦的时候常有的动作。……后来我听到这句话：Vous devez sèparer de cette……②齐娜伊达挺起身子，伸出她的手臂。忽然，在我眼前发生了一件叫人不能相信的事：父亲突然举起他那根正在拍常礼服边上尘土的马鞭——我听到打在她那只露着肘拐的手臂上的刺耳的鞭声。我差一点忍不住要喊出声来了，可是齐娜伊达打了一个颤，默默地看了父亲一眼，慢慢地把手臂举到唇边，吻着手臂上发红的鞭痕。父亲把马鞭扔在一边，急急地踏上门口的台阶，跑进宅子里去了。……齐娜伊达转过身去，张开两只手臂，埋着头，也离开了窗口……

我吓得连气都透不过来了，心里怀着一种不能理解的恐怖往回跑——跑出了巷子，回到岸边，差一点让『电』跑掉了。我一点也不能够了解。我只知道我那位冷静而沉着的父亲有时候也会大发脾气，可是我所看到的情形，我无论如何都弄不明白。……然而就是在这个时候我还感觉到，不管我活多久，我永远不能忘记齐娜伊达的这种姿态，这种眼光，这种微笑，而且她的形象，这个突然在我眼前出现的新的形象永远深深地印在我的记忆里了。我茫然望着河水，不觉得眼泪一直在流。『她挨打，』我想道……『挨打啦……挨打啦……』

『喂，你在干什么，把马给我牵过来！』背后响起了父亲的声音。

我机械地把缰绳交给他，他跳上『电』。……这匹受了寒气的马用后脚站起来，向前跳了一个半沙绳。……可是父亲不久就驯服了它，父亲用踢马刺踢它的肚皮，又用拳头打它的脖子。……『啊，鞭子没有了，』他自言自语地说。

我想到不多时候以前听见这根鞭子的挥动和打击的声音，不觉颤栗起来。

① 法文：纯种。

② 法文：您得离开这个……

『您放到哪儿去了？』隔了一会儿，我问父亲道。

父亲不回答我，打着马向前跑。我赶上去。我一定要看看他的脸色。

『你等得不耐烦了吗？』父亲低声说。

『有一点儿。您的鞭子究竟掉在哪儿？』我又问他一次。

父亲很快地望我一眼。

『我并没有失掉，』他说道，『我把它扔了。』

他沉思起来，头埋得很低……在这一刻，我第一次，也许就是最后一次看见他那严肃的脸上能够流露出多少的温柔和多少的怜悯。

他又打起马往前跑，可是这一次我赶不上他了，我比他迟了十五分钟到家。

『这就是爱情，』晚上我坐在新近放上了笔记本和书籍的写字台前面，又自言自语地说：『这是热情。怎么能够忍受任何人的鞭打……甚至是从最亲爱的手打下来的，怎么会不气愤！啊，不过看起来，只要你在恋爱……你就能够……而我呢……我想象……』

过去这一个月来，我老练得多了，可是我那种带着种种兴奋和痛苦的爱情，跟另外一种我不知道的、几乎没法猜想到的、而且像一张我竭力想在朦胧中看出来、却又看不明白的美丽而严厉的陌生脸孔那样使我害怕的东西比起来，我发现我的爱情竟是多么渺小，多么幼稚，多么可怜！

就在这天夜里，我做了一个古怪的、可怕的梦。我梦见我走进一间黑黝黝的矮屋子。……父亲拿着一根马鞭站在那里，生气地顿着脚，齐娜伊达紧紧靠在角落里，前额上（并不是在手臂上）有一条红色的伤痕。……在他们两个人的后面，满身鲜血的别罗夫佐洛夫从地上站起来，张开苍白的嘴唇，凶恶地在威胁父亲。

两个月以后，我进了大学，过了六个月父亲死在彼得堡（由于中风），他跟母亲和我刚搬到那里不久。他逝世前几天收到一封从莫斯科寄来的信，这封信使他非常激动。……他到母亲的屋子里去向她要求过什么，据说，他，我的父亲居然哭了！在他中风的那天早晨，他开始给我写一封法文信。『我的孩子，』他这样写着，『当心女人的爱情，——当心这种幸福，这种毒素……』母亲在他死后寄了一大笔钱到莫斯科去。

22

四年过去了。我刚离开大学，我还不大明白，我应当做什么事，从事哪一种工作，暂时闲着无事可做。有一天晚上，我在戏院里遇见马依达诺夫。他居然结了婚，而且已经在政府机关里工作了；可是我看不出他身上有什么变化。他还是像从前那样莫名其妙地高兴一阵，又莫名其妙地发起愁来。

『您知道，』他顺便对我提道，『多里斯基太太在这儿。』

『哪一位多里斯基太太？』

『难道您已经忘记了？扎谢基娜公爵小姐，我们全爱过她，您也一样。您记得在涅斯库奇尼公园附近的别墅吗？』

『她跟多里斯基结婚了？』

『对啦！』

『她在这儿，在戏院里吗？』

『不，她在彼得堡，她前几天才来的；打算出国去。』

『她的丈夫是怎样的人？』我问道。

『非常好的人，而且有钱。我在莫斯科时候的同事，您明白，那件事情发生之后……您一定知道得很清楚了……』（马依达诺夫意味深长地微微一笑）『她要找一个对她合适的丈夫可不大容易；凡事总有后果。……不过靠了她的聪明，一切全不成问题。到她那儿去走走吧。她看到您一定高兴。她长得比从前更漂亮了。』

马依达诺夫告诉我齐娜伊达的地址。她住在杰木特旅馆。旧日的记忆又涌到我的心头。……我决定第二天就去拜访我从前的『恋人』。可是碰巧发生了一些事情，过了一个星期，又过了一个星期，最后我到杰木特旅馆去，在问起多里斯基夫人的时候，我才知道，四天以前她几乎是突然地因为难产死了。

仿佛有什么东西在心里刺了我一下。我想起我本来可以看见她——却没有看到她——而且永远不会看到她了——这个痛苦的思想用它那无可辩解的谴责，猛烈地刺痛了我的心。『她死了！』我茫然地望着看门人，重说了一遍，慢慢地走到街上，可是我并不知道自己要往哪里去。过去的一切，一下子全涌到我的眼前。难道这就是所谓解决，就是这个年轻的、热烈的、光芒四射的生命所努力追求奔赴的终极的目标吗？我想着这个，我在想象这个可爱的面颜，这一对眼睛，这些鬈发——如今都在窄小的匣子里面，都在潮湿的、地底下的黑暗中——就在这里，离开现在还活着的我不远，也许离开父亲只有几步路。……我想着这一切，我集中我的想象力——而同时

从漠不相干的嘴里我得到她死的消息，
我也漠不相干地听着这音信①……

在我心灵里响着。啊，青春，青春，你什么都不在乎，你仿佛拥有宇宙间一切的宝藏，连忧愁也给你安慰，连悲哀也对你有帮助，你自信而大胆，你说：『瞧吧，只有我才活着。』可是你的日子也在时时刻刻地飞走了，不留一点痕迹，白白地消失了，而且你身上的一切也都像太阳下面的蜡一样，雪一样地消灭了。……也许你的魅力的整个秘密，并不在乎你能够做任何事情，而在于你能够想你做得到任何事情——正在于你浪费尽了你自己不知道怎样用到别处去的力量；正在于我们中间每个人都认真地以为自己是个浪子，认真地认为他有权利说：『啊，倘使我不白白耗费时间，我什么都办得到！』

我也是这样……那个时候，我用一声叹息，一种凄凉的感情送走了我那昙花一现的初恋的幻影的时候，我希望过什么，我期待过什么，我预见了什么光明灿烂的前途呢？

然而我希望过的一切，有什么实现了呢？现在黄昏的阴影已经开始笼罩到我的生命上来了，在这个时候，我还有什么比一瞬间消逝的春潮雷雨的回忆更新鲜，更可宝贵的呢？

可是我白白地诬蔑我自己了。虽然那个时候，在那个轻浮、不认真的青年时期，对于向我呼吁的悲惨的声音，对于从坟墓里传到我耳朵里来的庄严的声音，我也并非无动于衷。我记得我听到齐娜伊达死讯后不多几天，由于内心的一种不可抗拒的冲动，我曾去看过一个跟我们同住在一所宅子里的贫苦老妇人的死。她身上盖着破破烂烂的衣服，头枕着布袋，躺在硬板上，死得很困难，而且很痛苦。她一辈子都是为着日常生活的需要，苦苦地挣扎过来的；她既不知道欢乐，也没有尝过幸福的甜味，——别人会想，她对死亡，对她的解脱，对她的安息不会不感到高兴吧？可是那个时候，在她那衰老的身体还能够支撑的时候，在她那搁着冰冷的手的胸口上还能够痛苦地吐气的时候，在她那最后一点力量还不曾离开她身体的时候，这个老妇人一直在划十字，一直在低声说：『上帝，饶恕我的罪过……』而且她眼睛里临死的恐怖与畏惧的表情，只有在生命意识的最后火花消灭的时候，才跟着一块儿消失。……我还记得，在那里，在那个贫穷的老妇人的死床前，我替齐娜伊达感到恐怖，我很想为她，为我的父亲，——也为我自己祷告。

① 见普希金的诗《在她的祖国》（一八二六年）。——译者注

译后记

俄罗斯伟大的作家伊凡·谢尔盖耶维奇·屠格涅夫（一八一八—一八八三）以《猎人笔记》奠定了他在俄罗斯现实主义文学中的地位，又以《罗亭》、《贵族之家》、《前夜》、《父与子》、《烟》、《处女地》等六部长篇小说取得了他在世界文学史上不朽的荣誉。他的每一部长篇小说出版的时候都引起了革命民主主义的批评家热烈的评论和社会的注意。革命民主主义者尽管与屠格涅夫有许多分歧的意见，但是他们对于他的人道主义和他对当前社会问题的敏感性却予以极高的评价。革命民主主义的批评家杜勃罗留波夫在他的论文《真正的日子何时到来？》里说得很清楚：『……他很快就猜度到深入社会意识中的新要求和新思想，经常在作品中使人注意（只要环境许可）当前的、开始隐约使社会不安的问题……我们把屠格涅夫在俄国公众中经常获得的那种成功，主要归功于作者那种对社会动态的敏感……』萨尔蒂科夫-谢德林称屠格涅夫为普希金传统的继承者。他继普希金之后暴露了『野蛮的贵族阶级』，并且在农奴制度国家的条件下面把农奴当作人来歌颂。

屠格涅夫的儿童时代是在他母亲的领地斯巴斯科耶-卢托维诺沃村度过的。屠格涅夫的母亲，瓦尔瓦拉·彼得罗夫娜是一个聪明的、有文学修养，同时又非常专横、滥用权力的贵族太太。她的形象后来被屠格涅夫多次地描写在《初恋》、《木木》、《草原上的李耳王》和《普宁与巴布林》等中短篇小说里。屠格涅夫还是在童年、住在他母亲庄园里的时候，就有机会观察地主的专横、任性和残暴的情景，使他从小就感到农奴制度不合理，痛恨农奴主，而且对农奴发生了深刻的同情。也就是那里的大自然的魅力培养了他对祖国大自然温柔而敏感的爱，所以在他的作品里不难找到俄罗斯大自然的迷人的美景。

一八三三年，这正是十二月党人革命失败以后，俄罗斯进步力量觉醒的年代，屠格涅夫进了莫斯科大学。这时候屠格涅夫和当时的大学生一样憎恨专制政治和农奴制度，向往『人类的未来』。一年后屠格涅夫因为果戈理在彼得堡大学任教，转学到那里。几年的大学生活培养了他对文学的兴趣和嗜好。但是他决定献身于俄罗斯文学，还是由于别林斯基的鼓励。一八四三年春天，他在彼得堡第一次见到别林斯基，他们很快成了亲近的朋友。别林斯基在屠格涅夫的生活道路上起了决定性的作用。屠格涅夫在别林斯基的友谊和思想性很强的论文

的有益影响下，写出一系列揭发农奴制度残暴和罪恶的作品，就是后来收入《猎人笔记》里的短篇小说和特写。这时期屠格涅夫是四十年代现实主义文学的活跃分子，而且是普希金、果戈理和别林斯基的承继人。

一八五二年《猎人笔记》出版，同时代的人立刻把它当作人道主义作家对农奴制度罪恶的热情控诉书，和保卫被剥夺了人权的农奴的崇高理论来接受了。作者用不可磨灭的艺术的形象描绘出了两个敌对的世界，歌颂俄罗斯农民心灵的高尚和美丽，并且揭露农奴制度保卫者的本质，指出这个阶级的必然灭亡。《猎人笔记》给专制政治一个沉重打击，所以同年沙皇政府以屠格涅夫发表追悼果戈理纪念文为借口，逮捕了他，把他关在彼得堡警察分局，拘留了一个月。在拘留中，屠格涅夫听到『犯了罪』的家奴的哭喊声，写下了反农奴制度的中篇小说《木木》。

《木木》讲到聋哑农奴盖拉新一生的悲剧性的命运。作者用对比的方法描写了地主老寡妇的冷酷与残暴，和农奴盖拉新的真挚的爱，引起人们对农奴命运深刻的同情，而那些沉重的、违反人性的痛苦的场面却叫人愤怒得打颤。《木木》是真实的故事，盖拉新就是作者母亲瓦尔瓦拉·彼得罗夫娜的看门人，哑子安德烈。那个专横的老寡妇就是瓦尔瓦拉。

在五十年代中屠格涅夫虽然还继续描写农奴制度这个题材，但是他的笔触已逐渐转到贵族和贵族知识分子身上去了。他在这个时期所写的一系列的中篇小说都是描写三十到四十年代贵族知识分子的性格和命运的。五十年代是封建农奴制度的普遍危机将临的时期，在贵族社会里，人的尊严是以农奴数目的多少来决定的，那里无所谓智慧，荣誉，高尚的思想和情操，那里充满了庸俗，谄媚，妄自尊大的人。在这种环境里进步的贵族知识分子必然会变成『多余人』，必然会陷在苦闷、孤独和徒然的痛苦里面。但是『多余人』的悲剧倒不仅由于他们和周围的没有生气的环境相冲突，而是由于他们没有勇气反抗这种环境。『多余人』出身于贵族地主阶级，而且是在富裕的生活条件下教养大的，他们没有强烈的意志、充沛的精力足以做一个推翻旧时代、解放俄罗斯人民的革命战士。他们只爱好抽象的理论，会说漂亮话，没有实行的能力，跟实际的活动脱了节。屠格涅夫在《僻静的角落》、《雅科夫·巴生科夫》、《阿霞》中就描写了这种『多余人』的言行不一致、理论与实践不一致的典型特征。

在《僻静的角落》中，屠格涅夫把威列季叶夫，这个漂亮、聪明而有吸引力的年轻人跟外省贵族社会的无聊、庸俗对比地描写，显出他精力过人，才气横溢。但是威列季叶夫却白白地浪费了自己的精力和才能，无所事事地虚度了一生。贵族的生活既不曾培养他的意志力，又没有给予他劳动的习惯，使他能够从熟习的生活圈子里冲出去，连少女玛莎的纯洁而深厚的爱情都不能够挽救他。他终于成为促使她自尽的罪人。作者严厉地批判他的主人公说：威列季叶夫家从来就没有出过一个有出息的人。

在《雅科夫·巴生科夫》里，作者创造了一个『最后的浪漫主义者』雅科夫·巴生科夫，来否定从实际观点看人生的绅士。作者强调他的道德美，指出他富有同情心，不自私自利；他为所爱的姑娘的幸福而克制了自己。可惜在这里作者却用了哀歌式的抒情来刻划这个人物，而不是对他进行批判。杜勃罗留波夫在他的论文《真正的日子何时到来？》中指出雅科夫·巴生科夫基本上和罗亭、拉夫列茨基一样，同属于『多余人』的类型。

在《阿霞》里，屠格涅夫这一次更加彻底地分析贵族知识分子的性格，指出他们精神萎靡，缺乏胆量和男子气。《现代人》的负责人对这个作品一致赞许。屠格涅夫带着热爱和同情来描写小说女主人公阿霞。他在一八五八年春天写信给列夫·托尔斯泰说：『我写阿霞时非常激动，我差不多是含着眼泪写的。』他指出阿霞需要一个英雄，一个不寻常的人，但是当时贵族知识分子中间并没有这样的人。伟大的思想家车尔尼雪夫斯基在《约会中的俄国人》论文里攻击贵族知识分子的懒散、不彻底的性格，并且指出他们共有的软弱，却给了阿霞以极高的评价，在这篇小说里我们还可以找到屠格涅夫许多个人的感受：『……这种草原上的香气使我立刻想起我的祖国，在我的灵魂里唤起一种强烈的乡愁。我真想呼吸俄罗斯的空气，我真想在俄罗斯土地上走路。「我在这儿干什么？为什么我要在陌生的国家里流浪，为什么我要生活在陌生人中间？」……』这种对祖国强烈的爱，在屠格涅夫的其它作品里也不难找到。在《罗亭》里作者说过：俄罗斯没有我们任何一个不要紧，但我们却不能少了它。所以屠格涅夫虽然经常住在国外，但是他的眼睛总是望着祖国。

《初恋》是自传性的小说，作者描写了父亲、母亲和他自己，还写出当时腐化贵族生活中的一个少女。娜杰日达厌恶她周围男人的庸俗无聊，梦想着能够给她的生活增加光采的真正爱情，她以为她在彼得·瓦西里伊奇身上找到了她的理想人物。但是这个三十年代莱蒙托夫的『当代英雄』式的人物并不能使她幸福。小说的主人公，十六岁的符拉季米尔·彼得罗微奇就是年轻时候的屠格涅夫，所以作者用特别抒情的调子写出小说主人公对人生天真的看法、他的热情和初恋的情怀。屠格涅夫承认：『《初恋》也许是我最爱的作品，其它作品或多或少有编造的部分，《初恋》却根据真事写成，不加一点修饰，每当我反复阅读时，人物的形象就在我眼前鲜明地现出来了。』

六十年代是十九世纪俄国历史上一个最重要时期，是俄国经济生活和社会生活起深刻变化的时期。沙皇政府由于克里米亚战争失败，又震惊于农民反对地主的暴动，被迫在一八六一年发布文告废除农奴制度。从此俄国由封建君主政体转变为资产阶级君主政体。六十年代开始，革命民主主义者的和贵族自由主义者的思想进行最尖锐、最激烈斗争的时候，屠格涅夫和托尔斯泰、格里戈利维奇一起脱离了由车尔尼雪夫斯基和杜勃罗留波夫所领导的革命民主主义者的机关刊物《现代人》。但是屠格涅夫并没有靠拢过反动势力，虽然他曾认为一八六一年的改革是沙皇政府的英明举动，因此他曾上书亚历山大二世，保证自己的忠诚。屠格涅夫当时的确犯了不小的错误。不过他仍旧跟从前一样，对农奴制度的各种现象和农奴制度的后果，采取不妥协的态度，所以总的说来，他仍然是进步的人道主义思想的作家。

六十年代以后，屠格涅夫虽然写过一些神秘主义的荒诞的作品，但是也写了一些现实主义的作品，如《草原上的李耳王》、《普宁与巴布林》、《活尸》等。

《草原上的李耳王》是屠格涅夫少年时代的回忆，描写斯巴斯科耶－卢托维诺沃村附近小贵族斯捷潘·伊凡诺维奇·雅雷谢夫领地美尔库洛沃村发生的真实事情。斯捷潘·伊凡诺维奇把财产分给两个女儿，身边只留下一个小听差，他是一个身材特别高大而具有非凡力气的人……。他后来被女婿赶走，住在斯巴斯科耶，瓦尔瓦拉·彼得洛夫娜的家里。……一个星期天的早晨他失踪了，不到三小时，美尔库洛沃村有人来通报：『斯捷潘·伊凡诺维奇在拆毁他自己的住宅时，从屋顶跌下来，受到了致命的重伤。』雅雷谢夫就埋在斯巴斯科耶卢托维诺沃村，现在那里还保留着他的坟墓。这个俄罗斯草原上地主的悲剧使屠格涅夫想起了莎士比亚的悲剧《李耳王》中李耳王的命运。作者用现实主义的手法出色地刻划出地主哈尔洛夫一家人的艺术形象，并且指出地主阶级贪婪、

残暴、腐朽和剥削的本质。在那种社会里，人的地位，人与人的关系（甚至亲如父女），都是由产业，金钱来决定的。哈尔洛夫分产以后，家庭的关系转变了，女儿们和女婿终于把这个刚愎自用、徒有巨人外表的老人赶出来，逼着他走上了死路。《猎人笔记》的作者又在这里用对比的手法让我们看到农人善良的灵魂，一个头发白了的农人对哈尔洛夫的女儿、女婿说：『你们的灵魂有罪，你们伤害了他！』这就是农人的公正的判决。

《普宁与巴布林》是屠格涅夫童年和青年时期的回忆。小说中祖母的形象，和她专横，反复无常，不能容忍一点反对的意见，这跟作者母亲瓦尔瓦拉·彼得罗夫娜有许多相似之处。男孩和普宁的友谊，以及他们朗诵《罗西阿达》诗的事都是根据真事描写的。普宁就是屠格涅夫母亲的秘书、家奴费多尔·伊凡诺维奇·洛巴诺夫。屠格涅夫承认：洛巴诺夫是第一个唤起了他对于俄罗斯文学的兴趣的人。屠格涅夫在这篇小说里还是继续揭发农奴制度的罪恶，歌颂了农奴高尚的感情。巴布林，据作者自己说，也是『照活人摹写的』。巴布林和他年轻朋友们的审判应该是一八四九年彼得拉舍夫斯基派的审判。……

关于屠格涅夫可说的话自然不止这么一些。以上只是简单的介绍。根据这个介绍我们也可以这样说：读屠格涅夫的作品，一方面不应该忽略他的政治的局限性，和他脱离六十年代的革命民主运动的事实，但是另一方面更应该重视他作为俄罗斯伟大的现实主义和人道主义的作家的卓越成就。这是译者的一点粗浅的体会。

我的译文是根据莫斯科国家儿童文学出版社一九五三年版杜包维科夫编选的《屠格涅夫中篇小说集》翻译的，译者注的大部分也是参考杜包维科夫的注释写成的。巴金同志翻译的两篇则是根据莫斯科国家文学出版社一九四六年版《屠格涅夫选集》，并参照C.Garnett 和 I.Hapgood 的英译本译出的。

萧珊　一九五八年十二月二十三日

（本文系作者为人民文学出版社一九五九年六月出版的《屠格涅夫中短篇小说选》所写的译后记）

图书在版编目（C I P）数据

初恋（手稿本）[俄] 屠格涅夫著 ；萧珊译 ；

巴金故居编. — 上海 ：上海三联书店，2019

ISBN 978-7-5426-6580-5

I. ① 初··· II. ① 屠··· ② 萧··· ③ 巴···

III. ① 中篇小说—俄罗斯—近代 IV. ① I512.45

中国版本图书馆CIP数据核字（2018）第270760号

初恋（手稿本）

著　　者 [俄]屠格涅夫

译　　者 萧 珊

责任编辑　钱震华

装帧设计　孙豫苏

出版发行　上海三联书店

（200030）中国上海市漕溪北路331号

印　　刷　上海晨熙印刷有限公司

版　　次　2019年5月第1版

印　　次　2019年5月第1次印刷

开　　本　787x1092　1/8

字　　数　220千字

印　　张　18

书　　号　ISBN 978-7-5426-6580-5/I.1482

定　　价　398.00元

巴金故居

《初恋》手稿本

巴金故居 编

新譯文叢刊

初戀

屠格涅夫著

蕭珊譯

平明出版社出版

一九五四年·上海

本篇根據英國 Constance Garnett 的英文譯本（First Love, London, 1919），對照着1946年莫斯科國家文藝書籍出版局版『屠格涅夫選集』中的原文 Первая Любовь 譯成。附印插圖共九幅。К. Клементьева 所作插圖八幅，第二幅，第五幅，第六幅，第八幅，第九幅據1942年莫斯科國家兒童文學出版局版 Три Повести 複製，第一幅，第三幅，第七幅據1950年版 Три Повести 複製，Д. Боровский 所作插圖一幅（第四幅）根據1953年國家兒童文學出版局版屠格涅夫中篇小說集複製。封面畫根據1923年柏林版德文譯本 Die Erste Liebe 中 B. G. 所作插圖複製。

內 容 介 紹

本書是屠格涅夫的自傳性質的小說，他在這裏描寫了他的父親，母親和他自己。他還寫出了當時腐化的貴族生活中的一個美麗的少女。十六歲的符拉其米爾·彼得羅徵奇在莫斯科郊外避暑時遇見了一個沒落的貴族小姐，喚起了他的愛的渴望。可是後來發覺小姐的情人就是他的父親。他的夢醒了。作者以抒情的筆致，富於詩情地寫出年輕人初戀的情懷。作者承認在他的作品中，他自己最愛的是『初戀』。

初戀

獻給П. B. 安寧科夫㊀

㊀安寧科夫（一八一三—一八八七年）：舊俄文學批評家，屠格涅夫的好友。

1. 她把絨線繞在一張紙牌上。（第十六頁）

2. 她靜靜地笑了笑。（第二十四頁）

3. 我看見她的眼睛一直在送他。(第二十五頁)

4. 她的眼睛一直在送他。（第二十五頁）

5. 公爵小姐把帽子舉得高高的。(第二十八頁)

6. 她向我彎下身子。（第五十九頁）

7. 我看見父親和西娜伊達並排地騎着馬過來。（第六十六頁）

8. 父親整個身子彎向她那邊，正在跟他講話。（第六十六頁）

9. 西娜伊達慢慢地把手臂舉到唇邊，吻手臂上發紅的鞭痕。（第九十八頁）

……客人早就散了。鐘敲過十二點半。只有主人和賽爾蓋·尼古拉以奇，和符拉其米爾·彼得羅澂奇還留在屋子裏。

主人按鈴，吩咐僕人收去吃剩的晚餐。

『那末，這件事就決定下來了，』他坐在圈手椅上，身子更靠緊椅背，一面點燃一支雪茄煙，一面說道：『我們每個人都得講一下自己初戀的故事。賽爾蓋·尼古拉以奇，您先講吧。』

賽爾蓋·尼古拉以奇是一個圓臉的小胖子，長着一頭淡黃色的頭髮，他先看一下主人，然後抬起眼睛望着天花板，『我不會有過初戀，』他後來說，『我一開頭就是第二次戀愛。』

『這是什麽意思？』

『非常簡單。我第一次追求一位漂亮的年輕小姐，是在我十八歲那年，然而就是在追求她的時候，我也沒有什麽新奇的感覺，我後來追求別的女人的時候也是這樣。說一句眞話，我的初戀是我在六歲的時候，對我奶媽的愛，這也是我最後一次的戀愛。可是這件事早已過去了。我跟她中間的詳細情形，我都忘記了，即使我還記得，誰又有興趣來聽這些呢？』

『那末怎麼辦呢？』主人說。『我的初戀也沒有多大趣味：我認識安娜·伊凡諾夫娜，我現在的妻子以前，我從來沒有愛過誰；我們中間的經過情形非常順利，我們兩家父親給我們作主，我們不久就互相戀愛了，很快地就結了婚，我的故事用兩句話就可以講完。我老實說一句，先生們，我提出「初戀」這個題目，就是指望着你們，你們不算年紀大，可也不是年輕的單身漢。符拉其米爾·彼得羅徵奇，您可以給我們講點有趣的嗎？』

『我的「初戀」，的確不算十分平凡，』符拉其米爾·彼得羅徵奇稍微有點遲疑地回答，他是一個四十歲左右的男人，他的黑頭髮中間已經現出灰白色了。

『哦！』主人和賽爾蓋·尼古拉以奇齊聲說，『那太好了……講給我們聽！』

『好吧……不成，我不想講故事，我不是一個講故事的能手。我會把故事講得枯燥，簡短，不然就是冗長，不自然。倘使你們允許我的話，我可以把我記得的事情都寫下來，唸給你們聽！』

朋友們起初都不同意，然而符拉其米爾·彼得羅徵奇堅持自己的意見。兩個星期以後他們又聚在一塊兒，符拉其米爾・彼得羅微奇履行了他的諾言。

下面的故事就是他寫在筆記本裏的：

一

事情發生在一八三三年夏天。那時候我剛十六歲。

我住在莫斯科我父母那裏。他們在湼斯苦奇尼公園㊀對面加路卡門附近租了一所別墅。我在準備大學的入學考試，不過並不用功，也不着急。

沒有人妨礙我的自由。我想做什麼，就做什麼——尤其是在我的最後一個法國家庭教師離開以後。這個法國人想到自己 comme une bombe（法語：像炸彈似地）掉到俄國來，實在忍受不了，——所以他整天帶着怨恨的神情，躺在床上。我父親對我親切，却並不關心，我母親差不多不理我，雖然她就只有我這一個孩子，她的心讓別一些憂慮佔據了。我父親當時還算年輕，而且非常漂亮，他因爲財產的緣故，才跟母親結了婚，母親比父親大十歲。我母親過着悲慘的生活，她老是激動，嫉妒，生氣，可是不敢在我父親面前露出來；她

㊀ 湼斯苦奇尼公園，意譯是『無愁園』，在麻雀山附近，是帝俄時代莫斯科最美的公園。

非常怕他，他總顯得那麽嚴肅，冷靜，疏遠……我從沒有看見過比他更鎭靜、更自信、更有威風的人。

我永遠忘不了我在別墅裏過的最初幾個星期。天氣是出奇的好，五月九日，就是聖·尼可拉㈠節日那一天，我們搬到城外去。我有時在別墅的花園裏散步，有時到涅斯苦奇尼公園去，有時就溜到郊外去；我隨身總帶一本書——例如蓋達諾夫的教科書㈡，可是我很少去翻它；我倒常常高聲朗誦詩篇，我背得出很多詩句；那時候我的血在沸騰，我的心在發痛，有一種極舒服、而又莫名其妙的感覺。我總是在期待着，又好像有什麽東西叫我害怕似的，而且我對什麽都感到驚奇，我整個的身心都準備好了去接受什麽。我的幻想在活動，一直繞着那一些同樣的形象急急地轉來轉去，就像燕子在晨光中繞着鐘樓飛翔一樣；我沉思，我悲哀，我甚至掉下了眼淚，然而即使在有音樂旋律的詩歌，或者黃昏的驚人的美所引起的眼淚和悲哀中間，青春和蓬勃生命的歡樂感情也還像春草似地生長起來。

我有一匹駿馬，我常常親自給牠上鞍，騎着牠獨自遠行，我縱馬疾馳，想像自己是一個古代比武場中的騎士。（風在我的耳邊叫得那麽高興！）或者仰望天空，把它那明媚的陽

㈠ 聖·尼可拉：早期基督教聖人，俄國學生的守護神。

㈡ 指皇家村中學教師蓋達諾夫所著的古代通史教科書，十九世紀初期在俄國非常流行。

光和蔚藍吸引到我的開放的心靈裏來！

我記得那個時候，女人的形象，女性的愛的幻影在我的腦子裏差不多還沒有成形，然而我所想到的，我所感覺的一切中間，已經有一種新鮮的、說不出甜蜜的女性形象的預感——一種半意識的、羞澀的預感偷偷地在那兒隱藏着了。

我整個身體充滿了這種預感，這種期待；我呼吸它，它跟着我每一滴血流遍我全身的血管……它是註定了很快就要實現的。

我們的別墅是一所有圓柱的、木頭造的莊子，兩邊各有一所小宅。左邊的小宅是製造廉價糊牆紙的小工場，我不止一次溜到那裏去，觀察那十多個身體瘦弱、頭髮蓬亂、穿着油膩長衫、面容憔悴的小孩，他們不停地在壓着印刷機方版的木槓杆上跳動，靠他們瘦弱身體的重量，印出糊牆紙的各色花紋。右邊小宅還空着，是預備出租的。有一天——五月九日後約三個星期光景，那所小宅的百葉窗打開了，露出女人的臉；——有一家人搬進來住了。我記得就是這一天中飯的時候，母親問起僕人，我們的新鄰居是什麼人，她聽到柴謝基娜公爵夫人的名字，起先倒帶點敬意地說：『啊，公爵夫人……』後來又添上一句：『一定是一位窮的。』

『他們雇了三部出租馬車來的，太太，』僕人恭敬地端上菜盆，一面說：『他們自己沒有馬車，太太，他們的傢具也很簡單。」

「可是，」母親說：「那倒好些。」

父親冷冷地望她一眼，母親不作聲了。

的確，柴謝基娜公爵夫人不能算有錢的女人，她所租的那所小宅是那麼破舊，窄小，而且又是那麼低，稍爲有點錢的人都不樂意住在那裏。不過當時我聽過就忘了。公爵的頭銜對我沒有什麼作用，我剛唸過席勒的強盜㊀。

二

我有一種習慣：每天黃昏帶着鎗在花園裏蹀來蹀去，守候烏鴉。我一向就痛恨這種小心眼的、狡猾的、貪心的烏鴉。就是我所講到的那一天，我也像平常那樣走到花園裏去——但是，我白白地走遍了園中的小徑（烏鴉已經認識我了，只是遠遠地斷斷續續地叫了幾聲），我無意中走近那道把我們花園跟右邊小宅後面的狹長園子（屬於那所小宅的）隔開的矮木柵。我埋下頭走着。我突然聽到人聲，朝着木柵那邊望過去，我發楞了……我看

㊀ 席勒（一七五九——一八〇五年）：德國大詩人，他的詩劇強盜中充滿了對專制政治與封建社會成見的強硬抗議。

到一個奇異的景象。

離開我不多幾步——在草地上，綠色覆盆子叢中站着一個身材苗條的少女，她穿一件有條紋的粉紅色衫子，頭上包一塊白頭帕；四個年輕人圍在她的四周，她拿着一些我叫不出名目、但是孩子們都熟悉的灰色小花輪流地敲他們的前額，這種花的形狀像小袋子，它們打在硬東西上面就會發出聲音，大張開來。年輕人非常高興地向她伸出前額，而且少女的動作裏（我只看見她的側面），有一些令人神往的、專橫的、親密的、嘲弄的、動人的地方，我差一點驚喜交集地叫出聲來了，我想只要這些秀美的手指來敲一下我的前額，我願意馬上拋棄人世間的一切，我的鎗掉到草地上去了，我忘記了一切，我不轉眼地凝望她那優美的體態，頸項，美麗的手，白頭帕下面微微蓬鬆的淡黃色鬈髮，半閉的敏慧的眼睛，和這樣的睫毛，和睫毛下面的嬌柔的臉頰……

『年輕人，嗳，年輕人，』突然有人在我旁邊大聲說：『難道可以這樣地看着陌生的小姐嗎？』

我嚇了一跳，我發呆了……我旁邊，在木柵的那一面，有一個黑頭髮剪得短短的男人站在那裏，用譏笑的眼光望着我。就在那個時候，少女也朝着我掉過臉來……我在那張靈活的、生動的臉上看到一對灰色的大眼睛，她整個臉忽然微微動了一下，她笑起來了，露出潔白的牙齒，眉毛好玩地往上一挺……我的臉發紅，我從地上抓起鎗就跑。一陣響亮的、但並非惡意的笑聲跟在我後面。我逃回自己的屋子，倒在床上，兩隻手蒙着臉。心跳得那麼厲害，我感到很不好意思，但又很高興，我從來沒有像這樣地激動過。

我休息了一會兒，梳好頭髮，洗好臉，下樓去喝茶。那個少女的面影又浮到我眼前，我的心已經不再狂跳了，心緊得眞叫人感到舒服。

『你怎麼啦？』父親突然問我，『打着了烏鴉嗎？』

我正要把所有的事都告訴他，然而我又忍住了，我只是獨自微笑。我上床的時候，連我也不知道爲什麼緣故，我用一隻脚站在地板上旋轉了三次，又在頭髮上擦了油，一躺下去，整夜睡得像死人一樣。天快亮的時候，我醒了一會兒，抬起頭來，萬分快樂地朝四周望望，又睡着了。

三

早晨我睜開眼睛，第一個思想就是：『怎麼能跟他們認識呢？』喝早茶以前，我就跑到花園裏去了，可是我並沒有十分走近那道木柵，而且也沒有看見一個人。喝過早茶以後，我在別墅前面街上來來去去，不知道走了多少次，遠遠地望着小宅的窗戶……我彷彿看見她的臉在窗帷後面，我立刻驚慌地跑開了。

『我一定要認識她，』我一邊在涅斯苦奇尼公園前面那片砂地上，神情恍惚地走來走去，一邊想道。『可是用什麼方法呢？問題就在這兒。』我回想我們昨天遇見的種種細節，不知道爲什麼緣故，她對我一笑的情景，我記得特別清楚……然而在我費盡心思想出種種辦法的時候，命運早就替我安排好了。

我不在家的時候，母親從我們新鄰居那裏收到一封用灰色紙寫的、褐色火漆封口的信，這種火漆只有在郵局通知書上，或者在廉價葡萄酒瓶塞上才可以看到。那封文句不通、字跡潦草的信裏，公爵夫人請求母親竭力幫助她。據公爵夫人說，我母親跟一班顯要人物很熟，而她和她的孩子們的命運都操在那班人手裏，因爲她現在有一些重大的訴訟事件。她寫着：『我以一個貴婦人的身份向一個貴婦人求援，我很欣喜能利用此機會。』她在信的結尾，要求母親允許她來拜訪。我回到家，看到母親心裏很不高興：父親不在家，她沒有一個可以商量的人，不答覆『貴婦人』，並且對方還是一位公爵夫人，這實在不禮貌，可是怎麼寫回信，就叫母親感到困難了。她覺得寫法文信不合適，而寫俄文信呢，俄文拼法又非她所長，——她知道這一點，不願意讓自己丟臉。所以她看見我回來非常高興，吩咐我立刻到公爵夫人家裏去，口頭告訴她：母親樂意隨時爲公爵夫人効勞，邀請她下午一點鐘到我們家來。

我的祕密的心願實現得出乎意外地快，倒叫我驚喜交集了。可是我一點也沒有表露出我心裏的騷動，就先跑回自己的屋子，繫上一條嶄新領結，穿起新的常禮服：我在家還穿短上衣和反領襯衫，其實我已經很討厭這種服裝了。

四

我走進這所小宅的又狹又髒的外廳時，渾身不由自主地打起顫來，我遇見一個灰白頭髮的老僕人，他有靑銅色的黑臉孔，和不高興的豬眼睛，額上、鬢角邊刻着我從來沒有看到過的那麼深的皺紋。他捧着一盆肉啃光了的鯡魚背脊骨，用脚關上通另一間屋子的門，一邊沒有禮貌地說：『您有什麼事？』

『柴謝基娜公爵夫人在家嗎？』我問道。

『服尼發其，』門內傳來刺耳的女聲。

僕人默默地把背掉向我，露出他那件號衣的破舊的後背（號衣上只有孤零零一顆帶

紋章㊀的紅鈕扣），他把盆子放在地上，走進去了

『你到警察局去過嗎？』又是那個女人的聲音在講話，僕人含糊不淸地在說些什麼。

『啊？……來了客人嗎？』又聽到她的聲音。『隔壁人家的少爺！好，請他進來。』

『少爺，請您到客廳裏去，』僕人又走出來對我說，一邊從地板上拿起盆子。我整理一下衣服，走進了『客廳』。

我走進去的那間屋子不大，也不很乾淨，有幾件簡陋的傢具好像是匆匆忙忙隨便地擺在那裏似的。靠近窗口一個不好看的五十歲光景的老太太正坐在一把斷掉一隻扶手的圈手椅上，她不戴帽子，身上穿一件綠色的舊衣服，頸項上圍一條絨線的花圍巾。她那雙不怎麼大的黑眼睛瞪着我。

我走到她跟前，向她行禮。

『我可以跟柴謝基娜公爵夫人講幾句話嗎？』

『我就是公爵夫人，那末您是維先生的少爺？』

『是，太太，我母親叫我來傳話的。』

『請坐。服尼發其，我的鑰匙在哪兒，你看到嗎？』

㊀ 紋章：表示家譜的圖案。當時貴族人家均有此種世襲的紋章。

我把母親對她來信的回答告訴柴謝基娜公爵夫人。她一邊聽我講話，一邊用她發紅的肥手指敲着玻璃窗，我說完了，她又把我打量一番。

『好極了；我一定來，』她後來說；『您眞年輕呀！請問您有多大歲數？』

『十六歲，』我不由自主地口吃起來。

公爵夫人從口袋裏摸出幾張寫滿字的、油膩的紙張，拿到鼻子跟前，翻來覆去地仔細在看。

『還是很好的年紀，』她突然說，她坐立不安地在椅子上轉動。『啊，請您不要客氣，我這裏很隨便。』

『太隨便了，』我想道，我望着她那難看的形狀，不由得感到厭惡。

這時候客廳的另一道門一下子打開了，門檻上站着昨天傍晚我在花園裏見到的那個少女，她舉起一隻手，臉上露出嘲諷的微笑。

『這是我的女兒，』公爵夫人用肘拐指着她說：『西娜契卡㊀他是我們鄰居維先生的少爺，請問您的大名？』

『符拉其米爾，』我站起來回答，緊張得說不淸楚了。

㊀ 西娜契卡和下文的西娜都是公爵小姐西娜伊達的愛稱。

「那末您的父名呢？」

「彼得羅微奇。」

「噢，我認識一位警察局長，也叫符拉其米爾·彼得羅微奇。服尼發其，不用找鑰匙了，鑰匙在我的衣袋裏。」

少女帶着先前那樣的笑容，微微瞇起眼睛，略微歪下頭去，一直在望我。

「我已經認識麥歇㊀佛爾德馬爾，」她說，她那銀鈴似的聲音，使我的全身起了一種愉快的戰慄。「您允許我這樣稱呼您嗎？」

「小姐，您說到哪兒去啦！」我結結巴巴地說。

「在什麼地方認識的？」公爵夫人問道。

公爵小姐不理她的母親。

「您現在有事嗎？」她說，她的眼睛一直在看我。

「哦，沒有什麼事，小姐。」

「您願意幫我繞絨線嗎？來，到這裏來，到我屋子裏來。」

她朝我點點頭，走出了客廳，我跟在她的後面。

㊀ 麥歇即法語 Monsieur（先生）的譯音。下同。佛爾德馬爾也是帶法國音的唸法。

我們走進去的那間屋子裏，傢具講究一點，佈置得雅緻一點。可是那個時候，我差不多什麼都不能注意了：我好像在夢中行動一樣，我覺得全身充滿了一種近乎愚蠢的、緊張的幸福感。

公爵小姐坐下，取出一絞紅絨線，叫我坐在她對面；她仔細地解開那絞紅絨線，套到我手上。她默默地做這些，始終帶一種滑稽的鄭重神氣，同時在微微張開的嘴唇上露出那種快樂的、狡猾的微笑。她把絨線繞在一張折疊起來的紙牌上，忽然她的眼光那麼明亮，那麼快速地向我一閃，使我不由自主地埋下了眼睛。她平常總是瞇着的眼睛張大了，她的面容完全變了：她臉上好像充滿了光輝似的。

『您昨天對我怎麼看法，麥歇佛爾德馬爾？』她問道，停了一會兒又說。『您大概罵我吧？』

『我……公爵小姐……我什麼也沒有想過……我怎麼能够……』我狼狽地說。

『請聽我說，』她反駁我。『您還沒有了解我：我是一個很古怪的人；我希望別人永遠對我講眞話。我剛才聽說您才十六歲，可是我二十一歲了：您看，我比您大得多，所以您應當永遠對我講眞話……而且聽我的話，』她又說了一句。『看着我，——爲什麼，您不看我呢？』

我更加發慌了，不過，我還是抬起頭來看着她。——她微微笑了笑，但已經不再是先前的那種笑了，而是另外一種讚許的微笑。『看着我，』她溫柔地放低聲音說：『我不討厭別人看我。我喜歡您的臉，我預料得到，我們會成朋友的。可是您喜歡我嗎？』她狡猾地又加了這一句。

『公爵小姐……』我剛開始說。

『第一，應該叫我西娜伊達·阿歷克山大洛芙娜，第二，小孩子（她自己馬上改正了），——年輕人不把心裏想的坦白地說出來，這是哪一種習慣呢？大人才可以這樣。您喜歡我嗎？』

她這樣自由地跟我講話，雖然使我非常喜歡，可是我感到有一點難堪。我想讓她知道，她並不是跟小孩子在說話，所以儘可能地裝出很自如的、很嚴肅的神情說道：『當然，我非常喜歡您，西娜伊達·阿歷克山大洛芙娜，我不想隱瞞。』

她搖搖頭，歇了歇，又搖搖。『您有家庭教師嗎？』她突然問道。

『不，我很早就沒有家庭教師了。』

我撒了謊，我離開我那個法國教師還不到一個月。

『哦！我明白了——您完全是大人了。』

她輕輕地敲了一下我的手指。『手伸直，』她勤快地繞起絨線來。

我趁她埋下頭的時候，端詳她，起先偸偸地看，後來越來越大膽了。我覺得她的臉比昨天傍晚剛看到她的時候更動人：在她臉上一切都顯得那麽文雅，那麽聰明，那麽可愛。她背了那扇掛着白色窗帷的窗子坐着，陽光透過窗帷射進來，一抹柔和的光照在她那蓬鬆的淡黃色頭髮上，她那潔白的頸項上，她那微斜的肩膀上，她那嬌柔、平穩的胸脯上。——我望着她，現在，她對我已經是多麽親密，多麽接近了！我覺得我早已認識她了，——在認識她以前，我什麽都不懂，甚至可以說是根本就沒有生活過……她身上穿一件黑色的舊長袍和一條圍裙；我眞願意吻這長袍和圍裙的每一道褶紋。她的鞋尖從長袍下端露了出來：我多麽想拜倒在這雙鞋子跟前……『現在，我坐在她的對面，』我想道，『我已經認識她了……多幸福呀，上帝啊！』我高興得幾乎要從椅子上跳了起來，但是我只不過微微擺動一下我兩隻脚，就像一個得到糖果的小孩似的。

我快活得像水中的魚，我願意永遠不走出這間屋子，不離開這個地方。

她慢慢地睜大眼睛，她那雙亮眼睛又溫和地望着我了，又微笑了。

『您那樣子看我，』她慢慢地說道，伸出一隻手指點着我。

我臉紅了……『她什麽都知道，什麽都看到了，』這念頭在我的腦子裏閃過。『可是，她怎麼會不知道呢，怎麼會不看到呢！」

突然隔壁房間裏有什麼東西在響——馬刀的響聲。

「西娜，」公爵夫人在客廳裏高聲喊道：「別羅夫佐拉夫給你帶來一隻小貓。」

「小貓，」西娜伊達大聲說，連忙從椅子上起來，把絨線球丢在我的膝上，就走出去了。

我也站起來，把絨線綾和絨線球放到窗台上面，走進客廳，我遲疑不決地站住了：在屋子中間躺着一隻伸着脚爪的小花貓，西娜伊達跪在牠的前面，小心地托起牠的小臉。公爵夫人身邊有一個亞麻色鬈髮的年輕驃騎兵，他一個人幾乎把兩堵窗中間的空隙填滿了，他有玫瑰色的臉頰，和一對凸出的眼睛。

「多好玩！」西娜伊達接連說了好幾次；「牠的眼睛不是灰的，而是綠的。好大的耳朵啊。謝謝您，費克多爾·葉哥立契，您眞好！」

我認出那個驃騎兵，就是昨天傍晚我看見的年輕人中間的一個，他笑了一笑，鞠一個躬，靴子上的踢馬刺『拍的』響了一下，馬刀練子也發出了響聲。

「您昨天說起要一隻大耳朵的小花貓……我辦到了，小姐。您的話就是法律。」他又鞠了一個躬。

小貓輕輕地叫着，在地板上鬧起來。

『牠餓了！』西娜伊達大聲說。『服尼發其，索非亞！拿一點牛奶來。』

一個女僕穿一件黃色舊衣服，頸項上圍一條褪了色的項巾，捧着一小盆牛奶走了進來，把盆子放在小貓面前。小貓吃驚地抖了一下，瞇瞇眼睛，就在舐牛奶了。

『牠的粉紅色小舌頭多好看！』西娜伊達的頭幾乎貼在地板上，她從側面往小貓鼻子下邊望過去，說。

小貓吃飽了，裝腔作勢地動動脚爪，喵喵地叫起來，西娜伊達伸直身子，隨隨便便地對女僕說：『拿開。』

『爲了這隻小貓，——請您給我手，』驃騎兵含笑地說，動一下他那緊緊裹在新制服裏面的強壯的身子。

『給您兩隻手，』西娜伊達答道，就向他伸出雙手來。在他吻她一雙手的時候，她從他肩頭上望着我。

我還是呆呆地站在原來的地方，我不知道我應該笑，還是說一兩句話，還是沉默。忽然我從外廳開着的門口看到我們家的僕人費多爾的身形，他向我做做手勢，我機械地走到他跟前。

「你來幹什麼？」我問他。

「您母親叫我來找您，」他低聲地說，「她在生氣：您還沒有帶口信回去。」

「難道我在這裏待得很久了嗎？」

「一個多鐘點了。」

「一個多鐘點了！」我不由自主地跟着說了一遍，就回到客廳去，向主人恭敬地行禮告辭。

「您到哪裏去？」公爵小姐從驃騎兵身後望我一眼，問道。

「我得回家了，小姐。」我說，又向着公爵夫人加了一句：「我就告訴家母。您下午兩點鐘到我們家裏來。」

「您就這樣說吧，少爺。」

公爵夫人連忙拿出鼻煙壺，大聲地吸一下鼻煙，使得我吃了一驚。「就這樣說吧，」她又說了一遍，一面含着眼淚地眨眨眼睛，又打噴嚏了。

我又鞠了一個躬，掉轉身子，走出去了。我暗地裏感到一般年輕人知道有人在背後望他的時候，所常有的那種侷促不安的感覺。

「請您不要忘記，——再來看我們，麥歇佛爾德馬爾。」西娜伊達大聲說，又笑起來了。

『她為什麼總愛笑呢？』我在路上想。費多爾陪我回家，他一句話也不說，帶着一種不滿意的神情，跟在我背後。母親責備我，而且奇怪：我在公爵夫人家裏待了這麼久，究竟幹些什麼呢？我一句話也沒有回答，就回到自己屋子裏。我突然覺得非常悲哀……我竭力忍住不要哭……我嫉妒那個驃騎兵！

五

公爵夫人如約來拜訪我母親，可是留給母親一個不好的印象。她們會見的時候，我不在家。不過在餐桌上，我聽見母親對父親說，她覺得這位柴謝基娜公爵夫人是une femme très vulgaire（法語：一個非常粗俗的女人），她不斷地懇求母親在賽爾蓋公爵面前替她講情，叫母親感到頭痛。再說她總是在搞一些訴訟的事情——des vilaines offaires d'argent（法語：討厭的金錢上的事情），——因此她一定是一個非常喜歡打官司的人。然而母親又說，她已經請她和她女兒明天中午來吃飯（我聽見說『和她女兒』，便做出埋頭吃東西的樣子），——因為她總算是我們的鄰居，何況又是貴族。父親聽見這些話，就告訴母親，他現在記起了公爵夫人是誰了；他年輕時候，認識已故的柴謝基公爵。公爵受過很好的教育，却是一個頭腦簡單、荒唐無聊的人，交際社會因為他在巴黎待得很久，就給他起個綽號：Le Parisien（法語：巴黎人）。他本來很有錢，可是他把財產全輸光了。——後來不知道為了什麼緣故，也許是為了金錢的關係吧，他跟一個小職員的女兒結了婚。『不過，即使是為了金錢的關係，他也可以選個好一點的，』父親冷笑地、補充地加了這一句：『結婚後，他又去做投機事業，這一次完全破產了。』

『只望她不要來借錢，』母親說。

『這很可能，』父親安靜地說，『她會講法文嗎？』

『講得很不好，』

『嘿，那倒無所謂。你好像說你也請了她女兒，有人對我說她的女兒倒是一個很可愛、很有教養的小姐。』

『哦，那末不像她母親了。』

『也不像她父親，』父親接着說下去，『他雖然受過很好的教育，可是他仍然是一個傻瓜。』

母親嘆口氣，沉思起來，父親也不再說什麼了，我在旁邊聽見他們談這段話，一直感到很不舒服。

飯後，我又到花園裏去了，不過沒有帶鎗。我自己發誓不再走近柴謝基娜家的園子，可是一種不可抗拒的力量把我吸引到那裏去，——而且也不是空走一趟。我剛走近那道木柵，就看到西娜伊達。這一次就只有她一個人。她手裏捧着一本書，慢慢地順着小徑走來。她沒有注意到我。

我差一點要讓她過去了，可是我立刻又改變主張，我咳了一聲嗽。

她回過頭來，可是並不停步，只用一隻手把圓草帽上天青色寬絲帶掠開望着我，靜靜地笑了笑，又埋下眼睛去看書了。

我揭下便帽，遲疑一下，帶着沉鬱的心走開了『Queo suis-je pour elle? ㊀』我用法國話（天曉得爲什麼緣故）這樣想。

我背後響起一陣熟悉的脚步聲，我回頭一看，父親踏着輕快的步子朝我走來。

『她就是公爵小姐？』他問我。

『公爵小姐。』

『你難道認識她？』

『今天早晨我在公爵夫人那兒見過她。』

㊀ 法語：在她眼裏我算什麼呢？

父親止了步，脚後跟很快地掉轉，往回走去。他走到跟西娜伊達並肩的時候，恭敬地向她鞠了一個躬，她也向父親還了禮，臉上露一點驚訝的樣子，把書放低。我看見她的眼睛一直在送他。父親的服裝素來很講究，——有他獨特的風度，可又是非常樸素。然而我從來沒有看到父親的風采像今天這麽地優美；我從來沒有看到他那頂灰色呢帽像今天這樣恰好地戴在他已經有點稀疏的鬈髮上。

我剛向西娜伊達走去，可是她連看都不看我一眼，重新把書舉起來，走開了。

六

整夜，和第二天早晨我都在一種鬱鬱不樂的麻木狀態中度過去。我記得我曾想用功，拿起蓋達諾夫的書，可是這本著名教科書的大字印刷的每行、每頁都白白地從我的眼前溜過去了。我把『求理厄斯・凱撒㊀以作戰勇敢而著名』的這一句，接連讀了十遍，——却並不知道是什麽意思，終於丟開了書。午飯前，我又在頭髮上撒了香水，又換上常禮服，繫上領結了。

㊀ Julius Caesar（公元前100年—四四年）：羅馬的軍事家，政治家，同時又是歷史學家。

『這是爲什麼？』母親問我道，『你還不是大學生，天曉得，你能不能通過大學考試？而且你的短上衣做得還不久呢！你不能就把它丢掉。』

『就要來客人，』我輕輕地、幾乎絕望地說。

『別胡說！這算什麼客！』

我只好服從，我脫去常禮服，換上短上衣，不過沒有取掉領結。

午餐前半小時，公爵夫人同她女兒來了，公爵夫人在她那件我見過的綠色衣服外面加了一條黄披巾，戴一頂飾着火紅色緞帶的老式帽子。她一開頭就說她的『期票』，嘆氣，訴窮，『不斷地懇求』幫助，可是她一點都不講禮貌：還是那樣大聲地吸鼻煙，還是那樣自由地在椅子上扭來轉去，坐立不安。她好像完全沒有想到，她是一位公爵夫人。西娜伊達的態度恰恰跟她相反，非常莊重，差點兒顯得高傲了，是眞正公爵小姐的氣派。她臉上有一種冷冰冰的端莊和尊嚴，我簡直不認識她了，我也認不出她那種笑，她那種眼光，雖然我覺得她在這種新姿態中，也還是很美。她穿一件淺藍色花輕紗長袍，頭髮照英國式梳的，梳成長長的一條一條的髮鬈垂在頰上。這種式樣跟她臉上冷冰冰的表情非常相稱。午餐的時候，父親坐在她旁邊。他用他特有的那種優雅而大方的慇懃在招待他的鄰座。他時常望她，她也時常望他，而且帶着這麼奇怪的、幾乎是敵意的眼光。他們用法國話交談，我記得，西娜伊達發音的正確叫我吃驚。公爵夫人在席上還是像先前那樣地一點也不講禮貌，她吃得很多，而且誇獎菜做得好。母親顯然給她煩透了，用一種膩煩的、冷淡的態度在應付她。父親時而微微地皺皺眉頭。母親也不喜歡西娜伊達。

『一個多驕傲的女人，』第二天母親這樣地說，『你想她憑什麼驕傲——avec sa mine de grisette! ㊀』

『大概，你還沒有看到過「葛利熱特」呢，』父親對她說。

『所以謝天謝地了！』

『自然，謝天謝地……只是你怎麼就可以給她們下斷語呢？』

西娜伊達一直沒有理過我，吃過飯以後，公爵夫人就站起來告辭了。

『我就指望着你們的照顧了，瑪麗亞·尼可拉也夫娜，彼得·佛西里也微契！』她像唱歌似地對父親、母親說：『我有什麼辦法呢！過去有過好日子，可是早已過去了，現在我雖是一個有爵位的夫人，』她帶着不愉快的笑聲加了一句：『但要是沒有吃的，虛名又有什麼用！』

父親對她恭敬地鞠了一個躬，送她到外廳門口。我就穿着短上衣站在那裏，埋着頭望

㊀ 法語：憑她那副『葛利熱特』的面貌。『葛利熱特』是當時的法國小說中一般輕佻的女子的總稱。

地板，彷彿是一個判了死罪的犯人。西娜伊達對我的態度把我完全毀了。卻不料她走過我身邊的時候，她眼睛裏又帶着先前那種温柔的表情，很快地、低聲對我說：『八點鐘到我們家裏來，聽到嗎？一定來……』這使我多麼驚奇！我剛伸出手去，可是她已經把白披巾搭到頭上，走了。

七

剛八點鐘，我穿上了常禮服，頭髮梳得高高的，走進公爵夫人住的小宅子的外廳。老僕人不高興地望了我一眼，不情願地勉強從凳子上站起來，客廳裏有歡笑聲。我推開門，不由得吃驚地往後退了一步。公爵小姐站在屋子當中一把椅子上，把一頂男人帽子朝前拿着，椅子四周站了五個男子。他們爭着把手放進帽子裏去，可是公爵小姐卻把帽子舉得高高的，用力搖動它。她看到我進來，就大聲說：『等一等，等一等！有新客人啦，也應當給他一張票子，』她就輕盈地從椅子上跳下來，拉住我常禮服的袖口。『跟我來！』她說，『您站着幹什麼？麥歇們（Messieurs 法語：諸位先生），你們認識認識吧，這位是麥歇佛爾德馬爾，我們鄰家的少爺。這位是，』她挨着次序，介紹我認識她的客人。『馬烈夫斯基伯爵，這位是魯輿醫生，這位是馬伊達諾夫詩人，這位是退職的上尉尼爾馬茨基，這位是別羅夫佐拉夫，驃騎兵，您已經看到過了。希望你們大家都成好朋友。」

我非常不好意思，我甚至忘記對他們行禮了。我認得魯輿醫生，就是在花園裏絲毫不留情地羞辱過我的那位淺黑色皮膚的先生，其餘的人我都不認識。

「伯爵！」西娜伊達繼續說，「請您寫一張票子給麥歇佛爾德馬爾。」

「那不公平，」伯爵帶一點波蘭口音答道。這是一個穿得很時髦的、棕色頭髮的美男子，有一對很會表情的褐色眼睛，和一根窄小的白鼻子，小嘴上有一撮很細的唇髭。「他還沒有跟我們一塊兒玩過「摸彩」遊戲呢。」

「不公平！」別羅夫佐拉夫和那位被稱爲退職上尉的人也說了一遍。上尉大約有四十歲，臉上的麻子多得可怕，頭髮蜷曲得像黑人一樣，駝背、彎腿，身上穿一件沒有肩章、鈕扣鬆開的軍服。

「我的意思：要給他寫一張票子，」公爵小姐又說道，「爲什麼要反抗呢？麥歇佛爾德馬爾第一次跟我們一塊兒玩，他今天用不着遵守規則。不要埋怨了，寫吧！我要這樣做的。」

伯爵聳了聳肩膀，可是恭順地低下頭去，用戴滿戒指的手拿起筆，撕下一張紙，就在紙上寫了。

『至少，您得允許我們，把我們玩的遊戲對佛爾德馬爾先生說明一下，』魯輿帶着譏諷的口氣說；『不然他就完全莫名其妙了。年輕人，您懂嗎，我們正在玩「摸彩」；公爵小姐是給奬人——誰拿到「幸運」的票子，那個人就有吻她手的特權。我跟您說的話，您明白嗎？』

我只是望着他，還是莫名其妙地站在原來的地方——公爵小姐又跳上那把椅子，又把帽子搖動起來，大家都擁到她跟前，我跟在他們後面。

『馬伊達諾夫，』公爵小姐對一個身材高高、臉孔瘦瘦、眼睛小而無光、頭髮黑而長的年輕人說。『您是詩人，您應該大量一點，把您的票子讓給麥歇佛爾德馬爾，讓他有兩個機會。』

但是馬伊達諾夫表示不同意，搖搖頭，連頭髮都飄動起來了。別人都試過運氣以後，我也把手伸進帽子裏，拿出一張票子打開來看……天啊，我看到寫在那張紙上的『接吻』兩個字，我不知道如何是好了！

『接吻！』我不由自主地大聲喊起來。

『好啊，他中彩了，』公爵小姐連忙說。『我眞高興！』她從椅子上下來，兩眼發亮，柔媚地望了我一眼，我的心跳起來。『您高興嗎？』她問我。

『我？……』我吶吶地說不出話了。

『把您的票子賣給我，』別羅夫佐拉夫突然在我的耳邊信口胡說；『我給您一百盧布。』

我用那樣憤怒的眼光把驃騎兵看了一眼，拒絕了，這使得西娜伊達拍手叫好，魯興也喊着：『好極了，年輕人！』

『不過，』他說下去，『我是司儀人，我的職務便是督促遵守一切規章。麥歇佛爾德馬爾，跪下一條腿。這是我們的規矩。』

西娜伊達站在我面前，頭微微斜着，好像爲了要把我看得更淸楚些，她就鄭重其事地向我伸出手來，我的眼睛花了，我本想跪下一條腿，可是兩條腿一齊跪下去了，非常不自然地吻她的手指，甚至讓她的指甲在我鼻尖上輕輕抓了一下。

『幹得好！』魯興叫道，他扶着我站起來。

『摸彩』的遊戲繼續下去。西娜伊達叫我坐在她身邊。她想出種種奇特的『中彩』㊀的辦法！就說其中有一次，她扮演『影像』，選醜男子尼爾馬茨基做影像的台座，叫他彎

㊀ 原文是『處罰』。

下身子，而且要把臉貼在自己的胸前。笑聲一直沒有停止過。對於我，一個生長在講規矩的貴族家庭裏，受着嚴格而孤寂的教育長大起來的孩子，這種叫囂，這種喧嚷，這種無拘無束近乎發瘋的歡樂，這種從來沒有過的跟陌生人的交際，全使我興奮萬分。我簡直像喝醉酒似地頭發暈了。我竟然笑得、吵得比別人更厲害，連在隔壁屋子裏，正在跟從伊凡爾斯基門㊀請來的錄事商量事情的老公爵夫人也出來望我了。可是我覺得我太幸福了，別人的嘲笑和輕蔑的眼光，我眞如俗話所說『一點也不在乎』了。西娜伊達對我一直表示優待，不讓我離開她身邊。有一次『中彩』的辦法是：我得跟她並排坐在一起，讓一幅絲巾蓋住我們：我應該把我的祕密告訴她。我還記得那個時候，我們兩人的頭忽然在一種悶熱的、半透明的、芬芳的黑暗裏面，在這黑暗裏她的眼睛親切地、溫柔地發着光，她張開的嘴唇吐出熱氣，她的牙齒露出來，她的髮尖輕輕挨着我，使我發癢，使我發燒。我不作聲。她狡猾地、神祕地微笑着，後來輕輕地問我：『唔，究竟是什麼呢？』然而我只是紅着臉，笑着，把臉掉開去，幾乎透不過氣來了。我們玩膩了摸彩遊戲，——我們開始玩一種繩子遊戲。我的天，我忽然出了神給她在我的手指上猛打了一下，我感到多麼大的快樂！後來我又故意

㊀ 當時莫斯科從『白城』入『中國城』的有名的門。在紅場附近。一般訴訟代理人和退休的文官都住在這一帶，專門替人寫狀子或辦理訴訟事件。

裝作出神的樣子，她就跟我開玩笑，却再也不肯碰一下我伸給她的手了。

那個晚上我們還玩了好多的把戲，我們彈鋼琴，唱歌，跳舞，表演茨岡人宿營㊀——我們把尼爾馬茨基扮成一隻熊，叫他喝鹽水。馬烈夫斯基伯爵表演各式紙牌戲法，最後一次紙牌戲法是『威斯特』，他把牌洗亂以後，自己把王牌全拿出來，爲了這個，魯興『便有慶賀他的光榮』。馬伊達諾夫給我們朗誦他的長詩『殺人者』的幾節（這是在浪漫主義全盛的時期），這首長詩他想用黑色封面印上血紅色書名出版。我們又從伊凡爾斯基門請來的錄事的膝上偷走他的帽子，逼着他跳哥薩克舞，來把它贖回。又叫老服尼發其戴上女帽，公爵小姐戴起男人帽子……我們做過的事情眞說不盡。只有別羅夫佐拉夫越來越往角落裏躲，皺着眉頭在生氣……有時他的眼睛充血，滿臉通紅，好像他馬上就要向我們衝過來，把我們當作木屑一樣往四處踢開：可是公爵小姐看看他，伸出一根手指威嚇地向他指指，他又退回原來的角落裏去了。

我們終於玩得疲乏了。老公爵夫人雖然說她什麼都不在乎，而且不怕吵鬧，可是後來她也感到疲乏，想休息了。十二點開出晚飯來：一塊不新鮮的乾酪，幾個碎火腿餡的冷包子，我覺得這些包子比我吃過的任何點心都可口。酒只有一瓶，樣子有點古怪：大口黑瓶，

㊀ 茨岡人爲一種流浪民族，散居於土耳其、蘇聯、西班牙等國。這裏指他們結伴流浪的隊伍。

盛着玫瑰色的酒，可是誰也沒有喝它。我走出小宅子，疲乏，快樂到沒有一點力氣了；告別的時候，西娜伊達緊緊握着我的手，又神祕地微笑了。

夜氣鬱悶而潮溼地撲到我火熱的臉上，看來大雷雨就要來了；烏雲逐漸增多，飄過天空，它那如煙似霧的外形，看得出在改變。微風不停地吹過黑暗的樹林，遠處，不知道什麼地方的地平線上輕輕地響着憤怒的、不清楚的雷聲。

我從後面台堦走到我屋子裏去。我那個老僕人躺在地板上睡着了，我必須從他身上跨過去；他醒了，看到我就說，母親又爲我發脾氣，她又要派人來找我，可是讓父親阻止了。（素來，我睡覺前總去向母親請『晚安』，讓她祝福我。）現在沒有辦法了！

我對老僕人說，我自己脫衣服睡覺，——我吹熄了蠟燭……可是我沒有脫衣服，也沒有上床睡覺。

我在椅子上坐下，而且坐得很久，彷彿中了魔一樣……我感覺到非常新鮮，非常甜蜜，——我幾乎什麼都不看，靜靜地坐着，輕輕地呼吸，只是有時候我回想到什麼事情，我就禁不住默默地微笑，有時候我想起我是在戀愛了，愛的就是她，這就是愛，這思想叫我心裏發冷。在黑暗裏西娜伊達的臉靜悄悄地在我眼前浮現——浮來浮去却不再浮走了，她的嘴邊依舊掛着那種神祕的微笑，她那追問似的、夢幻的、温柔的眼光還偷偷地瞟着我……

完全跟我向她告別的時候一樣。最後我站起來，踮起脚走到床前，連衣服也不脫，小心地把頭靠在枕上，我好像害怕劇烈的動作會驚擾了那個充溢在我心裏的東西……

我躺着，可是並不閉上眼睛，不久我注意到一道微光不斷地射到我屋子裏來……我坐起來，望望窗。窗架和神秘地、朦朧地發白的玻璃已經可以很清楚地分辨出來了。『雷雨，』我想道。雷雨果眞來過，可是它已經到很遠的地方去了，所以並沒有聽到什麽雷聲；只有不很亮的、長長的電光，彷彿分得一股一股的在天空裏繼續不斷地閃爍：但與其說它在閃爍，還不如說它像將死小鳥的翅膀那樣地顫抖，那樣地抽動。我起來，走到窗前，站在那裏，一直站到天亮！……電光並沒有停止過一會兒，這是民間稱爲『雀夜』㊀的晚上。我望着那片寂然無聲的砂地，我望着涅斯苦奇尼公園黑黝黝的一片地方，我望着遠處房屋的黃色的門面，彷彿它們也跟着每一道微弱的閃光在顫動……我望着這些——我不能够離開那裏：這些沒有聲音的電光，這些短促的閃爍，好像正跟我心裏燃燒的神秘無聲的情火呼應着。天亮了，黎明的天空現出許多鮮紅的雲塊。太陽漸漸往上昇，電光也漸漸淡起來，它們的閃爍也愈來愈疏少，終於淹沒在這一片已經到來的白天的明朗的陽光裏消失了……

我內心的電光也消滅了。我覺得非常疲乏，非常平靜……可是西娜伊達的面影依然

㊀ 夏天夜短的日子，約在七月十日。

勝利地在我心裏盪漾。只是這個面影本身也顯得安靜了……好像一隻從沼地野草中間飛出來的天鵝，它在它四周的醜惡的形象中間顯出特殊的美。我快要睡着的時候，我懷着充滿信賴的、崇拜的、告别的心情，最後一次拜倒在它面前……

啊，温柔的感覺，柔和的聲音，深受感動的心靈的善良和寧靜，第一次愛的覺醒的令人陶醉的歡樂——如今，你們在哪裏，你們在哪裏？

八

第二天早晨，我下樓用早茶的時候，母親就責備我——可是遠不如我所想像的那麼嚴厲——而且要我說出昨夜經過的情形。我用幾句話應付了她，却瞞過許多細節，極力把事情說得沒有一點毛病。

『無論如何，他們不是 comme il faut（法語：規矩人），』母親說，『你不必到他們那兒去浪費時間，你應該準備大學入學考試，用用功啦。』

我知道母親所謂關心我功課的就只限於這幾句話，因此我覺得沒有辯駁的必要。可是我們喝過早茶後，父親却挽着我的手臂到花園裏去，逼着我把我在柴謝基娜家看到的一切全說出來。

父親對我有一種古怪的、左右我的能力——而且我們的關係也非常古怪。他幾乎不過問我的教育，但決不使我傷心，他尊重我的自由——我也許可以這樣說，他甚至對我有禮貌……只是他不讓我接近他。我愛他，我崇拜他，我認爲他是個模範的男人，倘使我不是一直感到他在推開我，我會多麼熱情地愛他！然而只要他願意，他幾乎只消用一句話，一個動作，就能够喚起我對他無限的信心。我打開心靈——像對聰明的朋友，或親切的教師似地跟他談心……可是他又突然地離開我了，他的手又把我推開——雖然親切地，温和地，但他還是把我推開了。

有時候他高興起來，就會像小孩似地跟我一塊兒遊戲，淘氣（他喜歡種種劇烈的體力活動）；有一次——就只有那麼一次！——他對我非常親切，使我感動得幾乎淌下眼淚……可是他的愉快，他的親切一下子全消滅得乾乾淨淨，而且我們兩人中間發生過的事情，並不能使我對將來有什麼指望，好像這只是一場夢似的。有時候我仔細地望着他那張聰明、漂亮、愉快的臉……我的心顫動，我整個身心都傾向他……他好像也覺察到我心裏在想些什麼，順手在我臉頰上輕輕拍了一下，就走開了，不然就動手去做什麼工作，再不然他就突然變成冷冰冰的了，這是他一個人有的一種獨特的態度；我立刻也就退縮了，我也冷了下來。他那種難得表示的對我的慈愛，決不是我的不言而喻的懇求喚起的，它們總是突然地發作。許多年以後，我仔細想一下我父親的性格，我得到這樣的一個結論，他對我，對家庭生活都不感興趣，他的心傾向着別的事情，而在那些事情上完全得到了滿足。

『你能夠拿到手的，你就去拿，千萬不要讓別人控制你，做自己的主人——人生的全部滋味就在這兒了。』有一次他這樣對我說。還有一次，我以年輕的民主主義者的姿態對他發表關於自由的言論（他那一天的態度，正是我所謂『親切』的，在那一天我可以跟他隨意談話）。『自由，』他重說了一遍，『可是你知道，什麼東西能夠給人自由呢？』

『什麼東西呢？』

『意志，自己的意志，它能夠給人比自由更好的權力。你懂得用意志——你就能夠自由，你就能夠指揮別人了。』

父親首先超乎一切地熱愛生活……而且他已經活過了；也許他已經預感到他不能長久享受人生的滋味：他活到四十二歲就死了。

我仔細地把我在柴謝基娜家裏經過的情形告訴父親。他坐在花園的長凳上，用手杖在砂土上劃來劃去，似注意非注意地聽着，偶爾笑一笑，舉起微微發亮的、逗人發笑的眼光望着我，而且用簡短的問話和反駁來鼓勵我說下去。我起先連西娜伊達的名字都說不出口，可是後來再也忍不住了，我就開始讚美她。父親一直在微笑。後來他沉思起來，伸伸腰，站起來了。

我記得我們走出宅子的時候，父親吩咐過僕人給他預備馬，他是一個很出色的騎手，能夠馴服最野的馬，本領遠超過萊勒先生。

『我跟你一塊兒去，好嗎？爸爸。』我問他。

『不，』他答道，他的臉上又現出平常那種冷淡而和氣的表情。『要是你想去，你一個人去吧，你告訴馬夫，說我不去了。』

他掉轉身子，急忽忽地走了。我注意地望着他——他一走出門外就看不見了，只是他的帽子順着木柵在動，他到柴謝基娜家去了。

他在那裏待了不到一個鐘頭，出來就動身到城裏去，一直到晚上才回家。

午飯以後，我也到柴謝基娜家裏去。客廳裏只有老公爵夫人一個人，她一看到我，就用一根編結針在帽子底下搔頭髮，突然問我願不願意替她抄一張呈文。

『很願意，』我說着就在椅子邊上坐下。

『只是請您注意：字寫得大一點，』公爵夫人說着，遞給我一張油膩的紙：『今天就抄，行不行？少爺。』

「當然，我今天就抄，老太太。」

隔壁屋子的門微微打開了一點。門縫裏露出來西娜伊達的臉——蒼白而帶愁思的神情，她的頭髮蓬鬆地飄在腦後，她的大眼睛冷冰冰地望了我一眼，就輕輕地關上了門。

「西娜，西娜！」老夫人喊道。西娜伊達沒有答應。我帶了老夫人的呈文回家，整個晚上都在抄寫。

九

我的『熱情』是從那一天開始。我記得那個時候我有一種初上班的新職員的感覺；我已經不再是年輕的孩子了，我在戀愛。我說過，我的熱情從那一天開始，我還可以加一句，我的『痛苦』也就是從那一天開始。離開西娜伊達，我就抑鬱不樂：什麼都不能想了，什麼事也不能做了。我一整天、一整天地專心想她……我抑鬱不樂……但是在她的面前，我也並不感覺到輕鬆。我嫉妒，我承認自己一無可取，我像傻瓜似地生氣，像傻瓜似地卑屈，然而却有一種不可抗拒的力量把我拖到她身邊去，每一次我跨進她的房門，不由得感到幸福而渾身顫抖起來。西娜伊達立刻就猜到我愛上她了，然而我也並不想隱瞞。她玩弄我的熱情，她拿我開玩笑，溺愛我，可是又折磨我。能够作爲別人最大歡樂和最深痛苦的唯一源泉與專制而又不負責的原因，這是一件多麼愉快的事，可是我好像已經是西娜伊達手中的一塊揑軟的蠟了。不過愛上她的並不只是我一個人，所有到公爵夫人家裏走動的男人都爲她神魂顚倒，她把他們都縛在她的脚跟前。她一會兒挑起他們的希望，一會兒又引起他們的憂慮，她喜歡任性翻來覆去地作弄他們（她把這個叫做：讓他們撞頭），可是他們連想都沒有想到要違背她的意旨，人人都情願順從她。她的充滿了活力與美麗的整個身上，狡猾與隨便，做作與單純，沉靜與活潑特別迷人地混合在一起。在她所做的、所說的一切裏，在她的每一個舉動裏，都帶有一種微妙的、輕快的嬌美，處處都顯露出她那特殊的、生氣蓬勃的力量。她的臉不斷地在變化，時時射出光芒：它幾乎就在同一個時候表現出嘲諷、沉思、甚至熱情。各種不同的感情像刮風的晴天裏的雲彩那樣，又輕又快在她的眼裏、唇際不斷地掠過。

每一個崇拜她的人都是她所少不了的。她有時候把別羅夫佐拉夫叫做『我的野獸』；有時候就單叫『我的』，爲了她，他卽使赴湯蹈火也情願；他對自己的智力和能力缺乏信心，因而不斷地向她求婚，並且向她暗示：別人不過是說廢話。馬伊達諾夫適合她心靈中的詩意：他是一個相當冷靜的人，跟大多數的作家一樣，他極力使她相信，或許也使他自己相信，他崇拜她。他不斷地寫詩歌頌她，帶一種又似做作、又似眞誠的喜悅朗誦給她聽。她同情他，可是同時又有點嘲笑他。她不信任他，她聽完他的眞情的吐露後，就要他朗誦普希金㊀的詩，她說這是爲着『把空氣弄乾淨』。魯興，那位愛挖苦人的、說話尖刻的醫生，比別人更了解她，比別人更愛她，雖然他當面、背後都常常駡她。她尊敬他，但也並不放鬆他，有時候她帶一種特別幸災樂禍的快樂神情，使他感到他也是捏在她手掌裏的人物。『我是一個賣弄風情的女人，我沒有心肝，我生成是一個女演員，』有一次她當着我的面對他說：『哦，好極了，把您的手伸出來，我要把針刺進去，這個年輕人在場會使您感到不好意思，您會覺得痛，可是您還得笑笑，您這位好好先生。』魯興紅了臉，轉過頭去，咬着嘴唇，但終於把手伸給她。她用針刺它，他果眞就笑……她也笑了，她把針刺得很深，她望着他那雙徒然地想躲開去的眼睛……

我最不了解西娜伊達跟馬烈夫斯基伯爵中間的關係。他是一個很漂亮、靈活、聰明的人，可是在他的身上有一些令人懷疑的，有一些虛僞的東西，連我，一個十六歲的孩子也覺得出來，而西娜伊達居然沒有看出，這叫我覺得奇怪。或者她早已看出他那些虛僞的地方，只是並不討厭它而已。她那種不正常的教育、古怪的交際和習慣、母親經常在她身邊、

㊀ 俄國十九世紀最偉大的詩人，著有詩體小說奧涅金等。

家境不好、家裏又很亂——從這位少女享受自由的時候開始，從她認爲自己比她周圍的男人高一等的時候開始，這一切在她的心中發展成一種半瞧不起人的隨便，和不苛求的習氣。不管發生了什麼事情——或者服尼發其來說糖用光了，或者什麼難聽的閒話傳開去了，或者客人們爭吵起來——她也不過搖搖她的鬆髮，說：『這都是些小事！』她一點也不在意。

但是每次馬烈夫斯基伯爵走到她跟前，以一種狐狸似的狡猾的動作，優雅地靠在她的椅背上，帶一種自滿而又諂媚的微笑在她耳邊低聲說話，而她兩隻膀子交叉在胸前，專心地望着他，她自己也微笑了，而且還搖搖頭，那個時候，我就氣得全身的血都沸騰起來了。

『您爲什麼要接待馬烈夫斯基伯爵呢？』我有一次問她道。

『他有那麼漂亮的小鬍髭，』她說；『您不懂得這個。』

『您是不是以爲我愛他？』還有一次她對我說；『不會，我不會愛上一個我瞧不起的人。我要愛一個能够支配我的人……但是我希望不要遇到那樣的人，謝謝上帝，我不要落到任何人的手裏，不，絕不！』

『那末，您永遠不會戀愛了？』

『可是您呢？我難道不愛您嗎？』她說着，用戴着手套的指尖在我的鼻子上敲了一下。

不錯，西娜伊達簡直是在拿我開心。一連三個星期裏，我天天去看她——她什麼把戲都跟我玩過了！她很少到我家裏來，我也不希望她來；她在我們家裏就變成一位端莊的小姐，一位公爵小姐了，我害怕看到她。我生怕在母親面前洩露出我的祕密；母親很不喜歡西娜伊達，她常常用不高興的眼光監視我們。我倒並不怎樣害怕父親；他好像並沒有注意我，他也很難得跟她談話，可是談起來卻談得非常聰明，而且意味深長。我不再做功課，讀書了，我連到附近地方去散步或騎馬的事情都停止了。我好像是一隻給人縛住脚的甲蟲，不斷地繞着這所心愛的小宅子轉來轉去；我好像眞想永遠留在那裏似的……然而這是不可能的。母親責備我，甚至有時候西娜伊達也在趕我回家。那個時候我就鎖在自己的屋子裏，或者走到花園的盡頭，爬到高高的石頭造的溫室的廢址上，把兩隻腿掛在臨街的牆頭，接連地在那裏坐上好幾個鐘頭，雖然我望着，望着，可是什麼也沒有看見。白色的蝴蝶懶洋洋地在我身邊蓋滿塵土的蕁蔴上面飛翔；離我不遠的半毀壞的紅磚上有一隻不避人的麻雀，在那裏生氣似地噪叫，不停地扭轉牠的全身，展開牠的尾巴；那些始終不相信我的烏鴉，高高地，高高地躲在光禿的樺樹頂上，斷斷續續地叫幾聲，——陽光靜靜地照在樺樹的稀疏的樹枝上，風輕輕地吹動它們，——頓河修道院的安靜而又淒涼的鐘聲不時飄送過來——可是我只是默坐，凝視，傾聽，全身充滿了一種莫名的感覺，這種感覺裏包含着一切：悲哀，歡樂，未來的預感，欲望和生的恐懼。可是那個時候，我對於這個一點也不懂，我也不能把這一切在我心裏沸騰的東西叫出一個名目，我倒不如用一個名字——西娜伊達的名字來叫它們。

西娜伊達一直在玩弄我，就像貓作弄老鼠似的。她一會兒對我賣弄風情，——使我心神蕩漾，一會兒她又忽然把我推得遠遠的了，——我再不敢走近她，我連看都不敢看她一眼。

我記得，接連有好幾天她對我非常冷淡，我完全膽怯了，我畏縮地走到她們那所小宅，不管那個時候老公爵夫人正在罵人，叫嚷，我總設法去接近她：她的『期票』的事情弄得很糟，她已經跟警察局『解釋』過兩次了。

有一次我順着我熟悉的木柵散步，我看到西娜伊達：她撑着兩隻膀子，坐在草地上一動也不動。我正想悄悄地走開，可是她突然抬起頭來，命令似地招呼我過去。我呆了一會：我並沒有立刻懂得她的意思。她又招呼我一下。我趕快跳過木柵，高興地朝她跑過去，可是她用眼光命令我不要走到她身邊，指點我站在離開她兩步遠的小徑上。我窘透了，不知道怎麼辦才好，我就在路邊上跪下去。她的臉色非常蒼白，整個臉上都露出那樣沉痛的悲哀，那樣不堪的疲勞，這使我的心十分難過，我就不由自主地低聲說：

『您有什麼事情？』

西娜伊達伸出手，摘了一片草，放在嘴裏咬了一下，又把它遠遠地拋開了。

『您非常愛我嗎？』她後來問道，『是嗎？』

我沒有說什麼，——而且，我爲什麼要回答呢？

『是，』她像先前一樣地望着我，又說了一遍，『是這樣的。一樣的眼睛，』她添上一句，她又沉思了，用兩隻手捧着臉。『一切都惹起我心煩，』她低聲說。『我倒不如早到世界的盡頭去，我受不了，我對付不了……我還有什麼前途？……啊，我痛苦……我的上帝，我多痛苦啊！』

『爲什麼呢？』我膽怯地問道。

西娜伊達並不回答我，只是聳聳肩膀。我還是跪着，憂鬱地望着她。她說的每句話都像刀子似地在割我的心。在這一刻，只要能够消除她的痛苦，就是要犧牲我的生命，我也甘願。我望着她，雖然我還是不知道爲什麼她會感到痛苦，可是我也明明白白地想像得出：她忽然感到一陣難堪的苦惱，走到花園裏就像給鐮刀割去似地倒在地上了。四周明亮，而且一片翠綠；風在樹葉間發出沙沙聲；有時候風還吹動覆盆子樹的長枒枝，在西娜伊達的頭上搖來盪去。不知道從什麼地方傳來鴿子的咕咕叫聲，蜜蜂嗡嗡地在稀疏的青草上低飛。在我們頭上，天空藍得可愛，可是我却是這麼悲傷……

『唸點詩給我聽吧，』西娜伊達低聲說，身子支在肘子上。『我喜歡聽您唸詩。您唸起來像唱歌似的，但沒有關係，這是因爲年輕。給我唸格魯吉亞的山上㊀。不過，請您先坐下來。』

我坐下，就朗誦格魯吉亞的山上。

『「它要不愛也不可能」，』她跟着我唸了一遍，『這就是詩的妙處：它告訴我們生活裏沒有的事，可是它不僅比現在有的事更美，還更近於眞實……它要不愛也不可能，——它想不愛，並不可能，』她又不作聲了，突然她驚醒了，馬上站起來。

『我們走罷，馬伊達諾夫還待在媽媽那兒，他給我送來他自己的詩，可是我把他丟在那兒走了。他現在一定很傷心……可是我有什麼辦法！您總有一天會了解的，可是現在請您不要跟我生氣！』

西娜伊達匆匆地握一下我的手，就向前跑開了。我們回到小宅子裏。馬伊達諾夫開始對我們朗誦他剛出版的詩集——殺人者，可是我並不在聽他朗誦。他做作地高聲朗誦

㊀ 普希金的詩（一八二九年）。

他那個四韻脚長短格的詩句——韻律好像嘈雜的、無意義的小鈴聲似地變換響着。我一直望着西娜伊達，竭力想弄明白她最後幾句話的意思。

也許有一個秘密的情敵
已經意外地征服了你？

馬伊達諾夫忽然哼出這樣的詩句，我的視線跟西娜伊達的視線碰在一起了。她低下頭，臉微微發紅。我看見她臉紅，渾身冷得發抖。我早就在嫉妒了，可是到了這一刻，『她愛上了什麼人』的念頭才在我的腦子裏閃過。『天啊，她愛上什麼人了！』

十

我的眞正的痛苦也就是從這一刻開始的。我耗盡腦汁，思索，反覆地思索，不停地、但儘可能地不露心跡，暗中觀察西娜伊達。她已經改變了，——這個變化是非常明顯的。她常常一個人出去散步，而且散步得很久。有時候她連客人都不接見；在自己的屋子裏一連坐上好幾個鐘頭。她以前從沒有這樣的習慣。我突然變得——或者我自以爲變得——感覺非常銳敏了。

『不是他？或者就是他？』我問着自己。我焦灼不安地把她的崇拜者一個一個都猜到了。馬烈夫斯基伯爵（雖然就是爲了西娜伊達的緣故，我也羞於承認這一個看法）在我心裏顯得比別人更危險。

我的注意力連我鼻尖以外的事都看不清楚，我那個祕密恐怕也瞞不過別人；至少魯興醫生很快就看穿我了。可是他最近也變了：他瘦了，還是那樣常常地笑，只是他的笑聲彷彿更沉悶了，更帶惡意了，更短促了，——他從前那種輕鬆的諷刺和做作的尖刻消失了，代替那些的是一種不由自主的、神經質的急躁。

『您爲什麼老是上這兒來呢，年輕人？』有一次柴謝基娜家客廳裏只有我們兩個人的時候，他對我說。（這時候公爵小姐出去散步，還沒有回家，從頂樓傳出來老公爵夫人的刺耳的叫嚷：她正在跟女僕人爭吵。）『在您這年紀，您正應該唸書，用功，可是現在您在這兒幹什麼呢？』

『您怎麼知道，我在家裏用功不用功？』我帶了一點傲慢，但也有一點狼狽的樣子分辯道。

『您很用功！這可並不是您的眞心話！好，我也不跟您爭論……在您這個年紀，這原是很自然的事。只是您完全挑錯了人。您難道沒有看出來這是什麼樣的人家？』

『我不懂您的意思，』我說道。

『不懂嗎？那更糟了。我認爲我有責任來警告您。像我們這些人——老光棍——不妨到這裏來：這對於我們還有什麼壞處呢？我們已經受够磨練了，沒有什麼可以傷害我們；可是您還是一個孩子，您的皮肉還嬌嫩。這裏的空氣對您有害，——相信我，您會受到傳染的。』

『怎麼會這樣呢？』

『就是這樣的。難道您現在健康嗎？難道您還是一個正常狀態的人嗎？難道您現在感覺到的東西，對您有用，有好處嗎？』

『我感覺到的是什麼呢？』我說，可是在心裏我承認醫生說的話都是對的。

『啊，年輕人，年輕人，』醫生繼續說，看他那種表情，好像這兩句話裏含得有一種很大的侮辱似的：『您強辯有什麼用？謝謝上帝，您心裏想到的事，在您的臉上都顯得非常明白。可是，我說的都是廢話！倘使……（醫生咬緊牙齒）……倘使我不是這樣的怪人，我自己就不會到這裏來。只是我覺得奇怪：像您這樣聰明的人，您難道還看不出來，您周鬧發生了些什麼事情？』

『可是，發生了些什麼事情？』我全身緊張地插嘴說。

醫生用一種嘲笑的、憐憫的眼光望着我。

『我也是好人，』他說，好像在自言自語似的，『我得對他說明白。總之，』他提高聲音又說，『我再跟您說一次：這兒的空氣對您不合適。您覺得這兒舒服，不過這沒有什麼關係！花房裏雖然芬芳撲鼻，可是人不能够住在那兒。唉，聽我的話，還是回去唸您的蓋達諾夫教科書罷。』

公爵夫人一進來就向醫生抱怨牙齒痛。後來西娜伊達也回來了。

『喂，』公爵夫人說，『醫生先生，請您罵罵她。她整天都在喝冰水，——她的胸部很弱，這樣對她的健康不好。』

『您爲什麼要這樣？』魯興問道。

『這會出什麼事情？』

『什麼事情？您會受涼，也許會致死。』

『就是這麼一回事嗎？眞的？那多好——那是再好不過的事！』

『原來是這樣！』醫生喃喃地說。老公爵夫人出去了。

『原來是這樣，』西娜伊達也說了一遍，『難道活着就是這麼愉快的事嗎？請您朝您四周看看……怎麼——您以爲好嗎？或者您以爲我完全不懂得，完全感覺不到嗎？我喝冰水，——我感到快樂，難道您眞能使我相信，拿我這樣的生命來換取一時的快樂是一件太不值得的冒險嗎？至於幸福，我早就把它丟在腦後了。』

『啊，是，』魯興說道，『「喜怒無常」，和「自我中心」——這兩句話說盡了您：您的性格完全包括在這兩句話裏面。』

西娜伊達神經質地笑起來。

『您來遲了，親愛的醫生。您觀察錯誤，您已經落後了。您還是戴上眼鏡吧。我現在哪有「喜怒無常」的心情，我玩弄了你們，也玩弄了我自己……這有什麼趣味，至於「自我中心」呢……麥歇佛爾德馬爾，』西娜伊達突然頓起脚來，對我叫道，『不要裝出一副憂鬱的面孔。我受不了別人的憐憫。』她很快地走出去了。

『這種氣氛對您有害處，有害處，年輕人！』魯興又對我說了一次。

十一

就在這天晚上，常來的幾個客人又聚在柴謝基娜家裏了，我也是其中的一個。話題轉到馬伊達諾夫的詩，西娜伊達眞心地稱讚它。『可是您以爲怎麼樣？』西娜伊達對他說；『倘使我是一個詩人，我要選擇別的題材。也許，這都是毫無意思的，只是有時候一些古怪的念頭會鑽進我的腦子裏來，尤其是天快亮，我睡不着的時候，天空變成淺紅色和灰色的時候，我會，譬如說……你們不會笑我嗎？』

『不會，不會！』我們異口同聲地大聲說。

『我會描寫，』她繼續說下去，她的手交叉地放在胸前，眼睛望到一邊去了。『晚上，靜靜的河上，一條寬敞的大船裏坐着一大羣少女。——月光照在河面上，那些少女都穿着白色衣服，都戴着白色花冠，全都在唱歌，你們知道，就是唱讚美歌一類的歌曲。』

『我明白，我明白，請您說下去，』馬伊達諾夫意味深長地、夢幻地說。

『突然——岸上響起一陣喧嘩，笑聲，鼓聲，還有火把……原來是酒神的女祭司㊀帶着歌聲和歡呼跳舞過來了。詩人先生，描寫景色可就是您的工作了……只是我想把火把描寫得很紅，而且冒出很多煙霧，而且女祭司的眼睛在花冠下發亮，她們的花冠應當是深顏色的。可是也不要忘記描寫那些虎皮，那些長脚酒杯，——還有黃金，許多的黃金。』

㊀ 酒神的女祭司即希臘神話中酒神 Bacchus 的女祭司。

『這黃金應該放到什麼地方呢？』馬伊達諾夫把自己光滑的長頭髮甩到後面去，還張一張鼻孔，就向她問道。

『放到什麼地方？她們的肩上，手上，脚上，哪兒都可以。聽說，古時候的女人脚踝上都戴着黃金脚環呢。女祭司們招呼船中少女到她們跟前去。少女們不再唱讚美歌了——她們不能够再唱下去，可是她們一動也不動：河水把她們送到了岸邊。突然間一個少女從她們中間悄悄地站起來……這一點您可要好好地描寫：她怎樣在月光裏悄悄地站起來……她的女伴又怎樣地吃驚……她跨過船舷，女祭司們就圍住她，拉着她飛快地跑進夜裏，跑進黑暗裏去了……這兒您得描寫一縷一縷的煙霧，和整個混亂的情形。只聽見她們尖銳的呼聲，只有少女的花冠還留在岸上。』

西娜伊達說到這裏就不作聲了。（啊，她愛上什麼人了。——我又想道。）

『就這麼一點嗎？』馬伊達諾夫問道。

『就這麼一點。』她答道。

『這可不能作爲一首長詩的題材，』他鄭重其事地說：『不過我可以借用您的意思寫一首抒情詩。』

『浪漫主義的嗎？』馬烈夫斯基問道。

「當然，浪漫主義的，用拜倫㊀式的詩體寫。」

「照我看來，雨果㊁比拜倫好，」年輕的伯爵隨口說道：「雨果寫得更有趣些。」

「雨果是第一流的作家，」馬伊達諾夫答道：「而且我的朋友鄧可雩也夫在他的西班牙小說哀爾·特洛瓦多爾㊂裏……」

「哦，就是那一本凡是問號都倒過來寫的小說嗎？」西娜伊達打斷他的話。

「是的，這是西班牙人的習慣。我要說鄧可雩也夫……」

「唔，你們又要議論什麼文學上的古典主義和浪漫主義了，」西娜伊達第二次打斷他的話。「還不如讓我們來玩……」

「玩「摸彩」嗎？」魯興接着說。

「不，「摸彩」玩膩了。還不如玩「比喻」吧。」（這是西娜伊達自己想出來的遊戲。她說出一樣東西，每個人竭力用別一樣東西來跟它比擬，誰的比喻最恰當，就得獎。）她走

㊀ 拜倫（一七八八—一八二四年）：英國著名浪漫主義詩人。

㊁ 雨果（一八〇二—一八八五年）：法國浪漫主義詩人兼小說家。

㊂ 一八二〇—四〇年之間，俄國有一部分浪漫主義作家，以西班牙、意大利異國情調作他們作品的題材。「哀爾·特洛瓦多爾」（El Trovador—西班牙文）意卽吟遊詩人。

到窗前，太陽正在往下落，大塊的紅雲高掛在天空。

『這些雲像什麼？』西娜伊達問道，她不等我回答就說：『我以爲它像克麗奧巴特拉㊀去迎接安東尼㊁時候坐的黃金船上的紫帆。馬伊達諾夫，您記得不記得，不久前您還把這個故事講給我聽過？』

我們大家都跟漢姆萊特裏面的帕拉尼阿斯㊂一樣，認爲把這些雲比成紫帆是再恰當不過的了，我們誰也想不出比這更好的比喻來。

『那時候安東尼有多大年紀了？』西娜伊達問道。

『一定是一個年輕人，』馬烈夫斯基答道。

『對，是一個年輕人，』馬伊達諾夫肯定地說。

『對不起，』魯興大聲說，『他已經四十多歲了。』

㊀ 克麗奧巴特拉（紀元前六九—三〇年）：埃及女皇，貌美且有野心，羅馬政治家凱撒和安東尼先後鍾情於她。

㊁ 安東尼（紀元前八三—三〇年）：羅馬政治家兼軍事家。

㊂ 漢姆萊特（Hamlet）爲英國偉大的戲劇家莎士比亞四大悲劇之一。在第三幕，第二場裏漢姆萊特與帕拉尼阿斯對話中，漢姆萊特先把雲比成駱駝，然後比成鼬鼠，再後又比成鯨魚，帕拉尼阿斯三次都認爲他的比喻非常恰當。

『四十多歲了，』西娜伊達很快地望他一眼，重說了一遍。

我不久就回家了。『她愛上什麼人了，』我的嘴唇不由自主地、低聲說了出來……『但是愛上了誰呢？』

十二

好些天過去了，西娜伊達變得愈來愈古怪，愈來愈不可理解，有一次我到她那裏去，看見她坐在藤椅上，頭緊緊地挨到桌邊。她站起來……滿臉都是眼淚。

『啊，是您……』她帶一種殘忍的微笑說。『過來。』

我走到她的身邊，她把手放在我的頭上，出乎不意地拉住我的頭髮，就揪起來。

『痛啊，』我終於說了。

『啊，痛！難道我不痛？我不痛？』她反覆地說。

『啊喲！』她看到她已經把我的一小縷頭髮拔掉了，便突然叫起來。『我做了什麼呢？可憐的麥歇佛爾德馬爾。』

她把拔下來的頭髮理直，繞着她的手指纏成一個戒指。

『我要把您的頭髮藏到項鍊上小圓盒子裏，掛在我頸項上，』她說，淚水又在她的眼睛裏閃閃發光。『這樣也許可以給您一點安慰……不過現在我們再見吧。』

我回到家裏，就看到一件不愉快的事情。母親跟父親在吵架：她爲了某一件事情責備他，可是他呢，還是保持他原來的習慣，冷淡地、有禮貌地默默不作聲，不久就走開了。我聽不出母親說的是怎麼一回事，我也沒有心思去聽。只是我還記得，這場風波過去以後，她叫我到她的屋子裏去，很不高興地責備我常常到公爵夫人家裏去玩，母親說公爵夫人是一個 une femme capable de tout（法語：一個什麼事都幹得出來的女人）。我上前去吻她的手（每逢我想打斷她的話題的時候，總是這樣做的），就回到自己的屋子裏。西娜伊達的眼淚把我的心境完全攪亂了：我簡直不知道要打什麼主意，我眞想大哭一場：我究竟還是一個孩子，雖然我也有十六歲了。我已經不再注意馬烈夫斯基，儘管別羅夫佐拉夫的樣子一天比一天地來得兇惡可怕，他好像狠對羊似地瞅着狡猾的伯爵；可是我沒有心思想到任何事情，我也沒有心思想到任何人了。我沉浸在種種想像中的圖畫裏，我總是找僻靜的地方去躲着。我特別喜歡温室的廢址，我常常爬到高牆上，坐下來，我坐在那裏覺得自己是一個很不幸、很孤獨、很憂鬱的年輕人，這叫我可憐起自己來了，可是這種感傷對我又是多麼大的慰藉，又多麼地使我陶醉！

有一天，我正坐在牆上，望着遠處，傾聽鐘聲……忽然有什麼東西在我身邊掠過——不像是風，也不是顫慄，彷彿是一陣人的氣息，彷彿有人走近的感覺。我朝下一看。下面路上——西娜伊達穿一件淺灰色衣服，肩上撐一把粉紅色陽傘，匆匆忙忙地走來。她看見我，就站住了，把草帽邊往上推一下，舉起她那天鵝絨似的眼睛望着我。

『您在那麼高的地方做什麼？』她帶一種古怪的笑容問我。『啊，』她接着說下去，『您總是在說您愛我，——倘使您眞愛我的話，那末就跳到路上我這兒來。』

西娜伊達的話還不會說完，我縱身凌空地跳了下去，就像有人在背後猛然地推了我一下似的。這堵牆大約有兩沙繩㊀高。我跳下來的時候，脚先落地，不過震動得太厲害了，我竟然站不住；我倒在地上，一下子就失去了知覺。我醒過來，還沒有張開眼睛，就感覺到西娜伊達在我的身邊。『我親愛的孩子，』她向我彎下身子，她的聲音裏透露出一種驚惶不安的溫柔：『你㊁怎麼可以這樣做呢，你怎麼可以聽我的話呢……你知道我愛你……起來吧！』

她的胸部就在我的胸旁一起一伏，她的手撫摸我的頭，突然——我怎麼來說明我那時

㊀沙繩爲俄丈，一沙繩合中國六尺六寸。

㊁西娜伊達在這裏用『你』叫他，以示親密。

候的感覺呢？——她那柔軟的、清涼的嘴唇吻了我的整個臉……她的嘴唇吻到我的嘴唇了……雖然我的眼睛還沒有睜開，可是西娜伊達從我臉上的表情就可以猜到我已經恢復知覺了，她很快地就站起來，說：『唔，頑皮的孩子，起來吧！傻孩子，幹什麼您還躺在塵土裏呢？』

我站起來。

『把我的陽傘找來，』西娜伊達說；『瞧，我把它丟到哪兒啦。不要這樣對我看……多無聊，您沒有受傷嗎？大概讓蕁蔴刺傷了罷？我跟您說，不要望我……可是他一點也不明白，他不回答我，』她彷彿自言自語地說起來。『回家去吧，麥歇佛爾德馬爾，回去刷掉灰塵，可不要跟我，那我要生氣了，我再也不……』

她還沒有說完話，就急急地走開了，不過我還是坐在路邊……我的腿再也沒有勁站起來了。我的手給蕁蔴刺傷了，背脊痛，頭發昏，可是這一次我所經驗到的那種至上的幸福感，在我的生命裏決不會再有第二次了。它成爲一種甜蜜的痛苦滲透我全身，最後它爆發爲大歡大樂的狂跳和狂叫。的確，我還是一個孩子。

十三

這一天，整天我都是那麼快樂，那麼驕傲；我臉上還那麼鮮明地保留着西娜伊達吻我的感覺；我想起她說過的每一句話，就要起一陣歡喜的顫慄。我非常珍愛我這意想不到的幸福：我甚至害怕起來，我甚至不願意再看到她——這樣一個給我新感覺的人。我覺得我對命運已經無所要求了！現在我應當『好好地呼吸最後一口氣，閉上眼睛死掉了』。但是第二天我走進小宅的時候，我却覺得侷促不安，我白費勁地竭力想把它掩藏在從容、自如的外表下面，這種態度正合於一個想叫人一看便知道他能够保守祕密的人。但是西娜伊達接待我非常自然，沒有一絲一毫的激動，她只是伸出手指來指點我一下，就問我，身上有沒有傷痕，這一下子我所有的從容，我所有的神祕的感覺全消失了，連我的侷促不安也跟着一塊兒消失了。本來我並不曾有過什麼特別的指望，可是西娜伊達安靜的態度彷彿迎頭潑我一身冷水。我明白了，在西娜伊達的眼睛裏我不過是一個小孩，——這叫我感到多麼痛心啊！西娜伊達在屋子裏走來走去，每逢她的眼睛碰到了我的眼睛的時候，她就很快地望我笑笑，可是她的思想却在遠處，這一點我也看得很清楚……『我要不要向她提昨天的事情？』我想道；『問她昨天那麽匆忙地到哪兒去？才好打聽出來……』然而我只是搖搖手，坐在角落裏。

別羅夫佐拉夫進來了；我看見他很高興。

『我還沒有給您找到一匹馴馬，』他用一種不高興的口氣說；『弗來伊達克㊀擔保給我找一匹，可是我不敢相信他，我害怕。』

『您怕什麽？』西娜伊達問道；『請問。』

『怕什麽？啊，您還不會騎馬呢。天曉得，難保不出事情。您怎麽忽然起了什麽怪念頭啦！』

『唔，這是我的事情，「我的野獸」先生。那末我還不如去找彼得·佛西里也微契……』

（彼得·佛西里也微契就是我父親。她那麽平易、那麽自然地提到他的名字，好像她相信他樂意給她効勞似的，這叫我驚奇。）

『哦，原來是這樣。』別羅夫佐拉夫答道。『那末，您是跟他一塊兒去騎馬了？』

『跟他，或者跟別人一塊兒，——這跟您完全不相干。反正我不跟您一塊兒去。』

『不跟我一塊兒去，』別羅夫佐拉夫順着她說了一遍。『隨您的便。好吧！我給您找

㊀ 一八三〇年代莫斯科著名的馬的飼養者。

一匹馬來。」

「可是，您得注意我可不要母牛。我預先告訴您，我要去跑馬。」

「您要去跑馬，我不反對，可是跟誰一塊兒去呢，您要跟馬烈夫斯基一塊兒去騎馬嗎？」

「爲什麼我就不能够跟他一塊兒騎馬呢，武士？唔，安靜一點吧，」她又說。「不要朝我瞪眼。我也帶您一塊兒去。您該知道，現在馬烈夫斯基在我心上是怎麼一回事，——呸！」她搖搖頭。

「您這種話，不過說來安慰我罷了，」別羅夫佐拉夫發牢騷地說。

西娜伊達瞇起眼睛。「這給了您安慰嗎？……噢……噢……噢……武士！」她說，彷彿她再找不出別的話了。「那末您呢，麥歇佛爾德馬爾，您也跟我們一塊兒去嗎？」

「我不愛……跟大夥一塊兒……」我埋下眼睛含含糊糊地說。

「您要 tête-à-tête……（法語：密談……）好吧，要自由的人得到自由，聖人進天堂㊀，」她嘆一口氣說，「走吧，別羅夫佐拉夫，您出點力吧！我明天一定要一匹馬。」

「哦，可是從哪兒來這筆錢？」公爵夫人插嘴說。

㊀ 即「各得其所」之意。

西娜伊達皺皺眉頭。

『我不會向您要錢的，別羅夫佐拉夫信得過我。』

『他信得過你，他信得過？……』公爵夫人嘮嘮叨叨地說，突然她提高嗓子大喊：『杜尼霞希加！』

『媽媽，我送過您一個叫人鈴，』西娜伊達說。

『杜尼霞希加，』老夫人又喊了一次。

別羅夫佐拉夫告辭了，我跟他一塊兒出去……西娜伊達並沒有留我。

十四

第二天早晨，我起得很早。我自己削好一根手杖，就動身到郊外去。我自己說是出去散步遣愁。天氣非常的好，晴朗，可又不太熱；爽快、清涼的微風吹拂着大地，而且恰到好處地呼嘯着，舞動着，把一切都吹動了，却又連什麼都沒有擾亂。我在山上、林中盤桓了很久，我並沒有感到幸福——我從家裏出來的時候，就有意讓憂鬱支配我的心靈，可是青春，美好的天氣，清涼的空氣，暢遊的歡樂，靜靜地躺在茂密的青草地上的舒適倒在我心裏佔了上風；我記起了那些我永遠忘不了的話，那些接吻的回憶。我想起西娜伊達無論如何對於我的決心、我的英雄氣概總不能不重視，這又使我感到愉快……『在她眼裏看來，別人也許都比我好，』我想，『讓他們去罷！他們只是空說願意做什麼，可是我眞的做過了……而且還有什麼事情我不願意爲她做呢！……』我的想像開始在活動了。我想像：我怎樣從敵人手裏救出她來，我怎樣滿身鮮血地從監牢裏把她搶救出來，又怎樣倒在她的脚下死去。我想起了掛在我們客廳裏的那幅圖：麥萊克·阿及爾帶走麥其爾達㊀……可是這個時候，我的注意力讓一隻帶斑紋的大啄木鳥奪去了，牠正順着樺樹的細樹幹匆忙地往上爬，並且帶點躭心的樣子從細樹幹後面探出頭來瞧瞧——一會兒向右望，一會兒向左望，好像一個音樂家從大提琴㊁後面向外張望似的。

於是我唱起『不是白雪』㊂來，我還唱當時流行的短歌：『西風吹起的時候，我等着你；』過後我又大聲地朗誦何米雅可夫㊃的悲劇裏葉爾麥克對着星星呼籲的一段，我還在

㊀ 麥萊克·阿及爾爲十八世紀末法國女作家戈頓的冒險小說麥其爾達或十字軍戰役的主人翁。俄國十九世紀初期貴族都非常喜愛這部小說，和這小說的主人公。

㊁ 指提琴中最大而音最低的一種。

㊂ 俄國著名的民歌。

㊃ А. С. Хомяков：俄國浪漫主義作家。葉爾麥克是何米雅可夫所著的悲劇葉爾麥克中的主人公。

想一首感傷的詩，我甚至想好了全詩的最後一行，都用：『啊，西娜伊達！西娜伊達！』可是毫無結果。而且快到午餐的時候了。我走下山谷裏去，山谷裏有一條窄狹的砂泥小路，彎彎曲曲地直通到城裏。我順着這條小路走去……我的背後響起了緩慢的、得得的馬蹄聲。我回頭一看，不由自主地站住了，脫下帽子：我看見父親和西娜伊達，他們並排地騎着馬過來，父親整個身子彎向她那邊，一隻手撐着馬的頸項，他微微笑着，正在跟她講話；西娜伊達默默地聽着，嚴肅地埋下她的眼睛，她的嘴唇緊緊地閉着。起先我只看見他們兩個人，但沒有多久，別羅夫佐拉夫也從山谷轉彎的地方出現了，他穿了一身帶披肩的驃騎兵的制服，騎一匹直冒熱汗的黑馬。這匹雄偉的馬搖搖頭，鼻子噴氣，慢慢地跳起來；騎馬的人連忙拉住牠，用踢馬刺踢牠往前走。我躲在一邊。父親勒一把繮繩，離開了西娜伊達，她慢慢地抬起眼睛望他，兩個人都跑過去了……別羅夫佐拉夫跟在他們後面飛奔過去。他的軍刀鏗鏘地響着……『他臉紅得像龍蝦，』我心裏想道，『她呢——爲什麼臉色那麼蒼白？她騎了一早晨的馬——臉色倒蒼白了？』

我加快腳步走回家去，剛好趕上午餐的時候。父親早已換好衣服，梳洗好，高高興興地坐在母親的圈手椅旁邊，用流暢的、響亮的聲音給她唸一篇評論報(Journal des Débats)㊀

㊀ 評論報（法文的日報），一七八九年創刊。十九世紀初期大多數俄國貴族都定閱這份報紙。

的連載小說，可是母親並不專心在聽，她看到我，就問，我一整天在哪裏，又說她不喜歡我常常跑到莫名其妙的地方去，跟莫名其妙的人待在一塊兒。『我一個人在散步，』我正想這樣回答母親，可是我看看父親，不知道爲了什麼緣故，就不作聲了。

十五

以後五、六天中間，我幾乎沒有看見西娜伊達，她說她不舒服，可是這並不妨礙那些常客來——用他們自己的話——上班，大家都在，只少了馬伊達諾夫，他要是沒有高興的機會，就意氣銷沉了，感到無聊了。別羅夫佐拉夫陰沉沉地坐在屋角，衣服的鈕扣全扣上了，臉漲得通紅；馬烈夫斯基伯爵文雅的臉上現出一種惡毒的微笑，他的確受到西娜伊達的白眼了，因此特別慇懃地伺候老公爵夫人，陪她坐從驛站僱來的馬車到總督那裏去；可是，這次旅行並沒有得到好處，馬烈夫斯基甚至還碰到一件不愉快的事：總督向他問起他跟某幾位工兵隊軍官鬧過的什麼不名譽的事情。他爲了替自己辯護，不得不承認那個時候年輕，荒唐。魯興每天來兩次，可是待得不久；自從我們上次談過話以後，我有點怕他，同時我又眞心地喜歡他。有一天我跟他一塊兒在涅斯苦奇尼公園散步，我覺得他非常和善，親切，他告訴我各種花草的名稱和性質，突然，像俗話所說『牛頭不對馬嘴』似地敲着前額叫起來：『啊，我眞傻，我一直以爲她是一個賣弄風情的女人！顯然，對於某一些人，犧牲自己是一件快樂的事！』

『您這話是什麼意思？』我問道。

『我並不是在跟您講話』魯興猝然答道。

西娜伊達躲避我，有我在場——我沒法不注意到這一點——就會叫她不痛快。她不由自主地避開我……不由自主地。這是多麽痛苦的事，這叫我傷心。可是有什麽辦法呢，我竭力避開她，只是偸偸地躲在一邊望着她，就是這一點我也並不是常常成功的。她又像從前那樣發生了不可理解的變化：她的臉改變了，她完全變成另外一個人。有一天，在暖和而淸靜的黃昏裏，她那種變化眞叫我感動。我坐在接骨木的濃密的樹枝下面，一張矮矮的長凳上，我喜歡那個地方：從那裏可以看到西娜伊達屋子的窗戶。我坐在那裏，在我的頭上，一隻小鳥忙碌地在開始變黑的樹葉中間跳來跳去，一隻灰貓伸伸背，偸偸溜到花園裏來，初出現的甲蟲在雖然已經不亮、但是還看得淸楚的空中嗡嗡地飛鳴。我坐在那裏，望着西娜伊達的窗口，等待着，看窗戶會不會打開。窗戶果然打開了，西娜伊達站在窗口。她穿一身白衣服——她本人，她的臉，她的肩，她的手臂都白得發靑。她一動也不動地在那裏站了好久，從她微蹙的眉毛下，她不轉睛地向前凝望。我從沒有見過她這樣的神情。然後她緊緊地、緊緊地合攏兩隻手，把它們舉到唇邊，額上，忽然她伸開手指，把頭髮掠到耳後，又搖搖頭髮，帶一種堅決的神情埋下頭去，砰的一聲關上了窗。

三天以後，她在花園裏遇見我。我正想躲開，可是她喚住了我。

『把手伸給我，』她像從前那樣的親切，說：『我們好久沒有在一塊兒聊天了。』

我看看她，她的眼睛射出柔和的光，臉上帶着微笑，這微笑好像是從霧裏透出來似的。

『您的身體還沒有完全復原嗎？』我問她。

『不，現在好了，』她說着，就摘了一朵並不大的紅玫瑰花，『我有點累，但這也會好的。』

『那麼，您又會像從前那樣了嗎？』我問道。

西娜伊達拿起玫瑰花，挨到臉上，我却覺得好像是鮮豔的花瓣的反影照在她的臉頰上。『難道我變了嗎？』她問我。

『是，您變了，』我低聲回答。

『我知道，我對您冷淡過，』西娜伊達開始說，『但是您不應該介意……我也沒有別的辦法……唔，講這些話有什麼意思！』

『您不願意我愛您，就是這回事！』我不自覺地激動起來，傷心地大聲說。

『不，您可以愛我，只是不要像從前那個樣子。』

『那麽，怎麽樣呢？』

『讓我們做朋友吧——就是這樣！』西娜伊達給我聞玫瑰花。『聽我說，您知道我的年紀比您的大得多，我眞的可以做您的姑姑。不是姑姑，至少也應該是大姊姊了。可是您……』

『您把我看做小孩子，』我打斷她的話。

『唔，是的，一個小孩子，而且是一個可愛的、聰明的好孩子，一個我非常喜歡的小孩子。您知道什麽呢？從今天開始我封您做我的「侍僮」，只是您可不要忘記，「侍僮」不應該離開他的女主人，』她說着，就把玫瑰花插在我上衣的鈕孔裏。『這就是我寵愛您的標記。』

『從前我還得到過您別的寵愛，』我吞吞吐吐地說。

『哦！』西娜伊達瞟我一眼，說道：『他的記性眞好！好吧，我現在就準備給您……』

她向我彎着身子，在我前額上，印下一個純潔而平靜的吻。

我只是望着她，她馬上就轉過身去，說：『跟我來，我的侍僮，』她走進小宅去了。我跟在她後面，可是我始終莫名其妙，我想道：『難道這個溫柔的、通達人情的少女就是我所認識的西娜伊達嗎？』我覺得就是她的脚步彷彿也比從前穩重些，她的整個形態彷彿也顯得更高貴，更美麗了……

可是，我的上帝，愛情帶了怎樣的新的力量在我的心裏燃燒起來了。

十六

午飯後，客人又聚在小宅子的客廳裏面，公爵小姐出來見他們。客人全到齊了，跟我永遠忘不了的第一天晚上一樣；連尼爾馬茨基也拐着脚走來了；那天馬伊達諾夫到得最早——他帶來幾首新詩。我們又玩起『摸彩』的遊戲來，可是再沒有從前那種古怪的惡作劇，再沒有那種愚蠢的舉動，那種喧鬧，——那種茨岡人的氣氛再也看不到了。西娜伊達給我們的聚會添上一種新情調。我以『侍僮』的身份坐在她身邊。在各種遊戲中有一次，她提議，摸到彩的人講自己的夢。然而這個辦法並沒有成功。這些夢不是沒有趣味（別羅夫佐拉夫夢見：他用鯽魚餵馬，而他的馬的頭是木頭），就是不自然，像硬編出來的……馬伊達諾夫跟我們講起整篇的小說來了：那裏面有墓穴，有彈七絃琴的天使，還有會說話的花……還有從遠方飄來的聲音……西娜伊達不讓他講完，就說：『倘使我們是在編故事，那末還不如讓我們每個人都講一個完全虛構的故事。』別羅夫佐拉夫第一個輪着，講這種故事。

年輕的驃騎兵發慌了，『我一點也編不出來！』他嚷道。

『少廢話！』西娜伊達說。『唔，譬如說您想像自己已經結婚，那末您可以對我們談談，您怎樣跟您的太太一塊兒過日子。您要把她關在家裏嗎？』

『我要把她關在家裏。』

『您自己是不是跟她待在一塊兒？』

『我一定跟她待在一塊兒。』

『很好，不過要是這種生活叫她厭煩了，她欺騙了您，又怎樣呢？』

『我就殺死她。』

『倘使她逃走了呢？』

『我要追她回來，還是要殺死她。』

『啊，假定我是您的太太，那麼您又怎麼辦呢？』

別羅夫佐拉夫沉默了一會兒。『我就自殺。』

西娜伊達笑起來。『我看得出，您講不來長故事。』

第二個輪到西娜伊達講故事。她舉起眼睛，望着天花板，想了一會兒。『啊，你們聽我編的，』她終於開始說了。『你們想像有一座壯麗的皇宮，在一個夏天的晚上，舉行一個富麗堂皇的舞會。舞會是年輕的女皇召開的。處處都是黃金，大理石，水晶，綢緞，燈光，金鋼鑽，鮮花，薰香，說不盡千萬種的豪華。』

『您喜歡豪華嗎？』魯興問道。

『豪華是美呀，』她說道，『我喜歡一切美的東西。』

『您愛豪華，比愛美更多些嗎？』魯興又問道。

『問得好——可是我不懂。不要打岔我。所以這是一個豪華的舞會。數不盡的貴賓，他們都年輕、漂亮、勇敢。他們都瘋狂地愛上了這位女皇。』

『貴賓中間沒有女客嗎？』馬烈夫斯基問道。

『沒有……等一會兒——有的。』

『都不漂亮嗎？』

『不，也很動人，可是所有的男人只愛着女皇，她生得高高的，體格勻稱的……一頭黑髮上戴一頂小小的金皇冠。』

我望了西娜伊達一下，就在這一刻，我覺得她就高高地遠在我們所有的人上面，在她潔白的額上，在她寧靜的眉宇間，就流露着那樣的明哲的智慧，那樣的尊嚴，使我不禁想道：『您自己就是那位女皇。』

『所有的人全擠到她身邊，』西娜伊達說下去：『所有的人都用最諂媚的話在奉承她。』

『她喜歡奉承嗎？』魯與問道。

『您這人多討厭呀，總在打岔……誰不喜歡奉承呢？』

『還有一個最後的問題，』馬烈夫斯基問道：『女皇有丈夫嗎？』

『我倒沒有想到這個。沒有，爲什麼要有丈夫？』

『當然，』馬烈夫斯基接着說，『爲什麼要有丈夫呢？』

『Silence（法語，靜一點）！』馬伊達諾夫用發音很壞的法國話嚷起來。

『Merci（法語：謝謝）！』西娜伊達對他說。『這樣，女皇聽着他們的奉承話，聽着音樂，可是她對任何一位客人都不望一眼。六扇窗子，由上開到下，從天花板開到地板，窗外黑暗的天空裏有許多顆大的星星，黑暗的花園裏有許多大樹。女皇望着外面的花園。園子裏大樹旁邊有一個噴水池，它在黑暗中發着白光，長長的、就像一個長長的鬼影。在談話聲和音樂聲中間，女皇聽見了泉水的輕輕飛濺聲。她一邊望着，一邊在想道：你們大家都是紳士，貴族，聰明人，闊人，你們圍繞在我身邊，你們尊重我說的每一句話，你們大家都準備死在我跟前，你們都是受我支配的……可是在那邊，在噴水池旁邊，在飛濺的泉水旁邊，有一個我心愛的人，有一個支配我的人站在那裏等着我。他不穿華麗的衣服，不戴尊貴的寶石，誰也不認識他，然而他在等着我，而且相信我一定會去，——我會去的，我要到他那裏去，我要跟他待在一塊兒，我要在花園的黑暗中，在樹木的沙沙聲裏，在泉水的濺潑聲裏，跟他一塊兒消逝，那個時候任何力量都阻止不了我……』

西娜伊達說到這裏就打住了。

『是編出來的故事嗎？』馬烈夫斯基狡猾地問道。

西娜伊達連看都不看他一眼。

『先生們，』魯興忽然說，『倘使我們也在那些貴賓中間，我們認識噴水池旁邊那位幸福的人，那末，我們怎麼辦呢？』

『等一等，等一等，』西娜伊達插進來說，『我來對你們說，你們每個人該怎麼辦。您，別羅夫佐拉夫，可以挑他決鬥；您，馬伊達諾夫，可以寫一首諷刺詩給他——不過您不會寫諷刺詩，您可以爲他寫一首巴爾比也㊀體的長詩，在「電信」㊁上發表。您呢，尼爾馬茨基，您可以向他借，……不，您還是借錢給他，收高利息；至於您呢，醫生……』她停了一下……『您可以做什麼，這我可替您想不出啦。』

『我就以御醫的身份，』魯興說，『勸告女皇，她不想招待客人的時候，就不要開舞會。』

『您也許是對的。啊，您呢，伯爵……』

『啊，我？』馬烈夫斯基帶了惡意的微笑順着她說了一遍。

『哦，您可以拿有毒的糖給他吃。』

馬烈夫斯基的臉稍微變了相，一下子顯出猶太人的表情，但立刻哈哈笑起來。

『至於您呢，佛爾德馬爾……』西娜伊達繼續說下去。『不過，够了，我們玩別的罷。』

『麥歇佛爾德馬爾作爲女皇的侍僮，在她跑到花園裏去的時候，應當提着她衣服的長裾，』馬烈夫斯基惡毒地挖苦道。

我冒火了，可是西娜伊達連忙用手按住我的肩頭，她站起來聲音微帶顫抖地說：『我從沒有給閣下這種無禮放肆的權利，那末，請您離開這裏。』她對他指着門。

㊀ Barbier（一八〇五—一八八二年）：法國革命詩人，他的詩集長短格在十九世紀三十年代很出名。

㊁ 莫斯科電信（Московский Телеграф）：俄國一八二五—一八三四年間著名的文藝雜誌。

『請原諒我，公爵小姐，』馬烈夫斯基的臉色完全蒼白了，他結結巴巴地說。

『公爵小姐的話很對，』別羅夫佐拉夫也站起來，大聲說。

『我發誓絕沒有想到這一點，』馬烈夫斯基繼續說；『我的話裏面一點也沒有那種意思……我絕沒有想冒犯您的心思……請您原諒。』

西娜伊達冷冷地望他一眼，又冷笑一聲。『也好，您待着罷，』西娜伊達隨隨便便地揮了揮手，說；『您毫無理由侮辱我跟麥歇佛爾德馬爾。您高興刺痛我們來取樂……您就請罷！』

『原諒我，』馬烈夫斯基又說了一遍。我回想起西娜伊達的舉動，禁不住又想道，就是真正的女皇恐怕也不能够比西娜伊達更尊嚴地指着門，要失禮的臣下出去。

這件不太嚴重的事發生以後，我們又玩了很短的一會兒『摸彩』的遊戲；所有的人都感到有點侷促不安，這種不安與其說是剛才那件事情造成的，還不如說是從另外一種不十分明確的、可是沉重的感覺產生的。我們誰也沒有提起過這種感覺，可是我們每一個人都有這種感覺，也知道別人都有這種感覺。馬伊達諾夫給我們朗誦他的詩，馬烈夫斯基帶着過分的熱心稱讚這些詩。『他現在要表示他是一個多麼好的人！』魯興低聲地對我說。我們大家很快就散了。西娜伊達突然又沉思起來，老公爵夫人差人來說她頭痛，尼爾馬茨基也在抱怨他的風濕病。

我好久都睡不着，我讓西娜伊達的故事感動了。『難道這個故事裏面含得有什麼暗示嗎？』我問自己道；『那末她指誰呢，又指什麼呢？倘使眞的有所指的話——我又怎麼打定主意呢？……不，不，這是不可能的。』我低聲說，一面翻一個身，從一邊發燙的臉頰翻到另一邊來……然而，我回想起西娜伊達講故事時候臉上的表情……我又記起魯興在涅斯苦奇尼公園裏無意中感嘆地說出來的話，還有她突然對我改變了態度——這使我捉摸不定了。『他是誰呢？』這幾個字好像在黑暗中描繪出來掛在我的眼前。彷彿有一片險惡的雲低低壓在我的頭上，我感覺到它的壓迫，我等待着大雷雨的到來。我近來對許多事情都習慣了，我在柴謝基娜家裏見到了許多的事情：她們家裏的混亂，牛油蠟燭頭，斷了的刀叉，整天板起臉孔的服尼發其，穿得破破爛爛的女僕，老公爵夫人本人的態度——她們整個古怪的生活方式已經不再使我感到驚奇了……可是對於現在我在西娜伊達身上模糊地感覺到的東西，我却不能不起疑心……有一天母親談起她，說她是『女冒險家』！她，我的偶像，我的神，會是一個女冒險家嗎？這個稱呼使我痛苦，我竭力不要去想它，我把頭埋在枕頭上，我憤慨萬分……同時我又想：倘使我能够做噴水池旁邊那個幸福的人，我什麼都可以同意，什麼都願意犧牲！

血在我身體裏燃燒，沸騰了。『花園……噴水池……』我想道。『我要到花園裏去。』我很快地穿好衣服，從家裏溜出來。夜很黑，樹木幾乎沒有發出一點聲音，天上降下來一股輕微的寒氣，從菜園裏送過來一陣茴香的氣味。我走遍了園中的小徑，我自己輕輕的脚步聲也使我驚慌，同時又給我勇氣；我站住，等一下，我聽見自己的心跳，它跳得那麼急，那麼響。最後我又走近那道木柵，靠在細木條上。突然——或者這只是我的幻覺？——離開我幾步遠，一個女人的影子閃了過去……我集中視線向黑暗注視，屏住了呼吸……這是什麼？是我聽到了脚步聲，還是我的心又在狂跳？『誰在這兒？』我用了幾乎聽不見的聲音含糊地說。這又是什麼？一種忍住的笑聲……還是樹葉的沙沙聲，還是有人在我耳邊嘆息？我害怕起來……『誰在這兒？』我用更輕的聲音又說了一遍。

一下子刮起風來了，天空閃過一道火光，一顆星落了下來。『西娜伊達嗎？』我想問，可是我的嘴唇發不出這聲音。忽然間，四周顯得非常靜，正像午夜萬籟俱寂的光景……連樹上的蚱蜢也不再叫了，只有在什麼地方窗戶響了一下。我站了一會，又站了一會，只得回到自己的屋子裏，躺在自己的冷冰冰的床上。我感到一陣古怪的激動，好像我出去跟情人幽會——我一個人在那裏空等了一會，而且在別人的幸福旁邊走了過去！

十七

第二天我只看到西娜伊達一眼；她跟公爵夫人坐出租馬車到什麽地方去了。我看到魯興（他勉强跟我打一個招呼），和馬烈夫斯基。年輕的伯爵裂着嘴笑，還親密地跟我談起來。小宅的客人中只有他一個人有辦法到我們家裏來，而且得到了我母親的歡心。父親不跟他講話，用一種近乎侮辱的禮貌對待他。

『啊，monsieur le page（法語：侍僮先生），』馬烈夫斯基說道：『看到您眞高興。您那位非常漂亮的女皇怎麽樣？』

這會兒，他那氣色很好的、漂亮的臉孔，使我非常厭惡，他還帶着那麽瞧不起人的戲謔的神態望着我，所以我連一句話也不想回答他。

『您還在生氣？』他又說下去。『寃枉。您知道並不是我叫您侍僮，可是侍僮多半跟着女皇的。請允許我提醒您：您沒有好好地盡職。』

『怎麽見得？』

『侍僮不應該離開他們的女主，女主做的任何事，侍僮都應該知道，侍僮還應該守着他們的女主，』他壓低聲音，又說：『不論白天，黑夜。』

『您這話什麼意思？』

『什麼意思？我覺得我說得够明白了。不論白天，黑夜。白天還沒有多大關係；白天很亮，到處都有人；可是黑夜——正好是出事情的時候。我勸您晚上不要睡覺，好好地看守，用全力來看守。您要記得——晚上，花園裏，噴水池旁邊。……那個地方正是要您去看守的。您應當謝謝我呢！』

馬烈夫斯基笑起來，把背轉向我。他對我說的話，大概沒有什麼特別的用意，他有詐術大家㊀的名聲，並且有在化裝舞會裏戲弄別人的本領，他全身充滿的那種差不多無意識的虛偽，使他這個本領更加出名了。……他不過在跟我開玩笑，但是他說的每一句話都像毒藥似的流到我全身的血管裏去了，我的血一直湧到我的頭上來……『啊，原來是這樣！』我對自己說：『好，我並不是無緣無故給引到花園裏去的，這樣可不行！』我大聲叫起來，用拳頭打自己的胸口，然而，老實說，就是我自己也說不出什麼事不行。『會不會就是馬烈夫斯基自己跑到花園裏去呢，』我想道（也許是他洩露了自己的祕密：他有幹這種事的厚臉皮），『或者是別人吧（我們園子的圍牆很低，跳過它一點也不費力），不論誰，他落到

㊀ 欺騙別人、迷惑別人的人。

我手裏，活該倒楣——誰也不要碰到我……我要讓全世界的人和她這個負心的女人（我居然叫她做『負心的女人』）知道，我是要報仇的！』

我回到自己的屋子裏，從寫字檯的抽屜裏拿出一把剛買來的英國裁紙刀，試一試它銳利的刀鋒，皺着眉頭帶着冷靜而堅決的決心，把小刀放在衣服口袋裏，好像做這種事在我已經不足爲怪，而且更不是第一次了。我的心裏充滿了怨恨，心腸變得硬了。這一天一直到晚上，我都皺起眉頭，緊閉嘴唇，老是不停地在屋子裏踱來踱去，捏緊那把我捏得發熱的小刀，一面籌劃着做一件可怕的事情。這種新的、從來沒有過的感覺完全佔據了我的心，它甚至使我高興，因此我現在連西娜伊達也很少想到了。我腦子裏一直在想——阿樂哥，和那個年輕的茨岡人㊀：『到哪兒去？漂亮的年輕人，躺下來……』然後：『你全身是血……啊，你幹了什麼啦？……沒有什麼！』我帶了一種多麼殘忍的微笑，重複了一句：『沒有什麼』，父親不在家，近來差不多總是不出聲地在生氣的母親，注意到我這種悲慘的樣子，晚飯的時候，就對我說：『你爲什麼板起臉孔，像掉在麥片桶裏的耗子一樣？』我勉強對她笑笑，我想道：『要是給他們知道了呢！』鐘敲過十一點，我回到自己的屋子裏，

㊀ 都是普希金的長詩茨岡裏的人物。阿樂哥爲詩中女主人公眞妃兒的丈夫，因嫉妒殺死她的情人，那個年輕的茨岡人。

可是並不脫衣服；我等着午夜到來；最後鐘敲了十二點。『時候到了！』我從牙縫裏輕輕地說了這一句，把上衣鈕扣一直扣到領口，甚至還挽起袖口，就到花園裏去了。

我早就揀好了守夜的地點：在花園的盡頭，就在那道把我們家園子跟柴謝基娜家園子隔開的木柵和兩家公牆連接的地方，有一棵孤零零的松樹。我站在它那低垂的、繁茂的樹枝底下，我還可以淸淸楚楚地看到四周發生的事情（自然，這是就黑暗的夜色所許可的範圍來說的）。附近有一條我始終覺得神祕的彎曲的小路，它像一條蛇似的順着木柵底下蜿蜒向前，這一段木柵上有人爬過的痕跡，小路還通到一座密密層層的刺槐編成的圓形涼亭裏。我走到松樹跟前，靠在樹幹上，開始守望了。

這一夜還是像上一夜那樣淸靜，不過，天空的雲少了些，灌木的外形，甚至於長梗的花朵的外形都看得很淸楚。剛開始站着在等待的那會兒，我很不好受，我幾乎害怕起來了。我對什麼都已經打定主意了！我只是在考慮：怎樣動手呢？我要大吼一聲：『到哪兒去？站住！招出來——否則要你命！』或者就一刀刺過去……每一個聲音，每一下瑟瑟聲，沙沙聲，在我聽起來好像都是有意義的，不尋常的……我準備好了……我把身子向前靠……可是半點鐘過去了，又一個鐘頭過去了……我的血靜了下來，冷了下來；我有點覺得，我所做的一切全沒有道理，甚至還有一點可笑，馬烈夫斯基拿我開了玩笑。我離開那個埋伏的地方，在園子裏各處亂跑。彷彿故意氣我似的，四周靜得連最輕微的聲音都聽不到了，一切都安息了，連我們家裏的狗也踡做一團在旁門那裏睡着了。我爬上温室的廢址，望着眼前一大片田野，我想起那次遇到西娜伊達的事，不覺沉思起來……

我突然嚇了一跳……我彷彿聽見開門的聲音，我後來又聽見樹枝折斷的輕微的聲音，我兩步就跳下廢址，立在那個地方發楞。花園裏清楚地響起一陣急遽的、輕輕的、然而謹愼的脚步聲……這聲音離我愈來愈近了。

『他來了……他終於來了！』我這樣一想。我的手發抖地從口袋裏拿出小刀，還發抖地扳開刀子，只見紅色的火星在我眼前旋轉，我又怕又恨，連頭髮都豎起來了……那脚步一直朝着我走來，——我彎下身去，伸出頭去迎接他……人出現了……天啊，這是我的父親！

雖然他全身裹在黑斗篷裏，帽子拉得很低，遮住了臉。我還是立刻就認出他來了。他踮起脚走了過去。他並沒有看見我，雖然沒有什麽東西掩護我，但我拚命縮成一團貼在地上，我覺得快要跟地面一樣平了。那個嫉妒的、準備殺人的奧賽羅㊀，忽然一下子變成了小學生……父親出乎意外的出現，使我非常吃驚，因此我起初竟然沒有注意到他來去的方

㊀ 奧賽羅：莎士比亞四大悲劇之一奧賽羅（Othello）中的男主人公，因嫉妒而殺妻。

向。只有在四周又靜下來的時候，我才爬起來，一面在想：『父親爲什麼晚上到花園裏來？』我在恐怖中，把小刀掉在草地上了，我連找也不想去找它，我覺得很不好意思。我立刻完全清醒過來了。然而在我回家的時候，我還走到接骨木樹下我那條長凳跟前，望望西娜伊達臥房的窗口。在夜晚天空投射的微光下，那些不大的、微拱起的窗玻璃現出陰暗的藍色。突然間——它們的顏色改變了……窗子後面——我看到這個，我看得淸淸楚楚——白色的窗帷謹愼地、悄悄地拉下來了，一直拉到窗台口，而且就垂在那裏不動了。

『還是怎麼一回事呢？』我回到屋子裏的時候，幾乎不自覺地高聲說，『做夢嗎？偶然的遇合？還是……』突然來到我腦子裏的種種的推測，都是非常新奇，非常古怪，我連想都不敢多想了。

十八

我早晨起來感到頭痛。昨天的激動已經過去了。我感到痛苦的疑惑，和一種從不曾有過的悲哀，就好像在我身體裏面某一部分正在死去一樣。

『爲什麼您看起來就像一隻割掉半個腦子的兔子呢？』魯興遇到我的時候對我說。

早餐的時候，我偷偷地先望一下父親，然後望望母親：父親還是像平常那樣地鎮靜，母親也像平常那樣暗暗地在生氣。我等着看父親是不是會像從前有些時候那樣跟我親密地談一陣話……可是他連平時那種冷冰冰的撫愛都不對我表示一下。『我要不要把這一切講給西娜伊達聽呢？』我想道……『這還不是一樣——我們中間什麼都完了。』我到了她那裏，可是我不但沒有跟她說起什麼，卽使我眞要跟她說什麼，我也沒有機會。公爵夫人的十二歲的兒子，少年軍校的學生，從彼得堡到她這裏來度暑假；西娜伊達立刻把她的弟弟交給我照顧。

『現在，』她說，『親愛的佛羅佳㊀（她第一次這樣地稱呼我），我給您介紹一個朋友。他也叫佛羅佳。希望您會喜歡他，他還沒有見過世面，不過他是一個好孩子。帶他去看看涅斯苦奇尼公園，跟他一塊兒散散步，請您照料照料他。您肯這樣做的，不是嗎？您也是個很好的孩子！』

她親切地把她兩隻手搭上我的肩頭，我完全昏了。這個小孩一來，我也變成小孩了。我默默地望着這個少年軍校的學生，他也默默地瞪着眼望我。西娜伊達笑了起來，把我們推在一塊兒。

㊀ 佛爾德馬爾之愛稱。

『啊，你們擁抱呀，孩子們！』

我們擁抱了。

『您要不要我帶您到花園裏去玩？』我向這個少年軍校學生問道。

『請您帶我去吧，先生，』他用一種嘶啞的、眞正的少年軍校學生的聲音回答我。

西娜伊達又笑起來……這個時候，我才看到她臉上有一種我從來沒有看見過的那樣美的紅潤。我跟少年軍校學生一塊兒出去了。我們家的花園有一架老式鞦韆，我讓他坐在狹小的薄板上，我給他搖起來。他穿一身鑲有金綫、寬邊的厚布新制服，端端正正坐着，兩隻手緊緊地揑住繩子。

『您還是解開鈕扣罷，』我對他說。

『沒有關係，先生，我們習慣了，先生，』他說着，輕輕咳了幾聲。

他像他的姊姊，眼睛尤其像她。我倒高興向他獻慇懃，然而同時那種使我心痛的悲哀還在悄悄地折磨我的心。『現在我的確是一個小孩子了，』我想道，『可是昨天呢！』我記起了昨天晚上丟掉小刀的地方，就去找到它了。少年軍校學生向我把小刀借去，他摘下一根獨活草的粗莖，把它削成一管笛子，開始吹起來。奧賽羅也在吹笛子。

可是晚上西娜伊達在花園角上找到了他，問他爲什麼這樣不快活的時候，他，這位奧賽羅就靠在西娜伊達的身上哭了起來。我的眼淚流得太厲害了，使她大吃一驚。

『您怎麼啦，您怎麼啦，佛羅佳？』她再三問我，她看見我不回答，又不止哭，就想起來吻我眼淚打濕的臉頰。我却掉過臉去，嗚咽地低聲說：『我全知道。爲什麼您還要玩弄我呢？……您要我的愛情來做什麼？』

『我對不起您……佛羅佳……』西娜伊達說：『啊，眞對不住……』她絞着雙手說。『我身上有好多髒的、壞的、罪惡的東西……可是現在我並不是在玩弄您。我愛您，請您不要再猜疑：爲什麼，怎麼樣……可是……您知道的是什麼呢？』

我怎麼能够告訴她呢？她站在我面前，望着我。只要她看我一眼，我全身，從頭到脚馬上完全屬於她了……過了一刻鐘，我跟少年軍校學生，和西娜伊達在一塊兒賽跑了。我不哭了，我在笑，雖然笑的時候，我紅腫的眼皮還掉下眼淚來。我把西娜伊達的帽帶，當作領結繫在我的頸項上。而且只要我能够抱住她的腰，我就高興得大聲叫起來。她隨心所欲地跟我一塊兒玩着。

十九

倘使有人來強迫我詳細地描寫我那次『午夜遠征』失敗後一個星期中間我內心發生的變化，我會覺得非常困難。這是一個古怪的、不安定的時期，這是一種混亂；在這個混亂裏面極端相反的感情和思想，疑惑和期望，歡樂和痛苦像旋風似地在轉動。倘使一個十六歲的孩子能夠檢查自己內心的話，我就害怕去檢查自己的內心。我對任何事情都不敢自己去解釋。我只想白天快快地過去；到晚上我就睡覺……少年人的那種無憂無慮救了我。我不想知道，是不是有人愛我；我更不願意自認，並沒有人愛我。我躲開父親，可是我不能夠躲避西娜伊達，……在她的面前，我覺得好像火在燒我一樣……我何必要知道使我在其中燃燒、而且鎔化的是哪一種火，——既然我覺得燒得舒服，鎔得舒服。我完全任憑我自己的種種印象來支配我，我欺騙我自己，我避開過去的回憶，又對於自己預料到會發生的事情故意不去想它……這種苦惱大概也不會繼續多久……突然一聲霹靂，一下子結束了這一切，把我丟在一條新的路上去。

有一天，我在長時間的散步以後，回家吃午飯，聽說我得一個人吃飯，父親出去了，母親不舒服，不想吃飯，關在自己的屋子裏；我非常驚奇。我從僕人們的臉上看出來發生了什麼不尋常的事情……我不敢詳細地問他們，可是飯廳裏伺候吃飯的年輕的僕人菲力卜是我的朋友，他非常喜歡詩，又是一個彈吉他的能手。我就問他。從他那裏我打聽到父親跟母親很厲害地吵過一回（他們的每一句話在女僕的屋子裏聽得淸淸楚楚，他們講的大半是法國話，可是侍女馬霞在一個巴黎來的女裁縫家裏住過五年，她完全聽得懂）；母親責備父親不忠實，跟隔壁小姐要好，父親起先還替他自己辯護，過後他發火了，他也說了些『好像是關於他們年齡』的狠毒話，母親一聽到就哭起來了，母親也提到期票的事（這好像是給了公爵夫人的），把公爵夫人和她的小姐狠狠地批評了一番，父親就恐嚇她。

『這種種不幸的根源，』菲力卜繼續說，『是從一封匿名信來的；可是誰寫來的信——沒有人知道，否則，這件事絕不會洩露出來。』

『難道眞的有這麼一回事嗎？』我費力地說出了這句話，我的手、脚都發冷了，在我的心底起了一陣顫慄。

菲力卜含着深意地霎了霎眼睛。

『的確有這麼一回事。這種事是瞞不過人的，這一次您父親雖然做得很謹愼，可是您看，他總需要……譬如說，僱馬車，或者別的事情……沒有別人就不行。』

我把菲力卜打發走了，就倒在床上。我沒有哭，我也不覺得絕望；我也不去追想這件事在什麼時候發生，又是怎樣發生的，我也不奇怪：怎麼我以前，怎麼我早就沒有料到，——我連父親也不恨……單憑我聽到的事情來說我已經受不了：這件事突然的洩露把我毀掉了……一切都完了。我心靈裏所有的花朵一下子全給摘下來，丟在我身邊，散在各處，讓人踐踏了。

二十

第二天母親就宣佈：要搬回城裏去。早晨父親到她的臥房去，跟她單獨在一塊兒談了好久。沒有人聽到他跟她談些什麼，可是母親不再哭了；她安靜下來了，她叫人送飲食進去——但是她不露面，也不改變主張。我記得，這一天我整天到處亂跑，就是沒有到花園裏去，也沒有向那小宅望一眼。到了晚上，我親眼看到一件很奇怪的事情：父親拉着馬烈夫斯基伯爵的手臂，從大廳走到外廳，當着一個僕人的面，冷冷地對他說：『不多幾天以前，某一家人家曾經對您閣下下過逐客令，現在我並不預備跟您作任何解釋，可是我警告您，倘使您再到這兒來，我要把您從窗口裏丟出去。我不喜歡您的筆跡。』伯爵低下頭去，咬緊牙齒，縮着身子，溜走了。

我們開始作搬回城去的準備，我們的宅子在阿爾罷脫廣場。父親自己大約也不想再住在別墅裏了；可是看得出來，他已經說服了母親：叫她不要聲張出去。一切事情都是不慌不忙地、安安靜靜地安排好的，母親甚至派人過去問候公爵夫人，並且向公爵夫人表示歉意，說她身體不舒服，不能親自過來辭行。我像狂人一樣地到處亂跑，我只希望一件事情，希望這一切儘快地結束。我腦子裏始終有這樣一個念頭：她，一位年輕的小姐，——而且，還是一位公爵家的小姐，——明知道我父親是一個結過婚的人，她自己又有跟別人結婚的機會，譬如說，跟別羅夫佐拉夫結婚。爲什麼會走到這個地步，她在指望什麼呢？她怎麼不怕毀掉她整個的前程呢？我想：是啊，這就是愛情，這就是激情，這就是情之所鍾吧；這時我又想起了魯興的話：對於某一些人，犧牲自己是一件快樂的事！有一天我偶然在小宅的一個窗口看到白色的東西……『這會是西娜伊達的臉嗎？』我想道……這的確是西娜伊達的臉。我控制不住自己了。我不能够沒有跟她告別，就走開。我找到了一個適當的時機，到小宅去。

公爵夫人在客廳裏，用平素那種嬾散的態度接待我。

『怎麼啦，少爺，你們這麼早就忙着搬回去？』她一邊說，一邊把鼻煙塞到鼻孔裏去。我望着她，我心裏的石頭掉了。菲力卜說的『期票』這個字眼還使我痛苦。她倒沒有起疑心，至少那個時候我是這樣覺得。西娜伊達從隔壁屋子裏出來，她穿了一身黑衣服，臉色蒼白，頭髮鬆散，她默默地拿起我的手，拉着我一塊兒出去。

『我聽到您的聲音，』她說，『馬上就出來了。可是，您居然這麼輕易就離開我們了，壞孩子？』

『我是來向您辭行的，公爵小姐，』我說；『多半是永別。您也許已經聽見說過，——我們要搬走了。』

西娜伊達注意地望着我。

『是的，我聽說了。謝謝您到這兒來。我已經在想，我不會再看見您了。請您不要把我當作壞人。有時候我對您很不好，然而我絕不是您所想像的那種人。』

她轉過身去，靠在窗口上。

『眞的，我不是那種人，我知道，您瞧不起我。』

『我？』

『是的，您……您。』

『我？』我悲痛地再說了一聲，我的心又像從前那樣在她的不可抗拒、無法形容的魔力的影響下顫抖了。『我？請您相信我，西娜伊達·阿歷克山大洛芙娜，不管您做過什麼，不管您怎樣對我不好，我總是愛您，崇拜您，一直到我死的那天。』

她很快地朝我轉過身子來，把兩隻手臂大大地張開，抱住我的頭，熱烈地、動情地吻我。天才曉得，這個訣別的長吻究竟是為了誰，但我却飽嘗了它的甜味，——我也知道，這樣的熱吻，在我的一生中不會再有第二次了。

『再見了，再見了，』我接連地說。

她掙脫身子走出去了。我也離開那所小宅。我不能够表達出我臨去時的心情，我不希望將來我再有這樣的感情；然而要是我一生不曾有過這樣的感情，我就會覺得自己是多麼不幸了。

我們搬到城裏。我不能够很快地把往事忘掉，我也不能够很快地就埋頭用功。我的傷口是慢慢地長合了的。可是，說老實話，我對父親不會有過絲毫的惡感，相反地，他在我眼裏倒顯得更偉大了：這個矛盾還是讓心理學家就他們所知道的來作解釋吧。有一天我在林蔭路上散步，遇見了魯興，我感到說不出的高興。我喜歡他那種坦白、眞誠的性格，而且由於他給我喚起了許多的回憶，我更覺得他格外親切，我跑到他跟前去。

『啊喲！』他皺着眉頭說：『是您，年輕人，讓我看看您，您還是那麼憔悴，可是眼睛裏已經沒有從前那種傻相了。您看起來像大人，不再像一條巴兒狗了。這很好。唔，您在幹什麼？用功嗎？』

我嘆一口氣。我不願意撒謊，可是我又不好意思說眞話。

『唔，沒有關係，』魯輿說下去，『不要害怕。最重要的事：要過正常的生活，不要做激情的奴隸。不然，有什麼好處呢。不論浪頭把您捲到哪兒，還不是一樣的糟。一個人儘管站在岩石上，他也得站在自己的腿上。啊，現在讓我咳聲嗽，至於別羅夫佐拉夫——您聽到他的消息嗎？』

『他怎麼樣？沒有聽到。』

『他失踪了，杳無音訊。據說，到高加索去了，年輕人，這對您是個好教訓。這全是由於不懂得及時抽身，不懂得突破羅網的緣故。您似乎脫身得很好，您當心，不要再掉進羅網裏去。再見吧。』

『我不會再掉進去了，』我想道……『我不會再看見她了，』但是我命中注定還要再看見西娜伊達一次。

二十一

父親每天出去騎馬；他有一匹火紅色帶斑紋的英國好馬，這匹馬頸項細長，腿子也長，從來不知道疲勞，而且非常兇猛，牠的名字叫電。除了父親以外，就沒有人敢騎牠。有一天，父親帶着好久以來不曾有過的好興致，高興地走到我面前；他正要出去騎馬，連踢馬刺都戴上了。我就求他帶我一塊兒去。

『那末我們不如去玩跳背戲，』父親回答我；『可是你騎那匹短腿馬㊀，可絕對跟不上我。』

『跟得上的，我也戴踢馬刺。』

『好，那末去吧。』

我們動身了。我騎上一匹脚勁很健、而且相當猛的粗毛黑馬。的確電飛奔的時候，我的馬就得用全力奔跑，可是我並沒有落後。我從沒有見過像父親那樣的善騎的人，他騎在馬上顯得那麼漂亮，那麼瀟灑，而且那麼嫻熟，連他身下的馬好像也感到這一點，也以他爲榮了。我們跑過所有的林蔭路，到了少女地㊁，跳過好幾堵矮牆（起先，我不敢跳過去，可是父親最瞧不起膽小的人，後來我也就不怕了），我們還跳過莫斯科河兩次。我以爲我們要回家了，況且父親還說過我的馬已經累了。可是到了克里米亞淺灘，他忽然順着河岸跑去。我跟在他後面跑。他跑到一堆疊得高高的舊木料旁邊，他很敏捷地從電的身上跳下

㊀ Клеппер：德國種的跑馬。

㊁ 莫斯科郊外的大平原。

來，叫我也下馬，他把他那匹馬的韁繩交給我，要我在木料堆旁邊等他，他就彎進一條小巷去，看不見了。我拉着兩匹馬在河邊溜來溜去，一面吆喝着電，牠走動的時候不斷地搖幌着頭，全身抖動，鼻子噴氣，嘶叫，可是等到我一站住，牠就輪流用蹄子搔地，而且帶着尖銳的嘶聲咬我那匹小馬的頸項。總之，牠處處表示牠是一匹寵壞了的 pur sang（法語：純種）。父親還沒有回來。河面上升起一股難聞的潮氣，細雨靜靜地落下來，它在我已經看厭了的、難看的灰木料（我在它們旁邊來來去去，溜了好多次了）上面弄出許多小黑點。我實在煩透了，可是父親還沒有回來。一個全身也是灰色的芬蘭族的巡警，頭上戴一頂罐子形的大軍帽，手裏拿一把長戟（我奇怪，爲什麼在莫斯科河岸上有這種巡警！）走到我跟前，把他那張老太婆似的全是皺紋的臉朝着我說：

『您牽着兩匹馬在這兒幹什麼？少爺。讓我給您牽着吧。』

我不理睬他。他又問我討香煙抽。我想擺脫他的糾纏（再說，我等得實在不耐煩了），就朝着父親去的方向走了幾步，後來我走到那條小巷的盡頭，轉一個彎，我站住了。在街上，離開我四十步外光景，一所木頭小宅子的敞開的窗口前面，父親背朝着我，站在那裏。他的胸口靠在窗台上，宅子裏面，坐着一個穿黑衣服的女人，半個身子給窗帷遮住了，她正在跟父親講話。這個女人就是西娜伊達。

我發楞了。老實說，這是我決沒有料到的事情。我的第一個念頭是逃開。『父親回過頭來，』我想道，『我就完了，……』但是有一種古怪的感覺，一種比好奇心強、比嫉妒強、甚至比恐懼還要強的感覺，把我留在那裏。我就注意地望着，並且側耳偷聽。好像父親堅持着什麼主張，可是西娜伊達不同意。我現在好像還看見她的臉一樣——悽涼、嚴肅、美麗，還露出一種言語不能形容的鍾情，憂鬱，愛慕，和一種絕望的表情——我簡直找不出別的字眼了。她說的都是些單音節的字，她並不舉起眼來，只是在微笑，恭順而又固執地微笑着。單憑這種微笑我就認出我從前的西娜伊達來。父親聳聳肩頭，戴正帽子，這是他不耐煩的時候常有的動作……後來我聽到這句話：vous devez vous séparer de cette……（法語：您得離開這個……）西娜伊達挺起身子，伸出她的手，忽然，在我眼前發生了一件叫人不能相信的事：父親突然舉起他那根正在拍常禮服過上塵土的馬鞭——我聽到打在她那隻露着肘拐的手臂上的刺耳的鞭聲，我差一點忍不住要喊出聲來了，可是西娜伊達打了一個顫，默默地看了父親一眼，慢慢地把手臂舉到唇邊，吻手臂上發紅的鞭痕。父親把馬鞭扔在一邊，急急地踏上門口的台堦，跑進宅子裏去了！……西娜伊達轉過身去，張開兩隻手臂，埋着頭，也離開了窗口……

我嚇得連氣都透不過來了，心裏懷着一種不能理解的恐怖往回跑——跑出了巷子，回到岸邊，差一點讓電跑掉了。我一點也不能够了解。我只知道我那位冷靜而沉着的父親有時候也會大發脾氣，可是我所看到的情形，我無論如何都弄不明白……然而就是在這個時候我還感覺到，不管我活多久，我永遠不能忘記西娜伊達的這種姿態，這種眼光，這種微笑，而且她的形象，這個突然在我眼前出現的新的形象永遠深深地印在我的記憶裏了。我茫然望着河水，覺得眼淚一直在流。『她挨打，』我想道……『挨打啦……挨打啦……』

『喂，你在幹什麽，把馬給我牽過來！』背後響起了父親的聲音。

我機械地把轡繩交給他，他跳上電……這匹受了寒氣的馬用後脚站起來，向前跳了一個半沙繩……可是父親不久就馴服了牠，父親用踢馬刺踢馬肚皮，又用拳頭打馬頸項……

『啊，鞭子沒有了，』他自言自語地說。

我想到不多時候以前聽見這根鞭子的揮動和打擊的聲音，不覺顫慄起來。

『您放到哪兒去了？』隔了一會兒，我問父親道。

父親不回答我，打着馬向前跑，我趕上去，我一定要看看他的臉色。

『你等得不耐煩了嗎？』父親在牙齒縫裏低聲說。

『有一點兒。您的鞭子究竟掉在哪兒？』我又問他一次。

父親很快地望我一眼。『我並沒有失掉，』他說道，『我把它扔了。』他沉思起來，頭埋得很低……在這一刻，我第一次、也許就是最後一次看見他那嚴肅的臉上能够流露出多少的溫柔、多少的憐憫。

他又打起馬往前跑，可是這一次我趕不上他了，我比他遲了十五分鐘到家。

『這就是愛情，』晚上我坐在新近放上了筆記本和書籍的寫字檯前面，又自言自語地說；『這是熱情。怎麼能够忍受任何人的鞭打……甚至是從最親愛的手打下來的，怎麼會不氣憤！啊，不過看起來，只要你在戀愛……你就能够……而我呢……我想像……』

過去這一個月來，我老練得多了，可是我那種帶着種種興奮和痛苦的愛情，跟另外一種我不知道的、幾乎沒法猜想到的、而且像一張我竭力想在朦朧中看出來、却又看不明白的美麗而嚴厲的陌生臉孔那樣使我害怕的東西比起來，我發現到我的愛情竟是多麼渺小，多麼幼稚，多麼可憐！

就在這天夜裏，我做了一個古怪的、可怕的夢。我夢見我走進一間黑黝黝的矮屋子……父親拿着一根馬鞭站在那裏，生氣地頓着脚，西娜伊達緊擠在角落裏，前額上（並不是在手臂上）有一條紅色的傷痕……在他們兩個人的後面，滿身鮮血的別羅夫佐拉夫從地上站起來，張開蒼白的嘴唇，兇惡地在威脅父親。

兩個月以後，我進了大學，過了六個月父親死在彼得堡（由於中風），他跟母親和我剛搬到那裏不久。他逝世前幾天收到一封從莫斯科寄來的信，這封信使他非常激動……他到母親的屋子裏去向她要求過什麼，據說，他，我的父親居然哭了！在他中風的那天早晨，他開始給我寫一封法文信。『我的孩子，』他這樣寫着：『當心女人的愛情，——當心這種幸福，這種毒素……』母親在他死後寄了一大筆錢到莫斯科去。

二十二

四年過去了。我剛離開大學，我還不大明白，我應當做什麼事，從事哪一種工作，暫時閒着無事可做。有一天晚上，我在戲院裏遇見馬伊達諾夫。他居然結了婚，而且已經在政府機關工作了；可是我看不出他身上有什麼變化。他還是像從前那樣莫名其妙地高與一陣，又莫名其妙地發起愁來了。

『您知道，』他順便對我提起來，『朵爾斯基太太在這兒。』

『哪一位朵爾斯基太太？』

『難道您已經忘記了？柴謝基娜公爵小姐，我們全愛過她，您也一樣。您記得在涅斯苦奇尼公園附近的別墅嗎？」

『她跟朵爾斯基結婚了？』

『對啦！』

『她在這兒，在戲院裏嗎？』

『不，她在彼得堡，她前幾天才來的；打算出國去。』

『她的丈夫是怎樣的人？』我問道。

『非常好的人，而且有錢。我在莫斯科時候的同事。你明白，那件事情發生之後……您一定知道得很清楚了……』（馬伊達諾夫意味深長地微微一笑）『她要找一個對她合適的丈夫可不大容易，凡事總有後果……不過靠了她的聰明，一切全不成問題。到她那兒去走走吧。她看到您一定高興。她長得比從前更漂亮了。』

馬伊達諾夫告訴我西娜伊達的地址。她住在德木特旅館。舊日的記憶又湧到我的心頭……我決定第二天就去拜訪我從前的『戀人』。可是碰巧發生了一些事情，過了一個星期，又過了一個星期，最後我到德木特旅館去，在問起朵爾斯基夫人的時候，我才知道，四天以前她差不多突然地因爲難產死了。

彷彿有什麼東西在心裏刺了我一下。我想起我本來可以看見她——却沒有看到她，而且永遠不會看到她了——這個痛苦的思想用它那無可辯解的譴責，猛烈地刺痛了我的心。『她死了！』我茫然地望着看門人，重說了一遍，慢慢地走到街上，可是我並不知道自己要往哪裏去。過去的一切，一下子全湧到我的眼前。難道這就是所謂解決，就是這個年輕的、熱烈的、光芒四射的生命所努力追求奔赴的終極的目標嗎？我想着這個，我在想像這個可愛的面顏，這一對眼睛，這些鬈髮——如今都在窄小的匣子裏面，都在潮濕的、地底下的黑暗中——就在這裏，離開現在還活着的我不遠，也許離開父親只有幾步路……我想着這一切，我集中我的想像力——而同時

從漠不相干的嘴裏我得到死亡的消息，
我也漠不相干地傾聽着……——

在我心靈裏響着。啊，青春，青春，你什麼都不在乎，你彷彿擁有宇宙間一切的寶藏，連憂愁也給你安慰，連悲哀也對你有幫助，你自信而大膽，你說：『瞧吧，只有我才活着。』可是你的日子也在時時刻刻地飛走了，不留一點痕跡、白白地消失了，而且你身上的一切也都像太陽下面的蠟一樣，雪一樣地消滅了……也許你的魅力的整個祕密，並不在乎你能够做

到任何事情，而在於你能够想你做得到任何事情——正在於你浪費盡了你自己不知道怎樣用到別處去的力量；正在於我們中間每個人都認眞地以爲自己是個浪子，認眞地認爲他有權利說：『啊，倘使我不白白耗費時間，我什麼都辦得到！』

我也是這樣……那個時候，我用一聲嘆息，一種悽涼的感情送走了我那曇花一現的、初戀的幻影的時候，我希望過什麼，我期待過什麼，我預見了什麼光明燦爛的前途呢！

然而，我希望過的一切，有什麼實現了呢？現在黃昏的陰影已經開始籠罩到我的生命上來了，在這個時候，我還有什麼比一瞬間就消失的、春朝雷雨的回憶更新鮮，更可寶貴的呢？

可是我白白地誣衊我自己了。雖然那個時候，在那個輕浮、不認眞的青年時期，對於向我呼籲的悲慘的聲音，對於從墳墓裏傳到我耳朵裏來的莊嚴的聲音，我也並非無動於中。我記得我聽到西娜伊達死訊後不多幾天，由於內心的一種不可抗拒的衝動，我曾去看過一個跟我們同住在一所宅子裏的貧苦老婦人的死。她身上蓋着破破爛爛的衣服，頭枕着布袋，躺在硬板上，死得很困難，而且很痛苦。她一輩子都是爲着日常生活的需要，苦苦地掙扎過來的她既不知道歡樂，也沒有嚐過幸福的甜味，——別人會想，她對死亡，對她的解脫，對她的安息不會不感到高興？可是那個時候，在她那衰老的身體還能够支撑的時候，在她那擱着冰冷的手的胸口上還能夠痛苦地吐氣的時候，在她那最後一點力量還不曾離開她身體的時候，這個老婦人一直在劃十字，一直在低聲說：上帝，饒恕我的罪過……而且她眼睛裏臨死的恐怖與畏懼的表情，只有在生命意識的最後火花消滅的時候，才跟着一塊兒消失……我還記得，在那裏，在那個貧窮的老婦人的死床前，我替西娜伊達感到恐怖，我很想爲她，爲我父親，——也爲我自己禱告。

一八六〇年

新譯文叢刊　〔文學・藝術〕　〔字數 59,000〕

初戀　定價￥4,000

著者　〔俄〕屠格涅夫
譯者　蕭珊
出版者　平明出版社
上海延安中路1157弄5號
總經售　中國圖書發行公司

一九五四年五月初版(1—14000)
國光印書局印刷　振興裝訂所裝訂
上海市書刊出版業營業許可證出〇三三號